歷代小説話

三

黄霖 編著

鳳凰出版社

紅樓夢精義

話石主人　撰

光緒三年（一八七七）申報館仿聚珍板《癡説四種》本，一卷。此書前有西農序一篇，稱作者話石主人爲『桐城張辛田大令猶子（侄子），積學能文，玉樓早赴，身後著述散佚，唯此帙僅存』。然目前所見，另有《紅樓夢本義約編》一種。序文對《精義》一書評價甚高，曰：『其中評騭《紅樓夢》情事文法，雖遊戲筆墨，而信手拈來，頭頭是道，隱微曲折，闡發無遺，直使作者言外之意昭然若揭。至其行文出以駢體，亦復生面別開。超超元箸，洵足與涂鐵綸、王雪香評贊并駕齊驅。』是書前半部分用言簡意賅的駢文論及《紅樓》的種種情事，後半部分附以『年誤』、『日誤』及『戲文照應』等具體批評，時有精見。《懺玉樓叢書提要》對此書評價甚高，曰：『其行文以駢四儷六，似「明史紀事本末」後論，比事屬辭似「古事比」，其闡發隱微，頗有新緒……訂證處亦多，洵佳製也。』

序

《紅樓夢精義》一卷，話石主人撰。主人爲桐城張辛田大令猶子，積學能文，玉樓早赴，身後著述散佚，唯此帙僅存。其中皆評騭《紅樓》情事文法，雖游戲筆墨，而信手拈來，頭頭是道，隱微曲折，闡發無遺，直使作者言外之意昭然若揭。至其行文出以駢體，亦復生面別開。超超元箸，洵足與涂鐵綸、王雪香評贊并駕齊驅。昔人謂讀一書，不獨讀一書。然則主人之學問，不從可見乎？其稿嚮藏吾友會稽馬賓侯處。賓侯工詩詞，好蓄古今圖籍，與余爲文字交。此乃乞之於辛田者，卷端有其題辭云：『平章情濫與情癡，懍懍生花筆一枝。我是夢中聽説夢，輸君夢醒已多時。』蓋深悼主人之早世也。歲乙丑，余抄諸賓侯，棄置敝簏中，久不省視。今夏曝書，忽檢得之，方擬付梓行世，而賓侯已歸道山矣。幸秘笈之猶存，思故人而不見，安得不以賓侯之悼主人者悼賓侯耶！詮次之餘，感嘆不能已已，爰綴數語於後。

光緒三年古重陽日西農書。

開口便説渺茫，見作者曾經夢幻； 入手先辨真假，怕後人不解荒唐。 誰謂《石頭記》非醒世書？

以賈開場，以甄結局，中間甄賈互見，脈絡靈通。

緣起語長心重，詞質而文； 演説縷晰條分，言多不費； 不得目爲小説家。

鑒明風月，照澈古今； 廟號葫蘆，别有天地。 非過來人，想不出此等名目。

化灰不是癡語，是道家玄機； 還淚不是奇文，是佛門因果。 深得六朝文字之髓。

犯淫與情，都無結果，士隱實是名言； 識義與利，便可成仙，士隱即是明證。

因空見色，自色悟空，捨此無微妙法； 若了便好，要好須了，解此是最上乘。 癡和尚看内典，何異窮措大抱高頭講章，那得出頭日子。

慢慢過來，悄悄躺下，是五兒承愛罪案； 時時在意，步步留心，是黛玉致病根由。

叙三春如見如聞，出鳳姐有聲有色，太史、長康一齊下拜。

出寶玉先子與一引，雨村一證，王夫人一提，然後從黛玉口中輕輕道出，何等自然，何等矜貴。

寶有名惟黛名之，黛無字惟寶字之，正是我不卿卿、誰復卿卿之意。

魔王加之以混，賈不應有此禍根； 霸王益之以獃，薛胡爲有此毒種？ 王家宅相使然耶？

叙黛玉先世，何等清貴；叙寶釵起家，只是富商。筆若伯州犁之手。

鳳姐殺張華，苦心尚非得已；雨村充門子，毒手未免不情。殘忍中尚有分别。

寫黛玉處處可憐，何忍厭其小性；寫寶釵處處可愛，何必怪其藏奸。讀書不容着己見也。

雪天極寫衣服，映對岫煙；卧房極寫鋪陳，襯托秦氏。

『從今要領略風情月債』，是當前欣幸語；『於今纔曉得聚散浮生』，是過後解悟語。起結遥遥一氣。

境雖曰幻，入幻便即是真；津既曰迷，執迷如何能悟？仙姑大是鶻突。

以風月傳世，空師真是情師；以雲雨授人，警幻可稱引幻。在仙人出死入生，在凡人則出生入死矣。

悼紅軒於黛多貶詞，却以一癡字原之；於釵多褒詞，却以一冷字結之。一字之間，優劣互見。

寶玉兼愛，故叙釵黛性情言貌，皆從寶玉目中寫來；釵黛同情，故叙寶玉服飾儀容，必從釵黛目中看出。

富貴易於成名，讀書只要做個樣子；貧賤易於失業，吃飯都要守着碗兒。可嘆。

『拔一根寒毛，比腰還壯』，劉老豈是俗言；『蹺一隻大腿，比頭還高』，焦大不是醉話。富貴貧賤，相形可畏也。

焦大一駡，是東府狀詞；湘蓮一疑，是東府定案。宜祠内嘆聲不息也。

寶配黛四角俱全，良緣竟成靈語；金與玉八字相對，吉讖已兆先機。天作之合，不可强也。

玉有失亡，故曰『勿失勿忘』；金終離棄，故曰『不離不棄』。吉祥語中，有大不吉祥在。

劉老老勸女婿，真是久經世故之言； 金寡婦勸兒子，真是没有力量之語。 千古窮寒，同聲一哭。

賈璉去，鳳姐無趣，到晚就胡亂睡了； 顰卿去，寶玉落單，到晚便索然睡了。 境同睡情不同。

趙姨欠約是五十一張，要換兩條人命； 賈瑞文契是一百二十紙，只算半夜嫖錢。 如此癡愚，可恨可笑。

秦氏人材，真是萬分不及； 秦氏病症，只有三分可醫。 淵材五恨，增此爲六。

金釧明言死法，必要念經超度； 秦氏不言死法，却要拜懺解冤。 筆有陽秋。

聽秦氏情話，眼中流淚，心上如攢萬箭； 聞秦氏喪音，口中哇血，心上如剟一刀。 玉即癡情，情不至此，董狐古之良史也。

鴛鴦之殉賈母，非死不能潔己； 瑞珠之殉可卿，非死不能成名。 人誰不死？ 二人得死所矣。

協理東府，賈珍只慮及兩層，鳳姐却想出五件。 有定見則要言不煩，自然威重令行； 有定規則臨事不亂，益見臉酸心硬。 鳳姐真能任事，寶玉不愧知人。

鳳之在東府也，指揮具全副精神，一絲不走； 舉動是大家體段，百個不如。至今猶想見五七供茶時。

五十兩壓魔，道婆已是禍首； 三千金發難，老尼更是罪魁。 三姑六婆，可畏可畏。

好茶要等襲人，紫鵑尖甚； 喚茶必待秦鍾，寶玉趣甚。 是皆善於調情者。

寶玉是色鬼，足以動人； 寶玉非惡人，不能嚇鬼。 人愛之，鬼不必畏之也。

以旺兒爲濟惡臣，何事不可造作？有平兒之如意婢，何闕不可彌縫？此鳳之所以無所不至也。

周大娘方便劉老老，只常會二字；鳳姑娘疼顧趙嬤嬤，只行好一言。出好興戎，一矢口間耳，可弗慎與！

惟寶玉是佳公子，蕶苓香所以鄭重相遺；除寶玉皆臭男兒，蕶苓香何必殷勤轉贈。小玉特煞多情，寶哥未免無狀。

汗巾則棄之如遺細人，原不足重；荷包則藏之於密知己，實不敢忘。即此見重黛不同於襲人也。

衆美不可無地以容，大觀園不可無因而建。托之歸省，則名正言順，其實只是閒文。

小學生説到多情，宜香玉之無以自解；修行人説到模樣，宜妙玉之不能自全。葬送人只一二字，所謂文士筆端。

寫幻境温柔靡麗，寫大觀富貴繁華；叙喪儀壯闊精宏，叙歸省端嚴肅穆。斷非憑空結想，作者自云歷過，洵不誣也。

泥美人亦要根尋，方寸何多縈擾；畫美人亦須慰望，一刻不得安閒。所謂無事忙也。

因包子啓楓露之釁，晴雯則累及無辜；以栗子解酥酪之圍，襲人却善於省事。二婢子心性，於此立見。

卿未抱衾，盡容握手；人須合巹，方許上頭。晴雯真是磨牙，麝月有以借口。

黛玉以母蝗取譬，新事新文；寶玉以小耗解嘲，妙人妙想。

製燈謎，於黛則曰不肯多言，於釵則曰本不妄言；勸李嬤，黛則必曰可見背晦，釵則必曰要讓糊塗。

不經意處，已見左袒。

炸鵪鶉是出脱自己，何等精詳；燒野鷄是出脱旁人，何等爽快。鳳姐妙人。

又不知是那個丫頭遭瘟，見寶玉餘痛未忘；又不知是那個姑娘得罪，見寶玉偏心特甚。

肌膚得近，香雖俗而必聞；膏澤難沾，水雖殘而不潑。寶玉何只意淫！

賈母自見寶釵，喜其穩重和平；寶釵套問襲人，愛其言語志量。黛玉安得不死！

寶玉設誓，只用一言；襲人進諫，却有三件。爾時何等纏綿，到頭郤然斷絶。

環視玉高下相懸，燈謎故有兩樣；玉視環憂喜與共，燈謎已見一斑。

巧姐母舅忘仁，芸兒母舅不是人，絶好一對渭陽。

俗人纔得善緣，却不是老尼；潑皮方有義俠，實無多倪二。

叫芳官怕人盤詰，唤小紅怕人多心。可想見怡紅一班人，難乎其爲寶玉矣。

潑藥無心，竟以有意而仇；潑燭有意，轉以無心而恕：此環之所以與鳳結冤也。

送藥亦是常事，説來太覺多情；吃茶不過趣談，笑得真是耐想。

小蟲聞香就撲，玉之淫也可知；宿鳥聞哭亦飛，黛之痛也可想：皆是加倍寫法。

寶玉開口説心，聽慣故不動情；黛玉無事垂淚，看慣故不在意。非紫鵑是石人也。耳鬢廝磨，心情相對，非黛玉早已做成；嘲笑不忌，喜怒無常，非寶釵不能看破。可見黛只情深，釵實心細。

因寶玉瘋顛求去，玉釧只是失望；因鳳姐抬舉便去，小紅真是見機。

説到欺負二字便傷心，見黛玉之苦；説到短命二字便住口，見黛玉之癡。

比芳官不如下三等奴才，大言覺得太過；怪黛玉反親外四路姐妹，歪話説得可憐。

舅則母疏，故稱黛必曰大姑娘；姨則母近，故喚釵直曰好孩子。寶雖後不占先，玉豈薄其所厚？

鴛鴦脖項不下於襲人，已是非想；寶釵臂膊欲移之黛玉，是何居心？雖左袒者不能曲爲之解。

王道不但傳方，而且賣藥；張道不來抄化，却會做媒：老道真是無良。

一日重似一日，這病因不能放心；一天大似一天，論理原不該涎臉。寶真有味之言，黛實違心之論。

雁不送爐，黛雖有隱而難發；靚不問扇，釵終含怒而難伸。事在對景，不是口尖。

黛玉恐寶玉不便，因而閃過；寶釵見寶玉情形，不好再説：同是惜玉之心，何分輕重。

寶玉言動一一在黛玉目中，是未忘金玉之説，故黛玉使小性常施之於寶玉；黛玉言動一一在寶釵目中，見深忌寶黛之親，故釵具深心專用之於黛玉。惜哉，妃子既爲寶累，又爲釵愚。

常聚不散，天性既難；强同求近，反疏和氣。那能到底，此寶、黛所以中分。

寶、黛同具此心，寶、黛各私其心。黛不肯以寶之心爲心，故不死此心不放；寶不敢以黛之心爲心，故不去此心不明。此所以一心反成兩心，兩心生出十百千萬心也。

襲人待寶玉，動手以自己上前，原做來有意；襲人勸晴雯，開口説『我們不是』，却出自無心。

釵之『花兩個錢，學些乖也值』，寶之『聽那聲響，就砸了也可』，真是富貴兒女口吻。

藏麒麟衆人皆不留神，獨有黛玉點頭；戴麒麟諸人皆不聽見，獨有寶釵抿嘴。黛兒多心，寶兒何嘗無心？

見蘇醾籖則縐眉，是恨其開了；見麒麟佩則出神，是訝其成雙。

偷盗不失爲正經人，經濟却視爲混賬話，真是別有肺腸。

恐借此做出佳事，鬘卿必定悄來；怕將來難免不才，襲人至於下淚：皆切己故耳。

寶之會雨村也，湘所言是期望之深，釵所言是愛惜之摯。一様用心，却有分別。

司棋以烈死，不掩生前醜行；金釧以愧死，轉獲身後美名。真有幸有不幸。

撲蝴蝶使黛玉結怨於下，贈新衣使黛玉失愛於上，我不知寶兒是何居心。

釧非逼死，惡有攸歸；環敢進讒，罪何可逭！此燈謎所以比之以象也。

寶云『不過那些事問做什麽』，釵云『早聽一句話不至今日』，針鋒相對。

鳳姐畏禍，露相在獃了一獃；襲人定案，進讒在想了一想。

劉老逞老風流，笑倒合座；襲人弄小見識，殺盡同人。趣者趣甚，惡者惡甚。

寶釵不爲薛蟠飾非，襲人竟與賈環掩惡，皆是能見其大。

襲人識見雖小，道理極大。惟其蓄之也久，故其發之也暢；惟其慮之也周，故其言之也詳。設非下場一節，不居然是第一完人？

黛以留心相識，釵則妝没聽見；黛以保重相誚，釵則并不回頭。其實種怨已深，尚口者不覺耳。

寶玉中魔，關心無過黛玉；寶玉受杖，關心無過寶釵。於何見之？於失聲失口見之。

换帕是賈芸，雖非必謝；贈帕是寶玉，惟舊乃珍。彼墜兒、晴雯，都在夢裏。

紫鵑雖痛其主，聞玉言不免一夜傷心；玉釧雖痛其妹，聞玉言亦轉三分喜色。可見情之感人。

見燕和燕説話，見魚和魚説話，是情之無可奈何處。非癡公子做不到，非癡婆子亦道不出。

玉有繐而黛斷之，則難續；玉無絡而釵結之，則相連。釵、黛無心，而離合之機已兆於此。

如來更比人忙，得聞處亦復輕嘴薄舌；襲去不妨獨坐，無人處并不着意留心。特無深細人覺察耳。

心多如黛玉，不以藏奸爲奸；口快如湘雲，不見可笑而笑。寶兒何術感人？

玉視環清而免俗，不能結彩雲之歡；玉比薔美而多文，不能得齡官之淚。人各有心，無相强也。

綺大姐花樣尚倩人描，花大姐衣裳却要自洗。豈以釵來而故避耶，抑做名耶？

棠詩釵以韻勝，菊詩黛以意勝，亦見薛、林不相下處。

少年意氣逼人，故見鳳必拜幾拜； 老人慈祥接物，故見母只福幾福： 老老真有經歷。

大觀即是幻境，寶哥小住半生； 大觀實是名園，老劉只到一次。 故游幻不算奇緣，游園却是盛事。

茶葉雖淡，好則相遺； 荷葉雖殘，喜則不拔。 處處用情，却是處處種毒。

寶釵精通戲文，無慚閨秀； 黛玉偶道曲語，深愧邦媛。 可見人貴擇言。

黛本忘嫌，不妨以自己之枕讓客； 妙原愛潔，胡可以常用之斗飲人。 妙師父假惺惺，老尼言然。

焙茗田埂一尋，叙次真是非想； 焙茗井臺一祭，吐屬尤可破顔。 何物雛奴，靈敏乃爾！

愛黛玉之心移之寶釵，只是薄情； 想金釧之心慰之平兒，未免非禮。

香菱鬥草，却得一枝并蒂菱； 平兒簪花，恰開一枝并蒂蕙。 花亦多情，肯爲人用。

怕心多使眼色，湘并不感其情； 因鬢亂使眼色，黛竟乖會其意： 宜親黛之密於湘也。

平兒充外圍護防，鳳姐做監社御史： 妙對。

劉老老未做大姐兒乾娘，先做老夫人清客； 王熙鳳不是大觀園反叛，即是榮國府罪人。

焦大因繼起不才，太息祖宗家業； 賴姆怕奴才倚勢，連累主子聲名。 可見古道猶存，老成不没。

不識唐寅，并非眼花； 錯認小柳，真是眼瞎。 寫文起癡蠢如畫。

薛蟠有可打之道，非湘蓮不能； 薛蟠非省事之人，故湘蓮必去。

黛玉悔悟之後，宜以骨肉相看； 寶釵親切之中，却有婚姻在意。 言爲心聲，何能矯飾？

邢討鴛鴦，鳳所言理正而詞不當，母所言詞淡而意甚嚴。此鳳之所以不能追蹤賈母也。

成窑可棄，羞蒙不潔之名；故紙深藏，實獲焚身之禍。古扇何如舊杯，獃石不如妙玉。

鳳姐雖不飲酒，亦是燃酸；香菱便不能詩，自然脱俗。正不必更進一解。

寶云『不大説話就不疼了』，意中先有一黛玉；襲云『還從那里再尋好的』，意中只有一寶釵。

惟寶玉能諒黛玉，却説不能體貼；惟黛玉能知寶玉，却説不能明白。忽即忽離，雌雄莫辨。

比雙文深寄人之感，見四美增吊影之悲。不必憐才，已難却病。

釵、黛不合，全露在湘雲口中；釵、黛相合，單見在寶玉目中。湘真口直，實亦心細。

凹晶明月，櫳翠梅花，皆脱盡富貴氣象，若能修到，定消萬斛俗塵。

上學一段，寫襲人恩情；問病一段，寫襲人身分。不知委屈上轎時可曾憶及？

富室之見，不知典票；大家之婢，不辨戥星：皆不恒經見故耳。

寶與黛兩好多嫌，故有話不能出口；寶與黛一味做假，故欲説又恐多心。千手觀音，亦不能解。

薛蝌家書是簡净得好，莊頭年帖是累贅得好。可謂無細不搜。

榮府規模，在黛玉目中叙出；宗祠體制，在寶琴目中寫出。絶不犯手。

王夫人無故取罪，探春竟能解圍；趙國基遵例加恩，探春偏要留帳。精細可愛。

一般兄弟無偏庶之分，一樣奴才何拉扯之有？寶玉、李紈，皆未見到，真是糊塗。

岫煙家計雖貧，命却不苦；探春出身雖微，命何嘗薄？鳳姐俗人，何能知命！

賈與甄合，是夢非夢；甄與賈遇，有形無形。真假合成一片，融洽分明。

聞可卿死，急火攻心；聞黛玉死，急痛迷心。心病能醫，那得許多心藥。

寶玉病好，黛玉念佛；黛玉病好，寶玉念佛。豈如來真個保佑病痛耶？

送綿衣鳳姐不是賠贓，遺玉佩探春不是市惠，見得岫煙可人。

芙蓉神招魂致祭，尚是感念之常；杏花神托夢要錢，實出意想之外。此種癡情，耐人咀嚼。

迎春是千金小姐，拌嘴自是不能；襲人僅二等丫頭，拌嘴未必不會：是做身分處。

賈珍哭成淚人，醜態可哂；芳官哭成淚人，媚態可憐。美惡不同，哭亦自别。

小婢僅可爬高，尚且不容遞水；老媽何不知醜，居然要去吹湯。世間真有此懵懂人。

是小婢買的糕，纔要嘗，芳官有意拌嘴；便柳氏下的蛋，也要吃，司棋那管澆頭。

三般兩樣，趙姨罵得有因；兩面三刀，賈環疑得亦是：特不善立言耳。

寶玉瞞贓，五兒尚不免軟禁；平兒息事，鳳姐竟不動酷刑。玉雖多情，不若平能造福，權在則然。

興家者不肯揚鈴打鼓，折騰起來；代庖者早已掩旗息鼓，捲包而去。平兒真是秦顯家對頭。

平兒心上亂敠，意在不言；香菱臉又一紅，話原難説。除是解人，不知個裏。

釵曰寶玉雅謔，未必無因；玉曰斷釵戲言，竟爾成讖。

蘆亭寫小薛，是景中情，讀之神往；藥圃寫湘雲，是情中景，讀之魂消。

翠縷問陰陽，真是觸類旁通；荳官辟夫妻，可謂强詞奪理。

擲骰射覆，是釵、寶對點；行令分酒，是寶、黛兩家。着意應照，以寶玉生日故。

游太虚只是夢幻情緣，覺路尚容再造；尋怡紅方是真實樂境，畢生只此一遭。故曰游幻所同也，慶壽其獨也。

問疾佛心也，不妨特來一行；祝壽俗事也，寶多遥叩一紙。妙公何曾甘居檻外？

元妃晉封，置若罔聞，妹妹來方有喜色；祖父捐館，毫不在意，姨娘來却有笑容。真是一對佳子弟。

湘、黛交譏，看寶玉分上丢手；芳、晴相打，看寶玉分上饒他。是何情事？

怡紅院夜宴，極寫芳官；花枝巷聚飲，特寫三姐。

寶玉云『不丢死的，便是有情』；賈璉云『只等死了，便接進去』。玉雖薄倖，遜璉一籌。

賈赦討鴛鴦，邢氏以爲必妥，不勸而行；賈璉娶二姐，尤氏明知不妥，不聽即罷：真是庸人。

珍、璉皆是蕩子，何可倚爲腹心；珍、璉皆是庸才，大可玩之股掌。三姐狂縱自如，正三姐貞潔自守。

二姐是癡心倚靠賈璉，那知不可長恃；三姐亦冷眼看中寶玉，明知不可高扳：姊妹天淵。

鴛鴦回賈母語，句句真；三姐對賈璉語，字字響。一部《紅樓》，止此兩個快人。

二姐死於賈蓉，不死於熙鳳；三姐死於寶玉，不死於湘蓮。所謂維口起戎。

作速回頭，不曾喚轉寶玉； 暫來歇足，竟能點醒湘蓮。 豈寶玉夙根不及小柳耶？

賺二姐說得入情，旁觀亦動； 鬧尤氏做得真潑，老奸不如。 鳳兮鳳兮，吾當瓣香事之。

二姐淫蕩不才，死無足惜； 鳳姐奸謀迭出，罪豈勝誅： 同是一般遺臭。

節度使求情，不過壞榮府之名，其罪輕； 都察院買告，直欲置賈璉於死，其罪大。

未曾偷娶之前，二十兩原可退婚； 業已經官之後，一百兩豈肯息訟？ 張華真扶不上墻。

寶云『白認得你』，句下不可推敲； 鳳云『錯看了你』，言外頗耐咀嚼。

秦氏喪儀，極寫奢華靡費，是盛極將衰之漸； 賈母生辰，極寫富貴榮華，是樂極生悲之漸。 陰長陽消，惜辨之不早耳。

寶玉不告訴人，是多情見慣； 鴛鴦不告訴人，是羞口難開。 非有厚於焙茗、司棋也。

探春有侍書，真是有其主必有其僕； 迎春有綉橘，可謂有是主幸有是僕。

晴雯惟恐難保，故素日不敢出頭； 晴雯過於要强，故外人亦來犯舌。

何三乾娘雖喜事，尚是愛好； 司棋老娘既多事，而又無知。 若論邢、王優劣，此亦一證。

秦氏孽鬼，能計久長，而生人無此遠謀； 探春婦人，尚憂殺滅，而男子無此先見。 安得不敗？

黛玉把盞，湘雲執壺，癡人應有此艷福； 佩鳳吹簫，文花唱曲，俗物亦解此清游。 不愧膏粱！

園中本無怪事，却顧而相驚； 祠内實有嘆聲，却聞而不警。 人家將落，往往如是。

家勢已成騎虎，絶少持盈保泰之人； 子孫又復聚廳，都非繩武紹文之器。 二公有靈，便當痛哭，何只聞歌而嘆？

賞寶玉不過細物，政老只是承歡；夸賈環説到前程，赦老竟是鬥氣。

海棠秋菊，不如晶館吟懷；柳絮梅花，不及翠庵清興：是着意寫三個離魂倩女。

晴雯出口傷人，終久自己遭殃；晴雯開口撵人，反令大家稱願。天道夢夢，獨於斯人不爽。

晴雯去，更無第一等人，正是眼中去疔，襲人何必落淚；晴雯去，原是第一件事，何異心頭剜肉，寶玉能不斷腸？皆令人不忍卒讀。

轄制寶玉，襲人只是去疑；顧恤晴雯，襲人并非買好。其實蛇蝎之行，何能解飾！

閒言必説别人，是欲蓋彌彰；奪地只曰衆人，已不言而喻。

襲人以賢得名，不妨頑笑；晴雯被好帶累，難解輕狂。千古沉冤，一時恨事。

寶玉花家吃茶，事事令人肉麻；寶玉吴家問病，語語令人心痛。

玉之望晴雯也，設使襲人心粗，竟成了門外漢；不是五兒眼快，險做了屋裏人。可笑。

小沙彌雖不還俗，亦有内人；老尼姑因爲出家，纔做拐子。今天下正復不少。

寶玉得上考，真是意想不到；襲人得上考，未免名實不符。

《姽嫿詞》是吊古傷今，《芙蓉誄》是傷生吊死。祝文固是寓言，挽詩亦非賦體。

合歡酒專爲黛玉，分惠者却有寶釵；《芙蓉誄》名指晴雯，生受者却是黛玉。不可思議。

婦人之性最驕，一縱則不可復制；丈夫之氣易餒，一屈則不能復伸。吾於薛蟠、金桂見之。

金桂是毁室之鴞，文起如喪家之狗。天道好還，宜有此報。
香菱真是花片，竟墜藩籬；迎春雖是木頭，何堪戕斧？令人深中谷仳離之感。
放晦氣則鳶飛不及屋，占旺相則魚躍不吞鈎，爲之奈何？
黛云『我不能送汝』，可謂一往多情；寶云『我依舊回來』，真是大喜過望。那知送者真不能送，回者竟不曾回。
如遠别重逢一樣，見契合有神；如死而復生一般，見相思綦切。
一去大觀，風景都異；再來家塾，人物全非。大有丁令威化鶴歸來光景。
晴雯説『你的身子要緊』，有無限癡心；黛玉想自己身子不牢，真是不堪回首。讀至此不放聲痛哭者，非人情也。
抱屈夭風流，尚是滿紙淚痕，一字合償一絹；癡魂驚惡夢，直是滿紙血點，一字當償一珠。
『誰是知冷知熱的人』，空勞睡下尋思；『你是無情無義的人』，只在夢中覺悟。鵑真過慮，黛亦太癡。
吟箋因未見其詞，不敢便與寶釵，大有斟酌；浪帖因深惡其説，直欲明告黛玉，未免荒唐。
馮淵重案，本府亦欲窮迫；薛蝌訴詞，知縣亦曾批駁。初心非不嚴明，轉念未免鶻突，故云官貴有守。
堅貴不能答，見寶玉不是解人；芍範不能知，見寶玉不是同調。
兩個怪不得，一個少不得，説壞岫煙；兩個微微的，一個癡癡的，斷送妙玉：筆端可畏。
晶館笛聲，是一片淒情，聞之萬緣俱寂；湘館琴聲，是一段幽怨，聞之百感横生。聲音動人，原不必盡是識者。

水仙庵一奠，了却金釧；《江南好》一詞，了却晴雯。鍾情者不過如此。

聞官事唬一跳，見人不可有虧心事；聞親事唬一跳，見人不可有關心事。

寶蟾業已借風，何須分惠；薛蝌不肯下水，何用盡心。

驚夢是實事翻空，參禪是虚處徵實。大開大合，妙想奇文。

政雖治家不嚴，尚有遠慮；赦雖居心不刻，却無後圖。乾以惕無咎，此政之所以獲福也。

海棠死何與晴雯，海棠開何關柳五。寶玉癡心，黛玉更是非想。

寶玉和尚洗靈，自己視爲濁物；寶玉在家是寶，出外不過廢物。寶哥并非謙詞，探姐真是達見。

玉與命連，衆人豈狀上水；環非賊比，君子惡居下流。

失單不敢多開，賞格豈容輕貼，見政老競業小心。

婚嫁兩難，雖越理期於必濟；意見一定，欲違命有所不能。業已溺愛不明，只得從親爲孝。

聞情詞如焦雷，寶玉真是心實；問傻言如疾雷，黛玉業已心灰。宜乎迷而不悟。

警夢寫得可憐，純是縱筆；迷性寫得可怕，妙無閒言：可謂字斟句酌。

叙湘雲太略，貶黛玉過情，固知八十回後多誤。

紫鵑怕越鬧越真，是不欲白圭有玷；襲人怕不説不明，是惟恐白璧無瑕。此《芙蓉誄》所以毁謏奴之口也。

寶釵出閣，嫁得糊塗； 黛玉焚稿，燒得乾凈。

衝喜尚云從俗，姨媽未便重違； 掉包大是不經，姨媽竟無異説。 匪但慕勢，直是賣兒。

紫鵑第一癡人，寶之情亦不能動； 紫鵑第一義僕，鳳之勢亦不能要。 不獨大觀罕有，天下罕有。

寶釵甘心替嫁，以新人二字解之； 寶玉負心合婚，以傻氣二字解之。 出死入生，文筆何所不可。

晴雯生負虚名，死沿實惠； 黛玉生無知己，死乏親人。 長恨綿綿，何止天傾難補。

愛既可移，何必以病爲解； 憂已能釋，何必以病爲辭。 鵑云男子之心如冰寒雪冷，信然。

不容死既感閨箴，不敢死又守冥戒，所以弄成負心。 李十當年，特少此一番解脱耳。

痛晴雯不肯深疑，是怕襲人着惱； 哭黛玉只是飲泣，是恐寶釵多心。 妄謂鍾情，何常死生不變。

賈政樂於讀書，故衡文有聲； 賈政拙於治劇，故從政必敗。 庸人誤國，拘儒尤甚。

水落歸槽，花大姐用心可想； 葉落歸根，王夫人所見甚長。

越給錢越鬧得凶，寶釵明見不爽； 有東西有人償命，寶琴要言不煩。 可稱難姊難妹。

姨媽富而不刻，故敗子尚可回頭； 文起淫而不好，故蕩婦不憂附骨。 可爲殘忍陰險者勸。

化由小尹而至大部，似宜知機； 化以窮儒而任美官，那能知足。 孤負甄仙，始終成就。

不得彩頭，便暴鳳姐之知； 豈難假手，不救倪二之危： 芸兒真難養小人。

元妃薨而封事始聞，敢言亦只是如此； 北王來而借票已出，不忍亦無可如何。 不痛元妃逝早，却恨北王到遲。

接風竟有幾席，見親友趨勢者多；赴火并無二人，見親友急難者少。翟門張羅，千古同慨。

晉封之後，都無思危之心；查抄之後，皆有悔悟之念。此所以否極必泰也。

揭帖事已過去，何必窮追；借票迹已彰明，何必深究：皆政長厚處。

黛玉求速死，是自恨憐才計左；鳳姐求速死，是自悔虧心事多。雖有九還丹，不可醫也。

黛玉病睁眼只一紫鵑，鳳姐病傷心只一平兒。冷暖人情，不堪追想。

賞中秋不過一片冷景，尚少歡情；慶生辰却是滿座愁人，有何樂趣。能不怨母心偏？

定有私自情理，必非父母之事，見寶玉設想不同；不似從前風致，毫無兒女之私，見五兒初心不善。

寶玉是實心人，故湘以實心誚之；寶玉是癡情人，故釵以癡情治之。

秦氏之喪，是寫東府之盛，非寫鳳姐逞才；賈母之喪，非寫西府之衰，正寫鳳姐失勢。

用人貴結之以恩，鳳不以恩而以勢，勢去故人皆離心；用人貴動之以利，鳳不以利而以權，權去故人不盡力。鳳雖多能，那得不絀！

鳳姐治喪不整，寶玉居喪不哀，皆可爲溺愛者勸。

我們有我們的禪機，旁人原參不透；各人哭各人的心事，衆人更勸不來：所謂甘苦自知。

鵑以不死成名，鴛以能死成名。生死雖殊，盡節一也。

多情到底無情，寶玉之謂也；無情乃見至情，鴛鴦之謂也。

入朝隨祭，看家尚請姨媽，何其嚴緊；送殯守靈，看家只留弱女，何其脱略：竟是開門揖盜。

鳳姐直是奸人行凶，竟無顯罰；趙姨不過小人行險，却受冥誅。似乎天道之爽，意者焦尾之報更烈耶？

鳳姐愛好恃强，到死方知後悔；鳳姐貪得無厭，臨了只好空抓。清夜霜鐘。

聞喪必至，老老受恩不忘；許願無私，老老臨財不苟：此世罕有此人。

鴛鴦以側室爲火坑，尚有擇可之意；惜春以世累爲火坑，竟是無可之心。

襲人失身，尚且不忍同死；麝月失口，何必不可獨生。其相去奚止樓上樓下！

寶、黛初會，一見便去；寶、黛神交，一見即去：夭矯迷離之極。

恨玉而復護玉，紫鵑業已回心；護玉而終負玉，襲人不堪回首。

賈芸不勾引寶玉，非不欲借光；賈薔不談論鳳姐，豈真是存厚。蓋有所不敢，有所不忍耳。

東府賭酒東，聚者只大獃、大傻一類；西府吃車會，來者是老大、老三一流：所謂愈趨愈下。

退婚紙如不可據，賈璉那得脱身；護官符如果可憑，賈化不應削籍。罔之生也幸免，信然。

好色從天分中帶來，却是寶玉獨見；赤子從不忍上體認，不是寶釵私言。可補大全之缺。

紫鵑既作去人，可與小紅并置；麝月雖是舊好，亦與五兒并防。真是卧榻之前，不容他人鼾睡。

罔極恩深，非一中所能了；薄幸孽重，非一中所能遮。亦聊以塞責可耳。

紫鵑之心，可動而不可移；襲人之心，能痛而不能死。可見人心不同。

入世洵是富貴閒人，出世又作文妙真人。較之腰纏十萬，騎鶴揚州，更上一層。

輕薄不肯太露，見襲人非不輕薄；端莊不走一點，見寶釵本自端莊。邢夫人討鴛鴦，説擱得住他願意；王夫人嫁襲人，是恐怕他不願意。兩夫人何相信之過。俯就不畏人譏，死守却怕人笑。真寶玉所云薄情無義，真自己所謂平常。寶玉薄倖，越哭越難自明；襲人幸恩，越想越覺可醜。守節却要冷人，可以爲寶釵信；死節不必潑人，實難爲襲人解。癡情人不可有成見，寶玉所以無塵福；老實人不可多轉念，襲人所以無死所。其實天下只一二寶玉，何止千百襲人。

襲云『比這更奇怪的笑話』，是冒起寶、黛全局；鶯云『是那有造化的人家』，是通結釵、寶一生。筆力絶大，都在有意無意之間。

邪魔招入膏肓，最初處難得識力堅定；情緣都是魘障，遍歷後自然心性空明。所謂幻境即真如也。

年誤

青峺峰别來十三載，非是。按是年入園，前二年游幻。此十三，游幻僅十一，似未妥。此當作十五載，則游幻時十三。推之演説，當云十來歲，百十九回當云哄了老太太二十年。

黛玉長了十五歲，非是。按黛玉小寶玉一歲，當作十四。推之第二回，當作年方七歲。

演説次年生一公子，非是。按元妃長寶玉十一歲，當云次後次胎。

元妃薨四十三歲，非是。按元妃生於甲申，卒於甲寅，當是三十一歲，是年寶玉二十歲。

探春結褵三載，非是。按賈政糧道，本年回京，當云兩年。

寶釵比寶玉大，非是。按入園之年，釵十五，寶玉亦十五。若以寶玉十三而論，釵又不能大寶兩歲，當作同年長月。

巧姐騙嫁，非是。按鳳姐卒年二十六，是時巧姐尚幼。

襲人與寶釵同庚，非是。按襲人大寶玉兩歲，若與釵同庚，則偷試時只十三，似不得便稱大丫頭。即此可見寶玉游幻當是十三，襲人偷試當是十五，釵、寶同庚，釵、襲不必同庚也。

月誤

十月頭一場雪，不對。按是時黛玉已穿白狐，湘雲亦穿裏外燒，當是十一月。

日誤

十五省親，失檢。按寶釵生日是正月二十一日，生日在大姐兒喜事還願後，喜事在省親後。似宜改作元旦，時日方寬，且與元妃送燈謎合。

時誤

寶玉出幻，可卿正在囑咐丫頭，不妥。謂黄粱警世，原可一息百年，此却非警世，且有雲雨之迹，宜略作輾轉。

地誤

水月庵，誤。按水月庵即饅頭庵，又名水月寺，是一處。女尼所在，又是一處，不得亦名水月。

物誤

鶴在松下剔翎，誤。按怡紅院無松。

語誤

第二回赦公一子，誤。此時已有賈琮。
第四回薛蟠送妹待選，誤。後無照應。
二十回看病換衣，可删。
二十五回在王夫人身後倒下，與下文彩霞説笑不合。

二十五回支開小丫頭，當在問暗算法之前。

二十八回姑表兄弟，當作姨表。

三十二回寶玉見寶釵來得便走了，與下卷王夫人問寶釵語不對。

五十四回寶玉漱口，可删。

七十一回開卷説寶玉，誤。不似接見過語氣。

八十五回寶釵明知是賈府人，不妥。此時并未説親。

九十回岫煙住菱洲，此時迎春已嫁，且與九十九回不對。

百五回錦衣查抄，賈珍在西府看守，誤。當回東府。

脱略

第四回妙玉入園，略。

六回鳳姐叫蓉兒晚來説話，略。

二十回湘雲回去，略。

二十回邢夫人云『一個好東西』，略。

二十八回鳳姐叫寶玉『還有一句話』，略。

三十二回襲云大喜，不傳放定，略。

三十五回黛玉院中説話，與下卷不接。

四十七回上秦鍾墳，不言幾時相識湘蓮，略。

戲文照應

東府東道，《還魂》、《彈詞》應可卿入夢。

歸省四曲應元妃。

東府年戲照全局。

寶釵壽戲，《西遊》應易嫁，《山門》應寶玉，《當衣》應鳳姐。

清虛觀三本，應西府全局。

鳳姐生日，應寶玉私祭金釧。

元旦戲應巧姐。

黛壽，《冥昇》應黛，《渡江》應寶，《吃糠》應抄没。

伯府戲，《花魁》應襲人。

無　考

五十四回麝月云『那兩個不知理』，不考。

序

紅樓夢精義一卷，話石主人撰。主人爲桐城張辛田大令猶子，
精學能文，玉樓早赴，身後著述散佚，唯此帙僅存。其中嘗評點
紅樓情事，文法離奇，戲筆墨而信手拈來，頭頭是道，深微曲折，
闡發無遺，直使作者言外之旨，昭然若揭。至其行文，出以駢體，
亦復生面别開，超超元箸，洵足與涂鐵綸、王雪香評贊並駕齊
驅。昔人謂讀一書不獨讀一書，然則主人之學問，不從可見乎？
其稿向藏吾友會稽馬賓侯處，賓侯工詩詞，好蓄古今圖籍，與
余爲文字交，此乃乞之於辛田者。卷端有其題辭云：「平章情溢
與情痴，櫟櫟生花筆一枝。我是夢中談夢輩，看君夢醒已多時。」
蓋深悼主人之蚤世也。歲乙丑，余抄諸賓侯，棄置簏中，久不
省視。今夏曝書，忽檢得之，方擬付梓行世，而賓侯已歸道山矣。

紅樓夢精義　序　一

六婆可畏可畏。

好茶要等襲人、紫鵑，尖甚；喚茶必待秦鍾、寶玉，趣甚。是皆善於
調情者。
寶玉是色鬼，足以動人；寶玉非惡人，不能嚇鬼。人愛之，鬼不必
畏之也。
以旺兒爲濟惡臣，何事不可造作？有平兒之如意婢，何闕不可
彌縫？此鳳之所以無所不至也。
周大娘方便，劉老老只常會二字；鳳姑娘疼顧，趙嬤嬤只行好
一言。出好與戎，一矢口間耳，可弗慎與！
惟寶玉是佳公子，蓼茶香所以鄭重相遺，除寶玉皆臭男兒。蓼
茶香何必殷勤轉贈？小玉特煞多情，寶哥未免無狀。
汗巾則棄之如遺，細人原不足重；荷包則藏之于密，知己實不

紅樓夢精義　四

紅樓夢本義約編

話石主人　撰

光緒四年（一八七八）刊本。上下兩卷，共一千三百二十則。卷首有醉紅生識語。正文前題『話石主人手定，延陵叔子藏本，醉紅軒主校字』。評校者情况未詳。本書的基本内容爲逐回評説，前後略有總論性質的評語數則。本書論『寶玉不專』、對黛玉『負盟』，『寶釵是第一等人』。對小説的總體藝術結構也有分析，并注意《紅樓夢》戲文皆有關會』。有時所指出的具體的藝術表現技巧也頗有見地，如論寶玉的出場云：『寶玉是一書之主，出場不可輕率。觀其演説，先震其名，令人懸想，却留在黛玉目中出現。將出矣，又用王夫人一抑，復在賈母處一閃而去，然後以濃豔之筆，作意寫出，精彩奪目。』書中也如《紅樓夢精義》等一樣，不時指出作者的疏漏或錯誤，如第二回叙『黛玉年方五歲』處指出：『誤。按黛玉入榮府時已十一。』有時也會説明評者的修改意見，如第十四回評曰：『出史湘雲混，宜删，在二十回出方好。』他認爲：『全部本有微瑕，正不妨明爲指出，無損於其爲妙文也。』

世間章回説部之書，汗牛充棟。或據事以直陳，或借端以起興，大抵不外乎彰善癉惡者近是。《紅樓夢》，一曰《石頭記》，風行海内，膾炙人口二百年矣。迂儒以淫書目之，殊失作者之本意。蓋其中未必實有其事，其人特寓言八九耳。必强實其人，以肆污蔑，不亦增文字之罪孽耶？吾甥延陵叔子，夙嗜此書，幾於成癖，舊藏有話石主人手纂《紅樓夢本義約編》二卷，寄以示余。讀之，覺書中之義，無一不搜，書中之情，無微不揭，而作者之本意，所謂寓言八九者，無處不爲之道破焉。噫，異哉！如此妙文，烏可不傳之四方，播之千里，俾夢中人同歸大覺哉！因贅數言於簡端，亟質諸西泠嘯翁以爲然否？時在光緒四年仲夏之月，倉山舊主醉紅生識。

卷上

《石頭記》開卷言『無才補天』，作者自恨缺陷難補也。開首借英蓮失散説起，英蓮讀作姻聯，言真姻聯而復失散也。歸薛氏曰香菱，香菱讀作相憐，後改名秋菱，謂始如并蒂相憐，終似深秋零落也。全部之節目，以英蓮起，以英蓮結。英蓮爲群芳中薄命之尤者也，此書之始末也。

緣始還淚，故先出黛玉；緣成金玉，故繼出寶釵。二美既集，寄情夢幻，參以襲人，見夢境不是虛，花悟以真，如見實事，有如夢境，此作書之本旨也。

寶玉爲神瑛，神仙姻眷也。初見黛，若遠别重逢，見神交已久也。言和意順，兩小無嫌，有不止解連環，就手看花，披氈笠，輕攏束髮者，顧對枕彈脂，聞香籠袖，寄言香玉，幾欲化身，亦不過話到疏不間親，兩心相印而止。自入大觀，遂疏防檢，盟言既非虛語，吃茶已有諷詞。而紫鵑一戲，方且明示曲衷；山坡一訴，又復歷陳已往。無如藥方對誤，黛猶以爲撒謊哄人，心不能明，乃有摔玉大鬧之事。黛翦玉穗，明與玉斷也。此時意亂心迷，真訴肺腑，却瞞不得旁人。至於笞撻横加，情象兩露，猶復寄情舊帕，夢想姻緣。迨夫探春結社，同賦斷腸，借菊爲題，綿纏不了，感用心之兩合，覺雅謎之難猜，縱有情文，焉能補恨。然而杜鵑一唤，急痛迷心，不過空示團圞，轉貽話柄。厥後春宵問病，上物言懷，迹愈斂而愈形，情日親而日遠。姻緣不能自主，剖心亦是徒然。卒之甘背盟言，僅得瀟湘一哭。設非真如大悟，幾何不墮落紅塵？ 此漁翁隱語，悵索解之無人； 琴調相思，嘆賞音之難得也。此寶、黛之大略也。

十二釵命名，各有喻意。 曰林黛玉，讀寧待玉； 曰雪雁，讀接案，寧待寶玉接案也。 曰薛寶釵，讀拆寶開； 曰金鶯，減名鶯，鶯讀姻： 拆寶玉開，聯金玉姻也。 曰史湘雲，讀是香群； 曰翠縷，讀翠侶： 是香群翠侶也。 曰秦可卿，曰兼美，言兩美情皆可親也。 曰妙玉，曰檻外人，言妙遇陷害人也。 曰熙鳳，趨奉也； 曰巧姐，巧語也； 曰平兒，貧兒也： 言趨奉之巧，如貧兒也。 曰李紈，紈讀完； 曰蘭，蘭讀難： 言完人難也。 曰元春，曰抱琴，前春抱情也。 曰迎春，曰司棋，尋春私期也。 曰探春，曰侍書，探春事虚也。 曰惜春，曰入畫，惜春入化也。 此十二釵命名之大凡也。

黛玉本絳珠草，曰敏生，明其爲草木之人也。 草木向榮，故歸榮府。 初來尚在髫年，即恐被人耻笑，多心小性，業已遜薛一籌。 及重赴維揚，再依大母，已有終焉之志。 因生金玉之嫌，只緣自賞孤高，以致衆心不屬，因求全而得毁，爲求近而反疏。 迨夫换案已成，鴛鴦誓絶，猶自蘭言解癖，謬結同心，妄憶姻緣，纏綿不語，及至驚心惡夢，不知失愛高堂。 蛇影杯弓，無端絶粒，性迷求死，枉自焚詩，癡情雖斷於今生，往事已貽爲口實。 此所謂李十負心，雖西江之水不濯也。 幸而潔來潔去，終歸清净之天，死於霜閨之手，一字之褒，榮於華衮，有不待自明而可共信者，此黛玉之本末也。

薛寶釵性情舉動與黛玉相反，已有不兩立之勢。 自奇緣識鎖，宫賞兩同，遂有兒女之私。 雖務爲持重，而送丸藥，顯露情言，綉鴛鴦，難云無意。 特平昔隨分從時，見之者不肯播揚其短耳。 投史太君之好，結王夫人之心，猶曰女子能賢，毋庸過議。至賞襲人之志量，遂與聯歡；知小紅之心高，因而嫁禍：其機詐可概見矣。訐黛玉之短，復聯之以小惠；去黛玉之疑，必動之以婚姻：其權謀又可概見矣。苟無金玉之見存，何必避嫌而忽去？惜乎瀟湘命薄，寶玉情移，設因溺愛而傾心，未知此座之誰屬。然而將桃代李，當局何以爲情，對此癡獃，亦復毫無生趣，不過銀河一度，消受永夜青燈而已，無謂也。此寶釵之本末也。

起首雨村、士隱皆住仁清巷，言人情真假不分也。雨村去，士隱留，是去假存真之本。士隱仙，雨村仕，是以假代真之始。至急流津，則甄來賈去，卷終則棄賈歸甄。此真假之說也。

作者言真事隱去，用假語村言演出，知着眼處先在命名，細繹百二十回，各人名皆有用意。無才補天之後，得遇渺、茫，將百二十回實事，用數語包括，接入空空道人抄寫傳奇，取徑與俗本小説迥別。

第一回從英蓮開場，是始事姻緣之意。

先出幻境，却止在甄士隱夢中一露，絶不犯實。下回亦不費手，嚴老爺來拜，雨村從夾道去。嚴者，憐也，真見憐假，由捷徑出矣。

霍啓小解，英蓮失散，喻聯姻解散之事，霍然而起，直照换案。

封肅嫌貧，是慨風俗如此。

叙士隱遷移，不脱丫鬟，着眼嬌杏，細。

第二回雨村初選官，取甄家嬌杏； 遷官，則嬌杏扶正。嬌杏，僥幸也，罵盡仕途。

出嬌杏天然，已極文章能事。先出英蓮，繼出嬌杏，是姻聯僥倖意。

黛玉年方五歲，誤。按黛玉入榮府時已十一。

演説一段，叙次井井，舉重若輕，偌大榮、寧，非此不能，上題妙想。

演説妙文，出自絶不相屬之冷子興口，作下酒物，奇想。若俗手，必在新鹽政口中道出，不惟直率，且言之不能盡。

雨村正邪兩賦之論，包括全書，不徒議論精透，頌揚得體，帶出甄寶玉，照應卷中事實，健筆凌空，歸到飲酒圓足，接入張如圭自然。

次年生一公子，誤。按寶玉小元妃十二歲，當是次後。

第三回榮府規模，在黛玉目中看出，是草木向榮之意。

着眼石獅子，直注湘蓮戲語。

叙三春曲肖，出鳳姐如見，如聞一片穠艶。

黛玉初入榮府，即留心怕人耻笑，不肯多言。説和尚一段未當，宜在王嬤嬤口中帶出，若寶釵之叙藥方則得矣。

見賈母，第一次哭，是人情該哭。

鳳姐初見黛玉，寫盡趨奉形景。

寶玉是一書之主，出場不可輕率。觀其演説，先震其名，令人懸想，却留在黛玉目中出現。將出矣，又用王夫人一抑，復在賈母處一閃而去，然後以穠艷之筆，作意寫出，精彩奪目。

你是客，直注卷末外人。

賈玉來了，寫得有聲有色。

三春同會母所，獨探春有言，着眼三妹。

鑿鑿贈自寶玉，隱寓畫眉之意。

賈母以鸚哥與黛玉，鸚作姻，喻初來原有聯姻之意。

襲人特書大丫頭，罪賈母也。襲作惜，惜其人不終也。

襲人跟賈母，只有賈母，跟寶玉，只有寶玉，微詞。

因摔玉淌眼淚，是第一次還淚。

第四回於李紈特下『槁木死灰』四字，榮於華衮，父名守中，官爲祭酒，皆褒之極也。

人命是些小事，財能役鬼，可嘆。

恐門子説出貧賤時事，必有不可問者，微詞寫薛蟠倚財仗勢，爲後敗家張本。

夢幻情緣，恰遇一對薄命兒女，不徒爲馮淵言也。

雨村以怨報德於門子，且然何有於賈氏，何有於甄仙？小人哉！

英蓮歸薛而馮淵死，是真姻聯易薛，相聯相逢，冤死之意。

買了英蓮，打死馮淵的薛公子，字字響。
薛蟠送妹待選，少交代。
第五回『忽然來了一個寶釵』，忽然二字，是黛玉死機。
叙寶釵心性，全與黛玉相反，已爲二美定案。
獨自垂淚，是第二次還淚。
東府觀梅，由秦氏卧房入夢。梅，媒也；秦，情也。因媒入情，因情入夢也。
《海棠春睡圖》，作者用意深刻，至二十七回説唐寅《春宫》，方見本旨。
西施浣過的紗衾，引用於時，未當。
於秦氏卧房，極寫香奩之盛，秦氏之艷可想。
開場一夢，領起全書，無一字占實，筆力文心，兩臻絶頂。
曰群芳髓，曰千紅一窟，曰萬艷同杯，髓讀作喜，窟作哭，杯作悲，一名之細，用意深遠。
天下古今第一淫人，大書。
秦氏語未竟，而寶玉已醒，比之黄粱夢久暫若何？
第六回偷試，明指襲人，爲後失守罪案。
書劉老老曰久經世代老寡婦，以其因周瑞一絲接引，遂結衆歡，卒令狗兒興家，不負賈氏大德與之也。

游幻後從劉老老開場，耑會鳳姐，言村牛專會趨奉也。自游幻後，極寫鳳姐才幹，言趨奉之好，正對收場。

曰狗兒，曰青，曰板，皆是點染牛字，妙文。

在劉老老目中寫榮府，聲勢情景逼真。後門一段，更是無細不搜。

會鳳姐是周瑞家引進。周，婢也。婢作備。言會趨奉，必要周備也。

周瑞家，因狗兒争田出力，纔肯方便傳言，弄體面，其次也。勸世。

『這位鳳姑娘』五字，無限譏刺。

連寫鳳姐裝飾，是言趨奉排場，駡世。

鳳姐見劉老老，情景活畫。

會鳳姐插入借屏一段，是村牛會趨奉，憑杖假容意。

第七回冷香丸着意『可巧』二字，對下巧合識通靈。

會鳳姐後，接出香菱，是村牛會趨奉可巧，薛相連直照掉包。

周瑞婦送花，是因趨奉周備，爲薛傳花之意，故於此出智能。

香供銀子余信管，是愚人信佛意。

周瑞家勢焰，爲後壞事張本。

送宫花，寫黛玉生成小性，不止施之寶玉也。

雨村好友是冷子興，舊交是小沙彌，取友如此，其品可知。

會秦鍾是比頑童之漸。會在偷試後，言既識雲情，遂爲情種也。下接探釵，是情鍾寶釵之意。

焦大一段，喻東府驕大恣肆之意。

焦大何人，而令其送秦鍾可乎？

第八回探釵必盛服而往，且繞正路，不由角門，對後不親迎。

銀庫總領吴新登，倉房戴良，買辦錢華，極細處亦有關會。

通靈寶玉，獨在寶釵目中叙出。邇時已存金玉之見，不然何必細看？又何必念兩遍？又何必嗔鶯兒多言？

寫寶釵衣服，直注卷中愛素。

寶玉云『倒與我的是一對兒』，釵不以爲唐突，可謂儘人調戲。

『奇緣巧合，姻緣已定』八字相對，是八字配合之意。

金鎖必不可不見，被鶯兒一語輕輕獻出，載好其音，其命名之由來與？

黛云『來得不巧』，對上釵之『可巧』，直注全局，妙，妙。

看鎖時，雪下已久，見得倚玉偎香工夫不小。

擺茶果一段，極寫黛玉口角犀利，宜乎不得人心。

奇緣巧合之後，即擺茶果，是金玉聯姻拜茶之意。

冷酒直注元宵。

晴雯開場渥手，直對收場指甲。

襲人挾制寶玉，自擲杯始。

包玉交代細，伏後失玉。

可卿抱自養生堂，言情孽之報，清夜鐘聲。

第九回大毛衣服對後雀金泥。

訓劣子非荷葉、浮萍一諢，不能下場，妙想。

『這一去可要蟾宫折桂了，我不能送你了』，直注收場。

胭脂膏等我再製，宜施之晴雯輩，方爲得體。

寶玉是不得安分守理的人，特書見得鬧學禍始寶玉。

香玉金榮一段，隱寓正意。

茗煙鬧學，極寫義學之弊，譏司事之不得人也。

第十回胡氏一段，寫貧窮氣短，正坐實家塾污穢。

金氏一段，寫貧賤之交富貴，無非枉徇，可嘆。

秦氏病證，説心性高强，已伏致死之由。

『混飯吃』、『久慣行醫的人』，罵世。

十一回賈敬生辰，寫賈珍草草，對針秦氏喪儀。

問病至秦氏卧房，與第五回晝眠同一用意，罪嫌疑不別也。

因圖畫追想夢境，深文。

賈瑞淫心起於平昔有所見聞，不是假山前造次。

寶玉和丫頭頑，見得寶哥生性如此。

尤氏云不得好木頭，伏下檣木。

十二回相思局，深罪鳳姐，不在設局，在假山前數語。

相思局引薔、蓉爲心腹，情事可想，補焦大駡所不及。

對賈瑞説『此賈蓉兄弟兩個强』，是明知蓉、薔之事，瑞已識破。不殺瑞，恐其敗露；殺之，非鳳得已也。

賈瑞一段，頗難安頓，宜將林如海患病改在十一回『好不焦心』後作結，與十三回遥接。十二回從賈瑞到榮府起，至完了此事，另作一回，似有眉目。

黛玉冬底回揚州，誤。按，賈瑞十二月初見鳳姐説『二哥路上有人絆住脚』，由此推之，起身當是冬初，與下回九月初三去世日期方對，且放過賈璉，方好設局。

十三回可卿死後托夢，是情心不死之意。

秦氏永保之計，是情心到死方悟意。

秦氏死合家痛惜，見得情之動人。

因可卿死而得龍禁尉，可謂裙帶官。

十四回秦氏之喪在會芳園登仙閣，另開園門治喪，明其爲少喪，譏不稱也。

秦氏之喪，尤氏始終患病，賈蓉若無事人，詞隱而顯。

出史湘雲，混，宜删，在二十回出方好。全部本有微瑕，正不妨明爲指出，無損於其爲妙文也。

十四回協理東府，寫鳳姐才幹，已定百十一回罪案，放過尤氏，細。

彩明記賬，是財帛分明之義。

叙秦氏喪儀窮極奢縱，醜賈珍，罪敬、赦輩也。

叙送靈夾寫各事與鳳姐也，文筆亦好整以暇。

『壓地銀山一般』，寫兩府勢焰。

十五回在北王目中復叙寶玉，惺惺惜惺惺之意。

『此鄉大有意趣』，寫情種到處鍾情。

喚寶玉同車，寫鳳姐精細。

鳳云『不信陰司報應』，直照百十三回。

寶玉留水月寺，罪王夫人也。

智能一段是情鍾方外，寫淫荒之遍。

怕通靈玉失落，伏失玉。
鳳姐弄權恃寵也，賈璉作假臉，是趨奉憑仗假臉意。
睡下算帳，是悼紅軒故作疑案，何必深論。
十六回鳳姐安享三千兩之後，總叙一筆，包括多少。
雖有晉封之事，不能解愁，寫寶玉天性之薄，宜其處處負心。
好容易盼到午，錯見別後相思之切，爲後背盟罪案。
送利銀，寫平兒真是心腹，且有潑醋之事，貶鳳姐也。
香菱温柔安静，在鳳姐口中叙出，是趨奉薛氏相聯之好，以平兒换，正應掉包。
趙嬷嬷一段，風人之旨。
鳳姐善飲，不敢任興，伏潑醋。
『喧闐熱鬧而已』一語，括盡大觀工程簡净。
寫秦鍾臨死況味，作者定是過來人，亦想當然耳。
原來見不得寶玉二字，鬼且如此，而況於人乎！
十七回寫清客逢迎之態，曲肖。
大觀匾對，作者恐擬有未當，故托之寶玉，又以元妃教誨爲辭，無瑕可指。
試才忽插賈璉一段，是作者自譬色色配合稱式意。

省親别墅，忽造一稻香村，本不自然，却先自道破，皆不與人以指摘也。

怡紅院著眼女兒棠，爲後重開張本。又有一路花障，是群芳聚處，花之魔障也。

瀟湘館，純是竹子，一片淚痕。蘅蕪院，遍種香草，秋來結實。而妙在有意無意之間，大有關會。

寫怡紅之温密，正對瀟湘之冷清，恰好襯托寶、黛。

亭臺以院名者三，院讀作怨。梨香院，喻離鄉也。蘅蕪院，喻離騷也。怡紅院，喻背盟也。

薛姨媽遷居，是已成通家之好，不怨離鄉意。

自翦香袋至省親，相距一年，其間無一瑣事，似略。

翦香袋第二次哭，是小心。

觀音遺迹，不在南海，而在長安，罪妙玉之來也。

十八回『同往迎春房中來』，疑有闕文。

元妃帶抱琴入宫，恐無是例。

劉老老雖細人，是書中一小綫，故開場先見省親，題目雖正，特借此安頓諸人，開出以後文章，是大文，非閒文，其鋪叙之繁富，作者述所已經耳。

《省親頌》有題無文，殆猶《聊齋》之《龍馬天衣謝表》，篇幅太長，姑置之六合之外耳。

一班兒女，只一齡官，心中目中絶無寶玉，故上場即拈出另寫，特筆。

不做《游園》、《驚夢》，做《相約》、《相罵》，伏後寶玉負心也。齡官之淚，所以不能得。

十九回吃年茶，極寫襲，與前送上學，及後倚門堆笑，同一用筆，何等恩情！設非收場一錯，《紅樓》無第二情人。

『你們不用白忙』六字，寫盡花大姐。

寶玉蟒衣只三見：一白蟒，見北王尊之之意；一立蟒，見寶釵寓不親迎；一金蟒，至花家，是視襲與釵等，推重襲人。

安頓焙茗，花大姐深細。

襲人在家哭鬧，吃茶時先伏眼紅一筆，於此等處知《紅樓》無硬裝文字。

石頭落地，見得兄母，亦以爲萬萬無再嫁之理。

贖則哭鬧，嫁却依從，欲抑之，先揚之也。

襲人因贖身箴勸一段，語語對針收場，恰不犯實。

『這樣薄情無義』一語，直注下場。

小耗寓言，是管夫人再和再捻之意，一往情深。

二十回『誰不是襲人拿下馬來的』一語定案，説配小子，又羞又委曲，總爲收場作勢。

出綺霞、碧痕，宜分别，出檀雲混，宜一起。

出金玉釧、小紅、四兒，皆着意另出；鴛鴦、晴雯，亦宜另出。

『公然又是一個襲人』，見得襲、麝相投，麝月所以常留也。

教賈環數語，見得寶哥無恒性。

賈環素怕鳳姐，鳳姐處處欺壓趙姨娘，種禍之根。

出湘雲，此回正好，然不如在省親時出。

賭氣回房是第三次哭。玉既失言，釵復推去，安得不哭！

寶、黛論心到無言之處，忽爾關情冷暖，令人神往。

二十一回寫湘、黛睡情微詞，沐其膏澤，情事耐想。

珠有四而遺其一，其應在絳珠乎？

黛玉自蘇州回，紫鵑之名始見，寓思歸也。

紫鵑是書中第一等人，宜用特筆。翠縷亦宜提明。

紫鵑是否即鸚哥改名，抑另有一人？略。

敬愛襲人，是畏其言語志量，忌之，因而結識之，奸深。

嬌嗔箴玉，非曰不賢，誤在收場一著。

『那個配比這些花』，直注芙蓉女兒。

四兒特出，伏後被逐，其改名是焚花散麝、戕釵灰黛意。

續《南華》，明犯寶釵，惜乎不令一見。

寶玉一夜不轉，襲人反不得主意，可見婦人伎倆。

折釵已兆中分，不待重夢太虛，始悟無緣也。

寫兩府誨淫，東則萬兒，西則多姑娘，言上萬之多，貶之極也。

從枕套中搜出一綹青絲，寓全部情思在握。得髮，得法也。曰『燒了完事』，是亦復誰能做得意。

二十二回寶釵第一個生辰，誤。按寶釵至榮府時已四載。將笄，亦誤。釵長黛一歲，是年黛玉十五，寶釵當是十六。

贊寶釵無書不知，應後看閒書。

寫寶玉調停被謗，情事逼真。

湘雲快人，如聞其聲，如見其形，釵、黛不如也。

假以尋襲人爲由，此時已説壞黛玉。

寶玉參禪，寶釵自認罪魁，直注收場。

參禪後接送燈謎，是傳燈之意。

燈謎，寶玉以象比環，以其進讒殺兄也。環之獸頭枕頭，喻己之暴露，二哥之安逸也。

湘雲回去略，應叙明。

二十三回因周氏殷勤，不問其子之賢否，驟使任事，致貽後患，貶鳳姐也。

勒石補樹結游幸閒文，以後之大觀園，是衆香國，非省親墅矣。

『我也要叫你那裏去住』，同心之言。

迎春住綴錦樓。按，迎春號菱洲，大約住東樓下，背面對菱洲。惜春住蓼風軒，與藕榭却是兩處。

《外傳》放在床頭，悼紅軒真是過來人，說古今小說許多，只爲《會真》作襯。

說欺負眼紅，不算哭。

『流出去把花蹭蹋了』，是出山泉濁之意。

駝碑一諢，真是歪說，誠湘雲所云，只可施之小性人。

說掩埋妥協，襲人走來，深文直注訴肺腑。

既讀《會真記》，復聽《牡丹亭》，感懷者何獨黛玉！

入園以前，寶、黛調情，只是心照；入園以後，遂有形迹；受笞後，形迹收斂，純是機鋒。三樣寫法。

寶、黛引《會真記》定盟會，真是茗煙買來。茗煙讀作盟言，若曰《會真》是盟言也。

二十四回吃胭脂，是鴛鴦交頸意。

叙倪二一段，見親戚不如路人，慨世情也。

賈芸香料，不能無因而獻，觀其對鳳姐一段，畫出小人機巧。然而香料能值幾何？寫鳳姐貪甚。

茗煙改名焙茗，喻寶玉既引《會真記》作盟言，又改而背盟也。

『下死眼把賈芸釘了兩眼』，見得芸兒可人，於此知前文着實清秀語，非閒文也。中間熙鳳煩襲人打結子，是和吴滅魏之意。寶釵二計：一金蟬脱殼，一移花接木，大都類此。掉包，爲抽梁換柱之計，是全書三大計。

小紅遞茶時，宜將怡紅院大丫頭全叙一筆，似略。一遞茶耳，至責以『没臉下流』，微詞。

小紅灰心，爲下文歸鳳姐張本。

二十五回潑燭，罪在賈環，歸過趙姨，鳳實挑之，此魘魔之由來也。

趙姨娘支開小丫頭，當在問法子之前，方密吃茶一諢，鳳殆有見而云，觀其將黛玉往後一推，知前言非無因也。

『從今以後，我可不住在你家了』，與後『哄了老太太十九年』，遥遥相應，特癡人兒女情長，知之爲不知耳。

魘魔一段，見鳳姐結怨之深，三姑六婆之可畏。

寶玉因迷而不靈，醒世語。

青埂峰下别來一十三載，誤。按寶玉大黛玉一歲，是年黛玉十五，寶玉當是十六。（此評極當，但《紅樓》叙各人年幾，大都不合。）

二十六回老太太給林姑娘送錢，對後借月錢。

佳蕙送茶，應上回，細。

『小紅亦是世僕仗臉面』數語，可删。

『不過三年五載，各人幹各人的去了』，閒話賅括全書。

描花樣是花樣不同將去之意，鶯兒借筆是因借而去也。

仙鶴在松樹下剔翎，大約芸兒看錯（怡紅院無松）。

大觀亭臺，怡紅院第一，故重叠細寫。

小紅是托名，賈芸猶言假云。小紅一段是譏寶玉空有愛紅之癖，雖小紅亦不能得也。

看魚射鹿一段，是繼前盟，未能魚水，心頭小鹿亂撞也。曰蘭射難猜之意，觀寶玉不解納悶一語，可見下文紫鵑一戲，正是坐實前盟。

倒茶應前文，吃茶對上送茶，細。

怪寶玉取笑，第四次哭。情雖可惱，恰是好哭。

寶玉無精打彩，黛亦情思昏昏，見兩心之同。

猪魚瓜藕，衆人不配吃，唱曲小子恰配。世情大概如此。

唱曲小子爲琪官作引，非閒文也。

唐寅《春宫》，應《海棠春睡圖》，深細。

清客與唱曲小子等，可慨也。

怡紅院惟賈芸到一次，專爲小紅。

偏生没聽見，實有其事。

『到底是客邊，應前你是客。』黛玉自嘆，所以不如雙文也。

不開門，第五次哭。 想到無依，該哭。

二十七回抱膝含淚，是第三次還淚。

寶釵忽然避嫌，是定盟後情事。 釵知之生心離間也。

撲蝶是驚散雙飛之意，喻寶、黛成雙，釵實拆散也。

明知小紅眼空心大，識破恐生事没趣，恰嫁禍於黛玉，巨奸，特書。

司棋山洞出來繫裙子，與後偷期虚實相對。（此評實獲我心，知此乃知《紅樓》無一閒筆。）

小紅已有去志，又爲寶釵誑語一驚，去志更切，得鳳姐使令，能不盡心爲之？

晴雯以小紅必不能去，而小紅去不旋踵，紅使心雯尚口耳，尚口所以興戎。

鶴舞喻寶玉，是不舞之鶴也。

感花傷己，第六次哭。 我亦忍不住要哭。

二十八回寶玉山坡一段柔情軟語，凡有知識聞之，無不回心，何止黛玉，其實皆是枕霞所云歪話。

三百六十兩配丸藥一料，是周天之數，對證冷香丸，純借天工。 藥者，約也。 金玉之約天定，寶黛之約人爲，所以不成也。

黛以藥方爲撒誑，是疑寶玉之約不可信，意在盟言。『吃不吃，陪着林妹妹走一遭』數語，尖甚。

换小紅從移花説入，着意。

鳳姐叫住寶玉，專爲小紅，却用寫帳一墊，機詐。

黛玉裁袖子不及尺，無尺不能量，喻寶玉之心難量也，與上文撒謊同意。

寶玉急欲見黛，鳳姐偏唤住寫帳，趣甚。

蔣玉函酒底拈木樨一朵未妥，是時不應有，且取花字，不必木樨。

松花汗巾替换茜香羅，茜香羅仍還原主，是作者勸世之意。

馮、薛聚飲，是寫寶玉交游徵逐。

酒令寫薛蟠，爲阿妹減色。

茜香羅繫在襲人身上，妙文，亦先兆也。

節賞寶與釵同，不過厚於兩姨姊妹耳。寶則别有私心，釵亦認爲有心，黛却更生妬心，其實元妃并無成心。

『見了姐姐把妹妹忘了』，是明言寶玉之心不專，不止前文生疑，情事愈顯。

寶釵來，寶、黛走開，語中有病，寶釵妝看不見，奸深。

説寶釵遠着寶玉，是悼紅軒右袒，綉鴛鴦何以不遠嫌？

『辛被黛玉纏綿住了』數語，是悼紅軒筆墨，恐寶釵當日不以爲幸。

不羡湘雲臂膊，而羡寶釵，於湘有微詞矣。

因賞同想起金、玉，看到忘情，是背黛之漸。

獃雁讀作獃看，譏獃看寶釵，故向寶玉臉上抛來。

二十九回清虚觀總叙諸婢。黛玉婢有春纖，不提鶯哥，疑紫鵑即鶯哥改名。九十七回又有鶯哥，一百回復有鶯哥等小丫頭，未知鶯、鵑是一是二？

香菱婢曰臻兒，甄兒也。

小道士拿着蠟翦，錯當是翦筒。

清虚觀打醮，結元妃也。

賈珍一段，見子弟非不可教，特父兄之教不先耳。

以玉鎖引出金麟，玉玦、金璜皆是襯托耳。

寶釵妝没聽見，比前妝不看更奸。

因張道論婚，將寶、黛一向私心總叙一段，是一大結，詞意深細。

摔玉大鬧，第七次大哭，是不由得不哭，不是好哭。

翦穗摔玉大鬧，因論婚而起，其實背盟之機始於宫賞。

寶、黛私心，惟鵑、襲深知，於論婚口角時，著意點明，序次精當，一篇關鍵。

叫襲人是紫鵑心實，大家一哭丟開，是花大姐機詐。

賈母冤家之說，着眼論婚，引證恰當。

三十回紫鵑說黛玉對寶玉一段，如聞其聲。

寶玉陪不是，第八次哭，是引起傷心，非無因而哭可哭。

『幸而屋內無人』，深文於此，見得紫鵑是解人。於此知下文鳳姐來得不妙，曰『拉拉扯扯』，曰『兩個不防都嚇一跳』，詞隱而顯。

寶釵推病一段，鋒鋩犀利，數倍於黛玉，奈何人獨不覺。

靚兒是染色之意，譏寶玉也。扇讀趔。

寶釵因黛玉有得意之色，即以戲文折之，辣手。

見寶玉羞愧，不好再說，一樣惜玉之心，何分厚薄。

鬧後接金釧一段，喻好合，情詞已入夫人之耳，下文情相兩露，此其證也。

金釧被責，并無憐惜畏懼之心，恰又移情於畫薔人，寫寶玉鍾情，正寫其薄倖，雖撻之不足下謝怨女也。

畫薔一段，寫局中局外一種癡情，真是從非想天想來，其實止爲背盟作襯，見得心雖相印，終是無緣。

不開門之踢襲人，應前黛玉叫門，非無因而怒也。

襲人自認是起頭的人，大書。

三十一回伏侍襲人，寫寶玉恩愛，罪後失守。

『替你們害臊』數語，見晴雯嘴尖，已伏禍根。

襲云『無事中回太太不遲』一語，已定進讒罪案。

跌扇之責晴雯，因前開門誤踢襲人，於此特爲襲人抬身分，惟黛玉知之，故直以好嫂子嘲笑，而禍端伏矣。

跌扇是晴雯失手意。

一扇破顏，真是買笑太易。

鴛、平、晴、襲，作者著意四人，故贈戒指，另外出色。

着意寫湘雲，復窮論陰陽，費許多筆墨，總爲麒麟作勢。

『是件寶貝，姑娘瞧不得』，微詞。

翠縷一段，奇情異采，層出不窮，真是冰雪聰明，耐人思索。翠縷讀作趣語，誠然。

見麒麟默默出神，寶玉來連忙藏起，寫壞湘雲。

麒麟又大又有文采，宜翠縷之分出陰陽，目爲寶貝也。

因論陰陽而及麟佩，因麟佩而拾麒麟，事在相看，後接下襲人賀喜，著意之筆。

幾時又有個麒麟，正對玉鎖。

白首雙星，乃是先《石頭記》之原目録也。考《石頭記》乃是寶、湘爲夫婦，已是困苦流離之際矣。

三十二回襲人對湘雲贊寶釵，已有薄黛之心，至訴肺腑則薄黛更甚。薄之而又忌之，故有八十二回探口氣之事。

《外傳》、《野史》數語，是寶玉所見之書，黛皆見之，深文。

感知己哭，第九次哭，是人之常情，該哭。

一拭淚，一拭汗，青天白日，豈無見者，何不似初來時步步留心？

『掉下淚來』，是第四次還淚。

『你的話我都知道了』，黛至此時，相信始深，不圖有變。

奪扇抽身，略無疑忌，與前戲釧一節，同一用意，寫寶玉處處薄倖。

訴肺腑如天傾河决，却是一篇虚話，文筆入幻。

怕將來難免不才，至於淚下，襲人可云過慮。

寶釵聞唤，關心惜玉之心不減，婦子何以不避嫌疑。

鞋者，偕也。湘不爲而釵爲之，喻湘雲不偕而寶釵做成也。

襲云『當真的這樣，就是我的造化』，直應掉包。

答金釧一段，深得夫人之心，不徒贈衣之可人也。

三十三回受笞，寫賈母溺愛與？賈政也。

自情贈茜香羅起，一步緊一步，皆爲受笞蓄勢。

白游幻至受笞起一大波，結束前文，以後另一樣法。

寶玉聞賈政唤，一則如聞焦雷，一則如扭股糖，皆先懼怕，而後無事，至受笞，覓人遞信，偏遇聾媪，趣甚。

私一琪官，失却一愛妾，落一頓飽打，可謂賠了夫人又折兵矣。

賈環之讒，是寫經夙憾，非因平時失愛。

寫笞後光景情事活現，必非虚揑。

獨寫襲人委屈，爲失守罪案。

寫焙茗，與後贖玉聞報遥應。

三十四回寶釵送藥一段，用情不減，黛玉爾時何不避嫌，微詞。

低頭弄帶，似勝於星眼微餳，能不銷魂？

補秦鍾一筆，包括多少。

受笞後，寶釵首先送藥。藥，約也。曰托藥，托言約也。

送藥極寫寶釵，襲人既愧且感，已拜倒下風矣。

叙黛玉一段，與寶釵迥別，筆有陽秋。

無聲之泣，第十次哭。雖是暗哭，却是真傷心，幸無人看見。

黛云『你從此可都改了罷』，何止一聲河滿。寶云『你放心』，是守死不移之意。清露香露在王夫人處，言情像露在王夫人處也。付與襲人，言露自襲人，喻襲人在王夫人處進讒也。木樨玫瑰，讀作不須瞞諱。

襲人對王夫人一篇正論，識見高遠，如果出自本懷，其人何至失守？慎不可以言取人也。

『保全了他，就是保全了我』，即此二語，亦當以死報夫人，辜恩孰大焉。

襲人回明香露之事，寶以兩舊帕寄黛，言情像既露，舊事兩可怕也。背盟始此。

看黛玉怕襲人，見得襲之忌黛。

送帕妙在不著一語，而且滿屋漆黑，并未見面，正是絶好文情，故用晴雯送。

送藥後借書，言是時約尚虚也。襲人不肯空回，是不欲虚約也。見得釵、襲一氣。

春纖晾帕，猶言事可怕也。

疑薛蟠挑唆人告寶玉，蘅蕪君何薄其所厚，於此知視玉之重於蟠也。

寶釵整哭一夜，當抵得黛玉十次哭。阿哥失言耶？抑别有所感耶？未可知也。

寶釵惜玉之心，却被阿哥道破，文起快人。

『眼淚醫不好棒瘡』，趣語，却是毒謔，與前『如來比人忙』謔語針鋒相對。

三十五回想有父母落淚，十一次哭，雖有哭字，不能算還淚。

催吃藥是杜宇催歸之意，寫瀟湘風景，是離魂倩女，觸景凄懷意。鸚哥誦詩，是鸚鵡傳言之意。

是受笞露相後必有之文。

問病不及湘雲，是男女之别，正對寶釵頻來。

薛蟠謝過，仍歸到項圈，深文。

蓮葉羹思新也，對上回送帕是棄舊，背盟之見端也。

看著寶釵一笑，此時意中絶無黛玉，即不做鞋結絡，亦恐不免負心。

擺飯定坐，至此始明叙一筆，是送約後會親之意，故在上房正屋。

寶玉花言絮語，雖聽慣之紫鵑，且爲之心動，何況玉釧。

嘗湯一段，悼紅軒真善於調情，耐人細想。

傅試扳親，傅試者，附勢也。

倩鶯兒結梅絡，是請姻結媒妁之意。

結絡本意，出自襲人，即前借書不肯空回意。

結絡配色，是配薛之意，與後窗紗不配式暗合。

鶯兒贊寶釵語，正是媒妁之言。

結梅絡是鶯兒，識金鎖亦由鶯兒。 鶯者，姻也，其命名之本與？

釵云『想個法兒配綫絡』，玉、釵有籠絡之心，襲復有結絡之意，寶玉能不寒盟？

賞菜是推食，賞衣是解衣，寫夫人恩重，襲人負心。

知寶釵不奚落人，見得釵、襲一心。

送藥結絡之後，接送兩果，言兩可也。叫薛蟠送，見得婚姻非蟠本意。

『林姑娘來了』，與下回不接，恐非悼紅軒本文。按受笞後，只一敘黛至怡紅，以後不及，正是避嫌深文。此時若來，早間何以不來？宜删。

三十六回笞後祭星，言記心，一概杜絕也。

甘爲丫頭服役，與前和丫頭頑遥應，悼紅軒責己也。

以金釧月錢給玉釧，是以金結玉之意，釵、寶聯姻，此時已與姨媽口定之矣。

襲人分例，比於兩姨，名分已定，接下寶玉論死一段，正罪其後之不死也。

寶釵獨自過怡紅院，『獨自』二字史筆。

夢中喊罵，似夢非夢，此時猶未忘黛玉也。

繡鴛鴦一段情景，有甚於寶、黛調情者，黛見竟無閒言，設使黛爲之，而釵見之，將如何？

寶玉卧，寶釵來，寶釵留，襲人去。深文。

寫寶釵結絡之後，毫無避嫌之心，大局已定也。

寫齡官見寶，如彼見薔，如此悼紅軒於情字，真是入木三分。

淚哭成河，是關照書旨，非癡語也。

『繡鴛鴦』數語，情事已實，故用『褻瀆』數語挑空，文筆靈幻。

寶玉爲齡官棄厭，不知葬我灑淚者爲誰，湘雲臨去下淚，不知淚爲誰落，微詞。

三十七回出差是文章騰挪法，放過賈政叙游宴，方好用縱筆也。

『自賈政起身後』數語，宜删。按起身是二十，結社是二十二，只隔兩日，語氣不合。

棠社改名是祭星，取改舊更新之意。

棠社命題選韻做作，恰極自然。

送果後補叙送花，見得園中時花鮮果清供怡人。

纏絲碟是坐實信中鮮荔，《紅樓夢》無一字不著意。

瓶碟一段，寫晴雯尖刻，禍根。

寶釵語湘雲一段，設想周到用心，極寫枕霞快人不知其要結也。

《水滸》寫宋江，處處是銀子上前；《紅樓夢》寫寶釵，處處不離當鋪。俗云：床頭金盡，壯士無顔。旨哉！

菊花題蟬聯相接，是十二時纏綿不斷意。

詩社咏菊，是寄人籬下之意。黛玉、湘雲同兹感慨。

三十八回菊社，是湘雲事。寶釵代作主人，請大衆食蟹，是相思不能自主，請大衆旁解之意。盛與趙姨，是分解之意。

合歡花酒，是酒以合歡意。

菊社寫寶釵細致妥當，已動賈母之心，壓倒黛玉。

鳳姐戲鴛鴦，爲下文邢夫人作伏。

抹蟹黄，正對吃醋，總非閒文。

釵、黛一引魚，一釣魚，意皆有在。看鷗鷺者，恰是閒人；拈花者，獨在局外。妙文。

魁奪菊花，是秋菊春蘭各擅一時意。

三十九回鳳姐要蟹，是趨奉索解意。李氏傷心，是不歡而散意。若曰相思不能自主，雖酒以合歡，大衆旁解，嬖妾分解，趨奉人索解，終是不歡而散也。

作者注意鴛、襲、平、釧，故又一叙。

月錢放利，寫鳳姐貪財，細大不捐。

一頓螃蟹，㲉莊家一年，正所謂『富家一席費，貧家一年糧』。諳練語。

討假寫平兒身分，爲後文決獄行權作伏。

劉老老見賈母，是村牛會趨奉到極頂地步，接馬棚走水，是極則生變。意醒世。

劉老老七十五，誤。賈母云：『比我大好幾歲。』是年賈母七十八，老老當是八十外。

『求美人不得見瘟神』，醒世語。

《西厢》有云：『是散相思的五瘟使。』可爲寶哥下一轉語。

四十回游園寫老劉練達世情，不比尋常村婦。

瀟湘館窗紗不配色。窗紗可讀雙差，色作薛，喻瀟湘心地品貌。自賈母視之，兩不如薛也。

窗紗名色，賈母知之，喻賈母識差處也。曰軟煙，曰霞影，皆是諧聲。

食量如牛一譁，老老取笑語，正是坐實村牛意。

分菜寫鳳姐另待襲人，見趨奉專走上風。

蘅蕪院設土定瓶與書兩部，換以石景紗屏石鼎。土讀作口，書作虛，石作實，屏作憑，鼎作訂，喻前文口訂兩虛，換以實憑實訂也。所喻皆案設，喻後換案也。青帳換白，言換帳清白也。曰體己，言換案出自賈母也。鴛鴦曰明日喻成雙，待異日也。

牙牌令皆有喻意，不專爲黛玉引詞設色。

四十一回藕香榭演戲，不見戲文，劉老老即戲也。

『於今才一牛耳』，是點明村牛趨奉意。

等不得佛手，寫大姐兒嬌慣，曲盡人情。

留心妙玉行事，見得此時之寶玉，尚未深識妙玉。

老君眉，一茶名耳，以飲賈母，却有關合，於此知《紅樓夢》無一字不典切。

綠玉斗斟與寶玉，而以爲世法不平，殊負妙公，特不知是自己常日吃茶物耳。

竹根大海作賅，以常用之斗飲，寶玉且不以爲珍，是可駭耳。妙公殆不知寶之不知爲常用物也。

抬水瀉地，極寫妙玉愛潔。語云愛潔者必受污，爲後遭劫張本。

怡紅院之精巧，在劉老老目中又叙一番，真是第一所人間風月窩，悼紅軒愛莫能置。

寫劉老老醉態如畫，悼紅軒豈亦身親其境耶？不然何曲肖乃爾。

劉老老醉卧怡紅院，是極言村牛會趨奉到如此好處。

四十二回請些高香念佛保佑，寫老老知恩，直注一百十三回。

東南方得遇花神，爲後芙蓉神作伏。

『小人兒過於尊貴，也禁不起。』旨哉斯言！

巧姐命名數語，包括一生。

厚恤劉老老，爲後文張本。

蘭言解癖，是直訐黛玉之短。若專指詞誤，不應言之太甚。且妃子豈肯讓人，而甘受其折辱耶！

審問以挫其氣，恰用自己一墊，以結其心，奸深。

畫園給假，畫作話，對上金蘭是假話也。

雅謔一段，是取笑大衆之意，寶釵極贊好笑，笑其所笑，意别有在也。

母蝗蟲是寓言，前卷以牛喻老老，則言蝗當是牛蝗。

論畫一段，寫寶釵色色明白，説『你們未必知道的』，全是此事底細，色色全知，意不在畫也。

含羞央告於前，托詞求饒於後，既被道破，能不做小，伏低攏髮，言受其籠絡也。惜哉妃子！

四十三回攢金爲壽，是趨奉周到，不遺一人意。

『弄錢那裏使』數語，伏後文兩手空抓，醒世。

鴛、平、彩三分皆還，獨襲人不還，尤氏尚非夢夢。

鳳、釧同日生，喻熙鳳好日，正是吊死傷生之日。注意正文在奠釧也。

奠金釧，説到北府，是寫寶哥權變，北王何幸有此死妾。

祭金釧一段，點題在後，却一路寫來，井臺設祭，玉釧垂淚，筆筆靈通。

正已了然，寶玉對玉釧道：『你猜我往那裏去了？』此筆尤爲奇妙。

看《荆釧記》而黛玉云隨處可祭，正補足上文，故下緊接寶玉回頭要熱酒，所謂忍淚佯回顧，適觸動心事也。

一粒潤津，兩星沉速，却有無限纏綿，寶哥誤人不淺。

洛神與田埂瘟神遥應。

祭金釧在水仙庵，又在井臺，着意却不占實，玉釧垂淚，用意精密。

『没有把花姑娘急瘋了』，寫襲人處處情重。

看《荆釵記》，有哭的，有恨的，有駡的，不言何人，含蓄。

四十四回黛玉論戲，寶釵不答，皆有所見而然。

『好容易今兒這一遭』數語，直注結局。

責問小丫頭，寫鳳姐嚴酷。

鳳姐潑醋，是樂極生悲循環之理，正應尤氏太滿等語。平兒理妝，寫怡紅院香奩精致，褒作養脂粉也。

平兒心中亂竅，寫寶玉動人。

陪情一段，寫賈母溺愛，耐看耐想。

『告不成問他以屍訛詐』，寫鳳姐辣，賈璉不如。

和奸情人命錢在流年帳上開銷，弊端不可復問。可嘆！

四十五回李紈責鳳姐語極嚴峻，與姊妹同來，正是興問罪之師。

打抱不平，對上回贊嘆，見李氏深賞平兒。

鳳姐監社，爲蘆雪亭張本。

賴姆一段，老成之言，與焦大之駡相應。

周瑞兒子襯托賴尚榮，爲後得罪張本。

寶云食穀者生，似司馬仲達咒孔明語。

黛玉云『我長了今年一十五歲』。此時十五，初來是十二。

論病一段，黛則視釵爲骨肉，釵則純是機心，曰多一副嫁妝，正使黛玉不以婚姻疑己，不然，金玉已有成議，何以復作此言？

黛自信三人没話説，誰知變卦即此三人，可嘆。

自受笞後，至秋窗雨夕，始叙寶玉到瀟湘館，是翦燭話舊之意。

漁翁漁婆，情詞顯露，而寶玉不覺送燈，譏其不亮也。

夜長會局，爲後文伏案。

悲秋落淚，是第五次還淚。

枕上感念寶釵，一燕窩之微耳，其殺之之機，則茫然不覺，可嘆。

四十六回鳳姐對邢夫人一段，逢迎轉變，真是千人不及車拔縫，見得處處留心。

鳳姐避嫌，正對七十一回。

鴛、平、襲楓林共話，厥後一慷慨死節，一盤錯成名，襲獨再嫁，其猶邴、管之與華歆與？

鴛鴦駡嫂子一段，詞旨深遠，悼紅軒有謂言之。

替鴛鴦不快，冒雨赴瀟湘館，與後文痛迎春至瀟湘大哭，同一用意。

唤平兒，獨言『林姑娘請去』，可見黛玉命帶指背。

邢討鴛鴦，是想錯，喻黛玉錯想成雙也。 翦髮是婚姻斷絶之意。

賈赦諭金文翔語，醜極。

李紈帶姊妹出去，得體。 探春解圍，有識。 寶玉認錯，知禮。 鳳姐打諢，得機。 皆與之也。

四十七回賈母責邢夫人必待衆人散去，正是大家風範。

真珠人不會説話也，無用至言。

門牌寫鳳姐承歡，宜乎賈母溺愛。

八百金買嫣紅，可云貴價買賤貨，赦老獃甚。

賈母亦到賴家，寫賴大聲勢，罪冠履不分也。

見湘蓮問秦鍾，是補筆，是情種相憐意。

打薛蟠，寫湘蓮俊快。

『泥母猪』三字，畫出文起癡蠢。

獃霸王調情，是認錯，喻偶爾相憐錯認也。　薛蟠自認眼瞎，是痛恨之深。

抬去赴席，妙文，蓉兒淘氣。

香菱眼睛哭腫，映前文黛玉眼腫如桃，不經意處，具有深意。

四十八回薛蟠游藝，爲香菱入園張本，與賈政出差同一用意。

雨村不知何人，悼紅軒恰深恨而痛罵之。

兩錯後接叙香菱入園作伴，喻薛氏相聯作伴，明黛玉之錯想姻緣，錯認寶玉也。

石獃喻懷寶焚身，實是獃子，悼紅軒其有隱痛與？

抄扇入官，爲後查抄作伏。

香菱學詩，寫用心之專，是志在必成意。　寶玉不專，所以背盟。

咏月喻團圞也，三易稿而成，是三復而得團圞之意。

四十九回四美同來。四美皆姻，姻讀媵，是團圞已賦，四媵偕來意。

四美以寶琴爲最。寶琴，抱琴也。紋、綺、岫煙，皆寶琴輩，猶言薛家抱衾婢也。

極寫寶琴，是贊抱衾之艷，襯托正文。

論岫煙一段，對後失綿衣。

寶玉自認糊塗，想不到包括一生。

自入園至蘆雪亭，始將衆美一叙，爲下回大會張本。

寶玉接案一問，喻了結前案，對下聯雪也。

『誰知他真是好人』，不獨錯認寶玉，并且錯認寶釵，癡極。

説起寶琴，第十二次哭，是自傷該哭，不是好哭。

心酸淚少，是蚌死珠枯之漸。

鳧靨裘，寫賈母鍾愛，襯後文雀金泥。

雪天極寫衣服，襯托岫煙有緼袍狐貉之譬。

帶玉挂金，是借點金玉，爲下文聯薛張本。

平兒隨鳳姐無所不至，微詞。

雪壓蘆葦，以完此劫。雪是薛，蘆葦敏生比絳珠，雪壓蘆，喻薛壓黛也，黛之劫完，因而聯薛也。

蘆亭一會，是釵、黛生死分關處，當是悼紅軒得意之筆。

五十回雪詩聯句，聯薛也，訪妙玉乞梅花，求紅媒也，與上回咏月同一用意。

蘆雪亭大會，是悼紅軒得意之文，其設色之工艷，叙次之精神，真不厭百回讀。

蘆雪亭與前之游園，後之壽怡紅，爲三大會。游園只叙繁華，慶壽專寫穠艷，蘆亭是一片清艷，可稱勝游。

寶玉求梅，喻後文聯姻，是寶玉本意，責背盟也。

雪詩，鳳姐起，喻掉包是鳳姐首先起意。

紅梅詩，是聯雪陪襯聯薛之意，寶琴等做，應前四媵。

十月頭一場雪，誤。是時已穿裏外發燒袿子，且與做燈謎要年例語意不合，當是十一月。

聯雪求梅之後，接賈母催畫，喻姻緣是賈母速成。

燈謎專應黛玉。曰蒲蘆，指蘆亭。曰山濤，指明説人名。曰草花，指黛玉。曰無徵，言雖好無憑。曰要猴，言無結梢。悼紅軒恐讀者不知用意，故詳喻之。

五十一回懷古雅謎難猜，喻舊事不可猜度，故下回有紫鵑之試。

《西厢記》、《牡丹亭》目爲邪書，悼紅軒殆深愛而反言之耳。

於寶琴之《蒲東懷古》，知釵之責黛，不在引詞也。

探病儀制服飾，極寫襲人身分，罪失節也。

晴雯指甲，應開場，針對後文。

『太太知道又叫搬了家去』，應前麝月、秋紋。

寫胡君榮憒憒，駡盡俗醫，然而却得利市。

白海棠之喻晴雯，爲後芙蓉作引。

『第一林妹妹』、『就連寶兄弟』、『況兼衆姑娘』，寫鳳姐勢利。

五十二回『太伶俐了』、『不是好事』，了結鳳姐一生。

平兒失鐲，疑岫煙丫頭，只『本來又窮』四字，駡盡世人。

平兒體貼寶玉，正對前卷理妝，曰偷金偷玉，微詞也。

大總管送花，正寫賈母鍾愛寶琴過於黛玉。

冬閨集艷，説真真國女孩兒，褒四美也。

挨身悄説，復使眼色，趙姨能不疑心？ 真是自貽口實。

鴛鴦絶婚之後，不與寶玉説話，見以前未嘗無心寶玉也。 冷筆。

攆墜兒，寫麝月鋒利，煞有身分，晴雯真是爆灰。

病補雀金泥，寫晴雯色藝雙絶，真是《紅樓》中第一等人，宜居又副册之首。

界綫自言此書針綫細密，有底有面，不在補衣也。

叙補衣一段於聯雪後，是天傾可補，缺陷難平，意悼紅軒傷心之筆。

補衣必用晴雯，是悼紅軒自恨一生缺陷難補，借晴雯以補之。

悼紅軒於補衣下一『勇』字，包括全文。

晴雯始終在手上著意，是作者自言情文妙手也。

五十三回汗後失調，非同小可，晴雯實始於此，寶云『是我的罪孽』，誠然。

静卧是第一却病法，何止賈宅宜然。

使力不使心，是晴雯被謗之由。

襲人不説别的，只説『太性急了』，妬晴雯擅專也。

烏進孝因祭祖而及言烏鴉反哺，責子孫不能奉先也。

賈蓉之妻回避了，秦氏當日不言此禮，微詞。

賈芹淫博，賈珍知而不言，養癰貽患。

宗祠儀制在寶琴目中叙出，是抱衾廟見之意。

寫除夕繁華，是極盛告終之意。

五十四回王夫人回護襲人，總爲後辜恩罪案。

鳳姐回護襲人，并彌縫夫人之闕，真是可兒。

飲酒寫黛玉失檢，鳳姐有心。

鳳本求凰，曰《求鸞》，應掉包。曰《辨謊記》，辨掉包之謊也。曰《將軍令》，言掉包是奉令而行也。正對前文换案。

『那裏還知道底下的事』，醒世語。兩笑話正應後文。

五十五回鳳姐小月，説年幼不知保養，警戒多少愚人。

托寶釵照管，此時王夫人意有所屬，此時妃子深信，寶釵反不爲疑，癡極。

以趙姨比襲人，是花大姐不在婢子之列，合府皆知，何可不守？

趙國基例賞應二十四兩，短四兩何也？

探春留帳精細對趙姨一段，可謂大義滅親。

有怒色，不敢以往日歡喜相待，平兒諳事。

寫衆人承奉平兒，情景逼真。

鳳姐語平兒一段，見得趨奉，非無成見。老太太屋裏襲人、探春出言，有斟酌。

協理家政，寫探春才調在鳳姐之上。鳳云：『比我知書識字，更利害一層。』可云知此知彼。

協理以前，寫鳳姐處處過人，以後便形才短，見得趨奉人要全副精神也。

五十六回興利，見大觀園花木之盛，出息之多，借興利一叙，非真重利也。

搜剔園中利弊，起下檢園。

打租房子，多買幾間，薄沙地添幾畝，寫寶釵真知家人生産，不似鳳姐盤剥。

平兒答探春一段，真是强將手下無弱兵。

老葉媽是焙茗的娘，見得背盟之根，釵實知之。

就只太太帶三姑娘來，着眼三姑娘，嘉探春也。

甄家女人贊寶玉，是真假不分意。

悼紅軒着意鴛、釧、平、襲，釧已死，故夢中只叙三人。　著意怡紅院，故夢中道及，真是寤寐不忘。

夢甄是全書分關處，夢前極叙安樂，皆是虚境。　夢後漸入憂患，方是實境。　一夢將兩截打成一片，恰是融洽分明。

寫夢境一一可據，真而又真，應前之夢幻，對後之夢幻，三夢只是一夢。

寶玉夢中聽人説夢，真假渾化，筆情入幻。

五十七回情詞，紫鵑試玉，是一片苦心，却轉增一番話柄，可惜。

吉祥借衣細事，亦是與黛玉種毒處。

回蘇州，出紫鵑口，正是杜宇思歸之意，設色自佳，不負美名。

寫襲人舉止大變，非特情深，直蔑視黛玉也。

自夢甄後叙寶、黛事，皆露形迹，比前又换一枝筆。

『勒死我是正經』一語，寫壞黛玉，是不可令襲人聞也。

聞鵑言，至於急痛迷心，徒貽人以口實，終背前盟，黛反迷而不悟，恨事。

怕紫鵑回去，獨不念黛玉無伴耶？　即此已見薄情。

定親數語，是盡情試探之意，爲黛玉計者密矣。

寶玉對紫鵑一段，情深一往，紫鵑暗暗籌畫，已深信不疑，留鏡而去，志團圞也。厥後負心，故有九十七回之恨罵。

因寶玉病，多哭幾場，不知共是幾場，只好算一次，作十三次哭，不能不哭。

紫鵑睡下一段，是試準寶玉，著意爲黛玉言之。

感鵑語，哭一夜，第十四次哭。可哭者，天下有心人當同聲一哭；不哭者，定非人情。

典衣一段，寫邢夫人之刻，岫煙安貧。

薛姨媽是無可無不可的人，一語已定掉包罪案。

姨媽說月老一段妙文，愈實愈空。

『我說無人可給姨媽』，特欺人語耳。豈此時忘却金玉之説耶？

『四角俱全』，姨媽不過趣語，紫鵑聞而忘情，見得此事刻刻在心，癡婢愚不可及。

『你又充什麽荊軻聶政』，感慨萬千。

五十八回分散女伶，是悼紅軒推波助瀾。齡官竟無下落，似是缺文。

『病也比人家另一樣』，此衆人口，實被湘雲道破，快人。

因杏花想到岫煙，是美人遲暮之意。

送祟寫花神尚無主名，燒錢則專指杏花，由虛而實，總爲芙蓉作引。

藕官説『被林姑娘叫去』，黛玉事事犯指背。

庇藕官，寫寶玉真是紅顔知己。

想起往日流淚，是第六次還淚。

『越發瘦得可憐』六字，抵得一幅絶代佳人絶命圖。

攛墜兒寫麝月鋒利，嚇芳官乾娘更是氣勢逼人，可列言語之科。襲人善於用人。

『不把死的丢過不題，就算有情分。』寶玉一生負心，只此二語。

芳官裝病，竟將晴、襲一干人賣過，見學戲之壞人。

『只在敬心，不在虚名』二語，誤人不少。

五十九回『春困已醒』數語，秀潤欲滴，神似六朝。

賈母送靈，寫看家上夜，何等嚴謹，爲後文失盗作襯。

魚目混珠，悼紅軒駡世，其旨遠矣。

嗔鶯叱燕，偏生出許多事來，注意正文，叙次閒閒，煞有情趣。

何媽一段，寫小人嗜利，是興利弊政，天下利之所在，即弊之所在，利在一時，弊不旋踵，比比然也。

六十回寫趙姨不自尊重，可爲愚而不安本分者戒。

寫荳官等義憤，情境逼真。

茉莉粉一段，嘉探春也。

『先和老的一說，没有不成的。』芳官見到此語，寶玉豈見不到？特情不專耳。

粉换硝，霜换露，换出多少風波，遥應正文。

五寸高小玻璃瓶，與前次襲人取來露瓶不同，豈有兩樣耶？

五兒望挑三層，皆非本懷，觀百九回『無兒女私情』數語可見。

卷 下

六十一回偷杏兒一段，伏下霜露。

柳氏云『從前年以來』，誤，當是去年。

司棋憑空生事，與晴雯開口攆人，皆太滿，故皆招損。

『打四十板交莊子發配』，故作險語，幾嚇煞看書人。

『太太纔進了藥』，誤，當是奶奶。

瞞贜寫寶玉博愛，平兒調停得當，彩雲不受人憐，皆與之也。

决獄行權，寫鳳姐嚴酷，不如平兒仁厚。

自隨祭後，寫群小播弄是非，弊端錯見，襯出鳳姐持家嚴整，探春不及。

六十二回說『寶玉生日不曾像往年熱鬧』，其實異常熱鬧，但熱鬧有不同耳。

探云『替你過個生日，心裏纔過得去』，嘉平兒能見賞於蕉客也。於襲人則云『連頭不給我磕』，其相待視平兒遠矣。探春高人一籌，而平、襲身分亦於此定。

賈母正月生辰，按九十一回亦當是正月，七十一回却是八月，未知孰是。

黛、襲同生，喻同生不同死也。

鎖門寫寶釵細。

『還有比這兩件大的』，不知何事？

射覆以玉爲戲，何嘗一日忘之？特黛玉此時深信不疑耳。癡極。

『紅飛翠舞，玉動珠摇』八字，寫盡繁華。

『芍裀醉眠』，於湘有微詞矣。讀者但賞其濃艷，反被悼紅軒瞞過。

彩兒娘嘴不好說的話『不敢回姑娘』，好事者議爲醉眠，飛語不可考。

『用多進少』數語，顰卿非不知生計者，特無所用之耳。

寶玉意中四人，乃指襲人，紫鵑之意不誤。

分飲新茶，見黛玉與釵無間，癡甚。

柳氏承奉芳官，寫盡世情。

『趁今日大家開齋』，微言。

一説夫妻蕙，一言并蒂菱，是何情事，不必菱、蕙同埋，早已使人肉麻。

香菱换裙，説『别辜負你的心』，寶玉何人，何以不負？ 又云『别和你哥哥説』，哥哥何人，而令寶玉瞞之？ 『不必臉紅』，已難曲解。

六十三回説寶、芳像一對雙生，貶寶玉也。 於此知女伶之分，皆有用意。

長裙短袂，艷極。

叙諸婢子不及檀綺，何也？

花名籤寶釵先拈牡丹，關合正文。

怡紅夜宴，香菱不必來而來。 占花名，連理一枝又屬香菱，與前卷菱、蕙同埋，後文菱洲戲菱，皆是悼紅軒着意之筆。 解香菱作相聯，當非臆斷。

黛玉拈芙蓉，不獨風露清愁，關合一生，正爲後《芙蓉誄》作據。

不得貴婿反捱打，雅謔耐想，有正文在。

『若知道給你臉上抹些墨』，與三十六回褻瀆寶釵，同一用意，巧於掩飾。

寶云『不過纔兩次罷了』，微言。

怡紅夜宴，着意寫芳官被逐之由。

慶壽帖用粉紅箋紙，是檻外人所爲，不獨下别號之詭僻也。

既曰檻外，却與俗人通慶吊，罵盡緇流，不止罪妙公也。

『遇見姐姐，真是天緣湊合』，寫寶玉開口輕薄，正對前卷杏子陰一段。

邢云『聞名不如見面』，寫寶玉動人，伏九十五回求乩。

壽怡紅，下接死金丹，是樂極生悲之兆。

獨艷理喪，嘉尤氏，補十三、四回之缺，於此見前文尤氏之病，有因也。

説『尤老娘高年喜睡，却睡出許多未完』，可笑。

寫賈蓉流蕩，正寫二姐不才。

六十四回苦恨居喪，駡盡世人。

自己哭一回，第十五次哭，是傷今吊古，不是無因而哭。下無言對泣，仍只算一次。

黛玉吊古，寶却疑爲祀先，亦見用心之左，不是知己。

釵云『總以貞静爲主』，頂門一針。

《五美吟》具有命意，知瀟湘之自處矣。

『排插兒坐下』，寫二姐不避嫌疑，『檳榔一對』，真是開門揖盜，『藏絹子』更見偷期慣熟，水性人比比皆然。

二姐住小花枝巷，巷名映前送宫花，非無意也。

六十五回二舍偷娶，是素轎素服，特書。

偷娶罪在尤氏，賈蓉不足責也。

『三姐備酒饌』，誤，當是二姐，三姐不爲也。

『不似姐姐隨和』，『隨和』二字，婉而諷，婦人豈可隨和得？

『看來到底是不標致的好』，醒世語。

二馬同槽，不能相容，寫珍、璉不如畜類。

花枝巷寫三姐，殆聊齋所云『艷如桃李，冷如霜雪』之俠女歟？

壽兒是賈珍小厮，興兒是賈璉小厮，與送壓歲錁之興兒，隨寶玉之壽兒，當是兩人。

『將牛黄狗寶掏出來』，三姐視珍、璉直如牛狗。

興兒一段爲後聞秘事作伏，見興兒多言，非閒文也。

吹倒瀟湘，吹化蘅蕪，可謂形容盡致。

六十六回三姐待婚一段，真是斬釘截鐵，二姐愧死。

柳湘蓮讀作『偶相憐』，猶言偶爾相憐，非合體鴛鴦也。

在三姐目中，寫鴛鴦劍精彩奪目，『望劍自喜，終身有靠』八字，寫三姐至性至情，抵得一篇《列女傳》。

『混了一個月』，三姐死在一『混』字，可惜。

『還你的聘禮』五個字，生氣凛然，可敬可愛。

六十七回寶釵聞三姐、湘蓮事，并不在意。此等可敬可異之事，况係蟠之恩人，聞而漫然，可謂不近人情。

寫薛蟠處處獃，却事事厚，所以不死。

見士儀傷心，第十六次哭，雖無哭字，要算一次，是思鄉，不是好哭。

店夥閒談，寫市井逼肖。

『夏末秋初』，誤，送士儀已是八月。

寫趙姨娘，處處可厭，悼紅軒其有意乎？

聞秘事來脈甚緊，却用送禮作引，又有探病一宕，然後逐層細寫，正是急脈緩受，串插自然。

六十八回賺尤氏，語語尖刻，不亞李林甫，寫鳳姐可畏。

『攜手上車』四字，輕輕斷送二姐。

暗中行事，寫鳳姐惡毒。

善姐一段，寫小人倚勢凌人，可嘆可恨。

賈告一段，寫鳳姐才具絶大，能發能收。

賈璉非邢出，賈蓉非尤出，皆不詳所生，何也？

非不作備，其實不能作備，不敢作備，二姐之死謂珍、蓉致之亦可。

鬧尤氏，是悍妒之極，非盡情作踐，不能甘心也。

鳳姐見賈蓉這般心裏，早軟了。又云『往日錯看了你，今日纔知道你』，微詞。

都察院安根贜銀三百，對尤氏云五百，寫鳳姐之貪，其實只二百金耳。

六十九回二姐既見天日，尚不免於死，罪在賈璉。

鬧尤氏尚不泄忿，復令賈母責之，見嫉恨之深。

既唆張華要人，又務將張華治死，一女流如此惡毒。

不殺張華，來旺尚有天理，却留下禍根。

秋桐命名，其桐花么鳳之意與？

百忙中插出秋桐一段，是寫鳳姐借刀殺人正文。

賈璉納罕，何癡愚乃爾？

『除了平兒』，嘉平兒不爲鳳役也。

『不敢埋怨』，寫二姐無能。

二姐吞金，是爲女子不貞者戒，當三復之。

二姐死在隨和，不必鳳姐能死之，夫人亦能死之。

鳳姐燒香一段，惡毒。

『魂飛天外』，寫庸醫村落可哂。

三姐飲劍，二姐吞金，是尤物不善終之意。

『想他死得不分明』，賈璉愚蠢可笑。

七十回放人，是言男女及時意，接《桃花行》，是『之子于歸』意。

海棠社改爲桃花，黛玉爲主，斷腸薄命，爲黛玉寫照。

尤二姐被鳳姐逼死，特書。

寶釵替寶玉寫字，與前之借新衣，後之買人參，皆深結夫人之心，姻緣安得不遂？ 論其情，固不及捶油楷字之深也。

柳絮因桃花而及，言中有物，不徒以詞藻爲工。

風箏一一皆有關會，曰『美人不起』，曰『放病』，對針後文。

柳絮風箏，喻飄泊無依，社主是黛玉，襯托恰當。

七十一回賈母生辰，寫貴盛之極，正對後文。

史、薛、林見南安太妃，尊探春也。

尤氏感念平兒，尚是恒情； 平兒用話岔過，正是善於自全。

綑婆子一段，寫尤氏省事，鳳姐諳事，兩與之也。

邢夫人討情，仍是討鴛鴦嫌隙，非偏向陪房。

鴛鴦本不多言，特於邢夫人不能忘情耳。

司棋一段，寫出入疏防，罪鳳姐也。

諸婢獨司棋有私期之事，知命名之由。 恰遇鴛鴦，是《紅樓夢》醒題處。

寫司棋心虚敗露，情事逼真。
七十二回私傳表記，伏春囊。
賈璉借當，寫鴛鴦才情身分，寫鳳姐之貪。
倚勢成親，喻姻緣强合。
論妝奩，忽插入二姐周年，寫鳳姐要結機詐。
夢要百匹錦，正是百件要緊之意。
連寫典當，針對後文。
恐傷心不題，寫恣意偷安，養癰遺患，爲後文壞事張本。
彩霞心念賈環，是寫女子癡情，男兒薄倖。
七十三回裝病，寫晴雯機變，却是起禍之根。
查賭，寫賈母持家整肅，王夫人不及。
綉春囊非傻大姐拾着，不能敗漏，生不出以下波瀾，具見匠心。
寫迎春之懦，正顯探春之能。悼紅軒於蕉下客褒之屢矣。
因盗及賭，因賭及奸，弊端連類，而及其警世者深矣。
七十四回春囊，疑鳳姐物，見鳳姐之風聲不雅，不能見重於夫人；不疑寶玉，是王夫人偏心處。
盤詰春囊，寫平兒掩門坐守，婢子可愛。

詳論春囊兩焉，知兩還有三，况且反復推勘，寫趨奉才辯。

鳳姐持家不嚴，致生事端，却欲借賭裁汰人，波及無辜，不得歸罪王善保家。

王善保讀作『亡善報』。進讒一段，見得情文雖好，卒以讒死，其如亡善報何，悼紅軒之感深矣！

搜園一大波，專爲晴雯而起，司棋却是主中之賓。

説晴雯像黛玉，見得王夫人不滿黛玉也。

『叫來瞧瞧』，惡毒。看煞衛玠矣。

『釵斜鬢鬆』八字，畫出一幅病西施來，能不令人痛絶！

晴雯對王夫人一段，真是聰明過頂，而竟不免被逐。故云晴雯是第一等人，撵晴雯是第一件事，觀其推波助瀾，用許多筆墨，叙許多瑣屑，皆爲七十七回作勢。

搜園寫晴雯爽利，此時已知不保也。

開門秉燭，而待寫探春才調過人，不獨名論不磨。

王婆子可惡，一掌何足蔽辜！

潘又安字帖，鳳姐從頭念一遍，惡甚，趣甚。

春囊事已敗露，却又擱起，爲下回蓄勢，不肯用一平筆。

尤氏心内有病，史筆。

惜春雖孤僻，説尤氏却非無因，藕榭其猶東府石獅與？尤、惜不和始此。

七十五回叙甄家獲罪，緊接搜園，爲後查抄作引。搜園雖尤氏且以爲不然，王夫人何輕聽？寫聚賭，爲後查抄張本。例菜不知名色，寫鴛鴦於赦老，猶有憾焉。寫賈珍居喪，駡盡世人，確有此等情事。在尤氏耳中，叙會局情事，是實者虚之之法。佳節思親，何忍行樂？　祖宗安得不嘆！寶釵因遠嫌而去，去得恰好。　金玉姻緣，不分開不能成就，久懷去志，搜園特成之耳。宗祠異兆，遥應警幻前文，見得祖宗不忘子孫也。嘆聲與歌聲相和，却以爲醉後自怪，毫不知檢，宜乎一敗塗地。賞中秋，寫賈政孝思，赦老不及。『偏心』二字，是賈母所諱，故前卷三言之，不徒赦老道破。『世襲前程』語，不知是何命意，環非應襲之人。

七十六回賈母、尤氏等語，已是零落先兆，叙在中秋日對景。一茶杯耳，寫執事嚴整，可爲持家無法者戒。倚欄垂淚，是第七次還淚。

晶館聯句，寫依人冷況，枕霞是一片豪性，瀟湘是一段淒清，境地正自各别，接入妙玉，見芳心之同，『除非檻外續詩』，嘉妙玉也。

寫釵、黛淵博，悼紅軒幾不屑以博雅名大哉。

凸碧笛聲，凹晶月色，是着意寫離魂倩女，不可爲俗人言，故此時不及寶玉。

春氣發揚，秋氣清肅，故盛時不敘秋景。

湘、黛絮語，一往情深，如枕霞者，可謂胸無畛域矣，當是《紅樓》第一人。

湘、黛同眠，遥應前二十一回，忽言擇席何也？

即景詩三十五韻，似有成見。

七十七回尋人參，彩雲無病，前卷無醫之症似誤。

司棋求迎春，可謂多此一舉。　此事不同聚賭，賭且不可救，而况於奸？

抱屈天風流，敘次委曲纏綿，令人魂消腸斷，是悼紅軒一生缺陷，借晴雯以寫之，曰第一等人、第一件事，其隱恨深矣。

逐晴雯輾輾轉轉，而後上題，悼紅軒亦不忍出此也。

晴雯被逐，寶玉亦知是襲人所爲，比之賈璉不知二姐死法，似勝一籌，其實倍責之也。

『他這一家去倒心净』，欺天乎？　欺人乎？　抑花大姐自道耳。

美人心裏，不能安静，却是透語。

『四兒是我誤了』，所誤何止一人？

反被好帶累了，千古有情人，同聲一哭。

襲人心内一動，低頭半日，無可回答，鐵案。

嫩蘭花一段比喻，再爲芙蓉神作引，珍重之至，與前白海棠之喻遥應。

『襲人轄制』數語，寫寶玉偏於襲人。不然，去了三個，痛且不暇，又何忌諱之有？況明知其犯舌耶？觀於金釧、晴雯，而不悟玉之薄幸，有取死之道，彼紫鵑所言，猶未能深知寶玉者也。

怕襲人寒心，置晴雯於何所？襲人之嫁，正天之報之也。

探病亦是常情，晴雯已甘心死報，寫女子癡迷。

『這就是茶』，唤醒多少暴殄天物者，應前五十一回。

『你有什麽説的』，癡極。縱使有言，尚能挽回耶！

『不枉擔了虚名』，反復申明，終是疑案。

晴雯以手開場，仍在手上結局，是悼紅軒自詡情文妙手之意。

插吴貴兒媳婦，文筆奇横。

看晴雯必瞞襲人，叫晴雯又彌縫襲人，豈真愛而畏之耶？晴雯死得不值。

心傷腸斷之時，忽叙賞菊一段，文筆之暇。

芳官一伶人，受恩甚而能從容守志，襲人何以爲人？

七十八回説，晴雯言談針綫都不及他，是悼紅軒自贊語言之妙，針綫之細，衆人不及也。獎譽襲人，夫人真是逾分。襲人可謂辜恩，罄南山之竹，不能書罪。可以給寶玉使唤，賈母看晴雯在襲人上，其如夫人何？疑寶玉得罪寶釵，夫人真是夢夢，子且不知，安能知婢？宜其錯認襲人也。寶釵對王夫人一段，與三十四回襲人回王夫人一段，一樣用意，非大奸不能。悄問小丫頭，放過二婢子，純是權術。於此見怡紅院人之妬晴雯也。壽怡紅説除黛玉不配芙蓉，是芙蓉神之爲黛玉無疑。曰晴雯者，托之情文也。拜晴雯托言看黛玉，喻晴即黛也，撲空是烏有之意。

『只這兩三人同死同歸』，寶哥誤矣。

姽嫿將軍詩寫賈環，尚非棄材。

姽嫿詞是寫閨閣癡情，能以死報，男子不如。

寶、黛之親，非瀟湘一哭所能了事，必有祭文一首，不便立言，故先借晴雯以寫其痛，猶恐閲者忽過，特於紅綃一聯，反復改易以醒之，《芙蓉誄》固有所專屬也。

晴雯死後，幾番周折，不及一奠，悼紅軒不忍見其死也。

七十九回『薄命』、『無緣』一對，寫黛玉無限狐疑，對前之相信，應後之參禪。黛云『把脾氣改改罷』數語，意思深長。

迎春出閣，太略。

陪四個丫頭，與前文鳳姐四婢相應，是襯托四媵之意。

『我的姐姐』四字，寫寶玉儇薄，何必待其唐突，始信其親近不得。

香菱遠避寶玉，因情解石榴裙説壞，至此離開，悼紅軒用筆處處如是。

『世上所無之事，都玩耍出來』一語，包括多少。　此時已無晴雯，他人皆非所忌，自無可犯舌也。

夏金桂頗步熙鳳後塵，貶鳳姐也。

寶釵無隙可乘，惡極金桂，尚且無如之何，而況黛玉？

極力寫金桂悍惡，見薛家本非清族，容得此等潑婦，貶之也。

八十回寫金桂悍妬，憫香菱也。

專寫金桂，是惡婦破家，爲香菱扶正張本。

療妬方是百疾能醫，妬不可醫之意。

八十一回迎春歸寧，邢夫人像没事人，嘉王夫人也。

悶氣到瀟湘館哭，見嚮來心迹之同。

『越早些死的越好』，傷心語，悟道語，《紅樓》大旨，古今名言。

『我估量着二爺在這裏』語尖，『你兩個又爲什麽』語惡。　黛玉總不留心。

向裏躺下哭，第十七次哭，是感傷人事，不得不哭。

寫人去房空光景,不多着墨,滿目荒凉。

無可奈何之時,卜之於鈞,又復掃興而罷,此時情緒,殊難自遣。

四美釣魚,綺、岫不言所得,闕合正文,不徒文筆變換。

馬道婆一段,結趙姨娘。

兩番入家塾,是化鶴歸來之意。

八十二回寶、黛相叙數語,與第九回上學遥遥相應,注意收場。

『人家都想了一天了』,寫紫鵑尖甚。

因鴛鴦傳語傷心,襲人仍是轄制,奸甚。

補晴雯一句,文章處處不肯蹈實,却不經意。

原是偏房,史筆既已自認,烏乎不守?

拿得住寶玉,自嬌嗔箴玉始。

怕娶個利害的,自己便是尤二姐、香菱的後身,殺黛玉之心始此,加以東風西風之比,殺機决矣。

襲人探口氣,緊接婆子述姨媽語,是堅花大姐殺機。

除了寶玉,什麽人擎受得起,聞之能不刺心? 吊幾點淚,是第十九次還淚。

癡魂驚夢無一語不着實,却無一字占實,曰『鳳姐混鬧』,曰『終非了局』,曰『可見是假』,正對後文。

夢境已足斷腸，醒來情景尤令人淒絶，無病尚且欲此，有病安得復生？

驚夢大哭，第十八次哭，是真可傷，鐵石人亦不能不哭。

『天下事那裏有多少真的？』惜哉，瀟湘之知不如藕榭！

『紫血簌簌亂跳』，心血已動，不求死而死已兆矣。

思夢境而不悟，黛玉癡心，其實悟亦死，不悟亦死。

夢後感衆人之假，不疑寶玉，妃子何其愚也！

八十三回『也不用老太太煩心』，瀟湘意中不忘夢境。

對探春流淚，是第二十九次還淚。

黛玉問襲人一段，毫無嫌疑，宜九十三回和盤托出也。

叙瀟湘病况，摹寫入微，悼紅軒豈亦身歷耶？

『太是心細』一語，斷送黛玉。鳳姐不借月錢，鴛鴦不回病狀，皆由於此。

只是淌眼淚，是第二十一次還淚。

借月錢應前賈母送錢，見得此時不送矣。

周瑞家述謡言一段，是榮府招忌之由。

省宫闈，獨選鳳姐，嘉其能也。

寶釵托避嫌而去，却受金桂一番挫辱，亦天之小報也。

八十四回『講一個月書』，開筆誤。按是時二月初，前九月寶玉忌葷，百日始出入塾，當是正月。開課三文題，總結寶玉，惟士爲能，譏無恒心也。

因贊寶釵坐下不走，於此見寶玉之情不專，何止無情無義。

既贊寶釵，復貶黛玉，又以釵、黛相衡，毋已偏屬，衆人自然望風承旨。

王作梅取月老之意，其他清客命名皆是諧聲。

一個寶玉，一個金鎖，出自鳳口，實體賈母、王夫人之意，非鳳之敢妄言也。

賈環結怨，爲後害巧姐張本。

八十五回北府拜壽，與四十三回告凶，虚實相對。

寶玉放光，寫寶玉若明若昧，令人悶絶。

『林姑娘可在跟前？』寫襲人奸深，見紫鵑看動静，純是忌黛玉之心。

第一件關切的事，緊對後文水落歸漕。

一探口氣，再探消息，全副精神，都在黛玉身上，惡。

前張道作媒是空言，後汪爾調説媒已指實，益以賈芸之信，層層叠叠，皆爲後九十七回作引。

門牌應前抓子，令人神往晴芳。

麝月傷心，見得婢子亦是情種，伏後安排死殉張本。

賈芸對寶玉數語，脱卸無痕，有飛渡之勢。

『相敬如賓』一語，鳳姐豈真失口耶？亦有意言之耳。

芸兒冒失，忽向黛玉言之，寫寶玉忘形，活畫。

黛玉生辰，與寶釵生辰遥應。

鳳姐是給事中，與前監察御史相應，閒文亦有命意。

『含羞帶笑的出來』，寫黛玉清艷，不愧芙蓉。

纔説嫦娥下界，便演《冥昇》，着意絳珠生日。

『還有多少仰仗那邊的地方』，一語包括。

極寫金桂悍惡，是薛蟠淫蕩之報，只於自焚，良以蟠之孽，不若寶玉誤人也。

『心知是賈府的人』，於此見從前之詐。

八十六回只肯説情，不提銀物與賈政也。

寫知縣受賄改傷，可爲天下司民社者勸。

苦主哭嚷，叫衙役攆出去，可笑，可嘆。

不要可惜錢，薛蟠可謂討債鬼。

寫薛蝌撕擄官司，竭盡心力，姨媽應有以報之。

釵、寶聯姻，李紈知之，惜春却被瞞過，豈初説即瞞人耶？

把想寶釵的念頭打斷，寫寶玉心情不一。

『薛大爺相與混賬人』，爾時視蔣玉函誠然，豈知後來即嫁此混賬人？ 可嘆。

因襲人說心愛的人，想起黛玉，寫寶玉鍾情，正是種毒。

『高山流水，得遇知音』數語，情景顯然，豈不能解？ 却自認是糊塗人，妃子何尚不悟？

『我只管說，你只管不懂』微言，宜其見蘭花而心動，回房自嘆也。

送蘭花緊接論琴，是知音難得之意。

看花落淚，是第二十二次還淚。

八十七回惺惺惜惺惺，瀟湘錯認釵，特以家運多艱，悲歌無可告語耳。

說『橫竪要來』。 探春亦知聯婚之事，特黛、寶不知耳。

『十里荷花，三秋桂子』一段，設色處亦有關會。

地和人各有緣分，道得出，看不破，聰明人大抵如此，所謂當局者迷。

黛玉初來，就步步留心，至此又云無處不要留心，其實無事留心，所謂小性者此也。

『未免惹人厭煩』，黛玉心中有夢境在。

『風自西邊透到東邊』，正是西風壓倒東風之意，寫景其次也。

剪碎香囊扇袋，恰好用舊帕包裹，紫鵑粗心，何可令黛玉再見。

對帕下淚，是第二十三次還淚。

短琴，喻情短也。

『你也該可憐我些兒』，寫襲人挾制。

『心動臉熱』，寫妙公入微，悼紅軒殆惡其矯持歟？

到蓼風軒，何至迷路，而待寶玉指引？ 微詞。

撫琴悲往，言世外尚有知音，與凹晶聯句同意，皆悼紅軒傷心之筆。觀其先伏論琴，次序悲秋四解，又復引喻，正見寶玉不是同調。

看琴，寶玉自認是俗人，辜負瀟湘心許。

『恐不能持久』，妙玉可謂知音，其實檻外人自道耳。

走火始於下棋，是一着錯走之意。

『聞猫聲厮叫，坐禪走火』，詆妙玉極矣。

觸犯陰人，伏後妖異。

惜春看棋譜三十六局殺角勢，正俗語所云： 走爲上着。

八十八回『老太太做了觀音，你就是龍女』，正應後文嘉鴛鴦也。

『賈珍請安』等語，是補是結，省筆。

鮑二、何三一段，爲後揭參引盜作伏。

送綉貨，是結小紅，鳳姐語斬釘截鐵，芸兒安得不恨？

小紅不高興，不愧多情。

借月錢遥應紫鵑，寫鳳姐勢利。

三間空屋裏響，緊接叙水月寺一段，當是張金哥來也。

聞官事一段，此時鳳姐心氣已虚，冤魂所以纏擾。

八十九回連黛玉處不敢常去，鍾情者固如此乎？

不見雀金泥，不憶晴姐，正寫寶玉薄倖。

『你睄那上頭針綫』，是襲人買好處語，却刺心。

祭晴雯，恰在晴雯住房，着意處却極自然。

翻騰一夜，即做燕窩湯，於寶玉非不盡心，誤在收梢。

焚付晴姊知之，此方是祭晴雯，知《芙蓉女兒誄》之有所指也。

《鬥寒圖》，與前文嫦娥，後文青女、素娥一喻同意，見黛玉清艷絶倫。

『琴短』數語，純是機鋒，寶玉却自道不是知音，更甚於論琴之自認糊塗，瀟湘何以不悟？

淚終不乾，與前常是淚不乾，皆不能記次數。

文章做到絶粒至當恰好，儘可直接焚稿，多一轉折，黛玉身分掃地，不知悼紅軒是何居心，使瀟湘飲恨地下。『迷性』等文宜删，似非左見。

九十回侍書一段，與上面一噴一醒，文境妙極。

紫鵑惱侍書，正是痛極忘情。

三三兩兩議論，貶黛玉已到極地，兩夫人疑之可也，賈母何忍亦形諸口？

鳳姐怪紫鵑，正是不借月錢之意，寫趨奉專走上風。

『親見他結親』數語，正對後文。

『寶丫頭最妥』，正對换案。

定親必瞞黛玉，伏後掉包，應前惡夢，於此見賈母待瀟湘之薄。

『先外人，後自己』，賈母何忍出此言？

『比寶玉小兩歲』，誤。

『岫煙住紫菱洲』，宜改。此時迎春已經出閣，且與九十九回不對。

閻王判命，不知如何判法？不專指岫煙、金桂兩人也。

送綿衣辭而後受，寫岫煙安貧得體。

『到底是哥哥屋裏人』，《紅樓》只一薛蝌。

薛姨媽遠嫌，寶、黛皆不晤，癡極。

『告訴他買的東西』，伏砒霜。

寶釵患病，先是鳳姐送藥。『先是』二字，寫盡鳳姐初時待林姑娘亦如此，貶之也。

寫薛蟠官事反覆，是破家之根。

訴肺腑以前，純是寶玉調逗黛玉，而『銀樣蠟鎗』、『撒謊哄人』等語，黛猶未能相信。至訴肺腑，則曰『我都知道』，是信之已深。接下情詞試玉，信心益堅。厥後寶情不一，黛復轉信爲疑。『漁翁』戲語，論琴微言，皆是明明打動寶玉，寶終不覺，故有參禪之事。

『你不要自己打錯主意』，不止機鋒。

『有我便有人』數語，透極，特看不破耳。

參禪已是面定終身，不圖竟是誑語恨事。

『有如三寶』，皇天后土實聞此言，且有不止天知地知你知我知者，紫鵑所以痛恨。

吉凶不在鳥音，禽鳥得氣之先，顰卿自爲解耳。

九十二回襲人問寶玉説些什麽，細甚，奸甚。

『我也是樂一天是一天』，一段趣語，足以折襲人之心，雖不似晴雯尖刻，已伏後疏間之根。

『寶姐姐自然也來』，可謂思如饑渴，此時獨不記一瓢飲耶？

講《烈女傳》至姤而止，賈母有心。

見黛玉把寶釵擱開，重叠言之，對前『見了姐姐，忘了妹妹』，見寶玉之情不專。

司棋、又安一段，與三姐、湘蓮事同，皆是自誤。悼紅軒借此寫恨，正是一誤再誤之意。

馮紫英洋貨是屏鐘、珠帳，喻意隱然。

『咱們家是再没有事的』，見赦老不能居安思危。

九十三回拿車，與八十八回莊頭送果子同一意，寫奴才驕縱。

蔣玉函一段，應前文，伏後百廿回。
『寶玉暗忖』數語，極實極虛，悼紅軒慣用此等筆法。
叙甄寶玉游幻，應前第五回，出包勇口中，却不得體。
包勇一段，爲後失盗而起，筆墨未免煩費。
風月案是結芳官，禍首鳳姐，罪魁賈珍，賈芹不足責也。
『饅頭庵與我什麽相干』，寫鳳姐權詐。
賈芹給賴大磕頭，愧死。可爲少年不敬事者戒。
水月庵事已敗露，猶復上下相蒙，璉之諱禍，甚於珍之釀禍，政老并不深究，厥罪維均，宜乎敗不旋踵。
九十四回發落女尼，嘉王夫人也。
『見一個愛一個』，斷定寶玉。
『天下莫非只有一個寶玉？』應百十五回。
黛玉性情，紫鵑且以爲難伏侍，何况襲人？宜乎忌刻之深也。
『貪多嚼不爛』，可謂能知寶玉。
『我盡我的心』五字，抵得一篇《義婢傳》。
黛玉理詩文稿，爲後焚稿張本。

『敢是找襲人？』寫黛玉一心在怡紅院。

賞花妖，賈母毫不爲異，寫溺愛。

『比丢了二爺還利害』，緊對後重玉不重人。

責李紈，疑賈環，寫探春心地才識色色過人。

『玉是廢物』，説玉耶，抑説人耶？

失玉是出脱寶玉，爲後掉包地步。

平兒不敢再問，正是寫平兒身分。

賈環對平兒語鋒利，所謂不平之鳴也。

失玉大事，用花妖引起，恰好絶不費手。

九十五回求妙玉扶乩，寫岫煙何等倉皇，何等謙虚，又何等誠敬，豈真一時不忍耶？

失玉寫黛玉悲喜交集，寶釵止於驚疑，是悼紅軒右袒吕氏。

『海棠開得不祥』，探春能見其大。

元妃薨逝，尚不知檢，查抄之機伏矣。

『存年四十三歲』，誤。元妃生甲申，薨甲寅，當是三十一。

金玉已有成議，尚以爲親事定是自己，癡極。

説襲人低聲下氣伏侍，前此光景可想。

失玉懸賞，寫賈母溺愛，與無頭榜同爲厲階。
隔了十九年，寶玉此時十九，游幻恰是十三。
九十六回王子騰死，見得六親同運。
哥哥在監里，親妹子怎麽出嫁？ 鐵案。
銜喜事已議定，反一一揭黛玉之短，不知是何居心？ 若恐一害三人，事前何不早說？ 此時更有何法？ 所謂毁詼奴之口，其指此耶？
水落歸槽，殺黛玉之心於此見矣。
玉已無知，何用饒舌？ 罪不勝誅，襲人可恨！
掉包之禍起於襲人，何仇黛之深也！ 恨事。
迷本性寫得大險，悼紅軒何忍出此！
盤問傻大姐在葬桃花處，正當年看《會真記》訂盟所在，文心細極。
女子善懷，甘爲情死，迷性是必有之事，特言之太盡耳。
『這就是回去的時候了』，恰好收住。
自絶粒後，寫黛玉處死過分，悼紅軒只求文字之工，極意翻騰，真令瀟湘飲恨。
九十七回求速死以完此債，緊承絶粒正文，歸還瀟湘分際中間各情事，未免悼紅軒過分。
『你白疼了我』，如怨如慕，一語包括多少。

『好像不願意似的』，『好像』二語，微言。

『睁眼只紫鵑一人』，寫黛玉失愛。

焚稿斷癡情，處處寫紫鵑情深義重，可敬可嘉，是《紅樓》第一等人。

公然做出，不獨出紫鵑意外，實出普天下人意外。

『拿什麽臉來見我！』紫鵑一往情深。

『一點淚也没有』，結還淚。

紫鵑哭，林家的笑，婆子可惡。

『我的身子是乾净的』，結清黛玉。

寫紫鵑義憤，真是第一等人。

黛玉臨終，送者是李紈、探春，褒之也。

『從古至今，天上人間，第一件暢心滿意的事』，應前第一等人、第一件事，於此知晴雯之所指矣。

『荷粉露垂』二語，襲《聊齋》，捨此不足狀寶釵之艷。自寶玉目中看出，而且發怔，何曾昏憒？

負心鐵案。

出閨成禮，寫得草草，貶姨媽也，用雪雁接梁之意。

九十八回只怨母親辦得糊塗，悼紅軒偏袒。

畢知庵知病源，亦是諧聲。

陰司一段，是悼紅軒陡轉陡合之筆，不是爲寶玉曲解。

寶釵是第一等人，史筆，應前『見姐姐忘了妹妹』。

『方信金石姻緣有定』，負心定案。

『竹梢風動，月影移墻』，冷景入畫，百忙中有此閒筆。

『是我弄壞了他』，定案。

『由你們辦罷』，讀至此，令人寒心。

瀟湘情重，豈一哭所能解？ 紫鵑一一告訴，癡甚。

『願他們言和意順』，是恐寶玉不忘黛玉也，豈知寶玉業已移愛。

九十九回在鳳姐口中寫釵、寶和合，雖趨奉者亦薄其爲人，觀其述恨寶玉語可見。

『林妹妹恨你』，微詞。

叙園中冷落，爲後文見鬼驅妖伏案。

糧道被劾，誤在李十兒，是喻李十即負心之意。 江西者，言西江之水不能濯也。

李十弄權，寫賈政迂闊無才，活畫輕信小人，安得不敗。

一百回『趁哥哥的活口現在』數語，寫寶釵精細，然而居心難問，豈以乃兄爲必死耶？ 果然骨肉慘離，亦復何心財帛。

寫金桂淫縱，正是襯托香菱。

願謹能化驕悍，正是柔能克剛之意。

恨香菱，伏後禍機。

議嫁探春，王夫人所見甚長與之也。

趙姨道喜，確有此等情事，可笑。

交代雪雁，結黛玉也。

鸚哥等小丫頭仍伏侍賈母，紫鵑非鸚哥之改名矣。

『爲什麽散的這麽早』，與前『越早死越好』，針鋒相對。

一百一回月夜感幽魂，應前入夢是情，心雖死，不忘趨奉之意。

『恐怕落人褒貶』，寫鳳姐處處要强。

嘆巧姐一段，直照百十八回。

裘世安一段，寫賈璉伉儷情疏，對下文叙、寶恩愛，見得寶玉負心。

『鳳姐自悔失言』數語，不知是何用意。　説者云因王子騰服製。　按是時寶玉服已滿，恐不指此，且語氣不合。

出五兒恰好，真是情文相生。

耳語一段，見寶玉此時意中絶無黛玉，負心負心。

衣錦還鄉，與女先兒之求官相應，結鳳姐，結王氏也。

散花寺籤語，獨寶玉以爲吉祥，可見寶哥本性。
一百二回五兒一段，應前文，伏後錯愛。
開便門，應前搜園，細。
寫園中曠落景像宛然，不堪細想。
骨肉病災祲一段，見得妖由人興，是將亡之兆。
寫毛半仙神效，與前測字之精切，可云貫通諸子，曲肖世情。
大六壬凶險，應後獲罪，不止爲除妖作引。
園中妖異，寫小人幸禍，譏主事不明也。
符水驅妖，結大觀園，罪賈赦也。
自失玉後連寫求神問卜等事，是將亡聽命於神意。
一百三回金桂一段，寫薛家始終借力榮府，遥應前文。
放寶蟬，寫寶釵權詐。
換湯一節，設想真妙，豈真亦經過耶？
寶蟬一段，寫二薛才識，夏家勢孤。
金桂自焚，是起意殺人，卒之自殺，悼紅軒有感而作。此下接知機縣，是勸人知足意，其旨遠矣。
遇甄仙而不悟，是寫雨村名利薰心。佛廟火起，欲火自焚之意。

甄仙何人，而受雨村供奉耶？

渡頭候教，寫甄仙情重，雨村來歷，正自不凡。

一百四回見火起而不回視，寫雨村忘恩負義，悼紅軒蓋深恨之。

鬮道寫賈芸昧良，結倪二，責負心也。

『如今奴才比主子强』，憤激語，却是實話。

嬌杏落淚，責雨村不如女子。

賈範一層，是爲張華作别。

除痛觸前情一段，傻話究何解於薄倖。

在賈政目中寫短一人，深文。

一百五回寫趙全入門光景，非目見不能曲肖。

『親友一溜煙如飛的出去』，字字痛切，罵盡世人。

查封寫北王仁厚，虚寫京府，可知東者對西而言也。

借契寫鳳姐首禍，焦大應前文，見得禍由自嘆。

寫女眷倉皇景狀，閲者尚且驚心，局中可想。

賈璉因借券獲罪，鳳姐已不可爲人，何待張華等事。

查封後，寫賈政天性謹厚，與之也。

『薛蝌喘嘘嘘的跑進來』，是賈家急難之報與薛蝌也。

一百六回七八萬金一搶而盡，見得抄家之慘。

『我那時怎樣見人』，亦知已錯，當時特不暇念及耳，可恨。

薛敗王死，應前門子諺語，令人深滄桑之感。

寫親友問候，活畫世情。

賈母拜佛，寫抄後光景，不必聞哭聲，已令人凄絶。

『與寶二爺差不多』，應前只一寶玉。

三十二房男女，二百十二名尚有奴才的奴才，當差者却只二十一名，見冗人之多。

『養了女兒要嫁』，癡語，在小時説則佳，此時未當。

一百七回寫邢、尤之痛，摹叙人情。

『咱家們到這樣田地』，清夜鐘聲。

『與你無干』，鳳之罪，母實不知，非溺愛也。

『鳳姐本是貪得無厭的人』，一語寫盡。

『都是哭泣的事』，一語包括多少。

襲職寫賈政仁孝出於天性，不止輕財，深與之也。

寫親友道喜，并前一去一來，凡三見，悼紅軒可謂形容盡致。

賈雨村狠狠踢了一脚，於百四回不救火，信之。

主人鬧事發台站海疆效力，家人多事罰令看園，妙文。

包勇看園，爲後逐盜張本。

一百八回湘雲出嫁，回來不言婿家，略。

在湘雲口中叙今昔不同光景，令人低徊欲絶。

在賈母口中作一結，簡凈。

『倒是珠兒媳婦還好』，褒李紈始終不變。

説鳳姐連模樣改變，正對前文盛概。

此時又將薛、林一比，見賈母始終偏愛。

給寶釵做生日，與前文遥應。

叙寶釵并生日忘却，褒之太甚。

打算過寶釵生日，不敢提起，此時意中更無他人。

代寶釵敬酒，責寶玉不止負心。

『到底偏心』，應前中秋笑話。

『再説就到不好的上頭』，見得此時不堪行樂。

擲曲牌名，應前牙牌令，皆有關會。

瀟湘館常有哭聲，妃子何其癡也！

不因『十二金釵』一令，幾乎忘却瀟湘，尚云『不是負心』，誰其信之？

怕襲人受委屈，寫寶玉恩愛至此不移，悼紅軒之醒世者深矣。

既云『我害了你』，何以又非負心曲解？

會芙蓉神是湘雲戲言，其實是悼紅軒重言以申明之遇仙，伏下承錯愛。

一百九回釵、襲閒談惡，亦見寶玉之可愚也。

候芳魂，見一念之誠尚不能持久，極寫其負心也。

『知他必進來』，寶釵慣能料事，此却不曾料着，獨睡一夜，好笑。

無夢便不想，想之不堅可知矣。復夢超凡等文，是悼紅軒傳奇，其實相思只於承錯愛，負心終古也。

寶釵一夜没睡着，刻甚耐想。

『漫漫過來，悄悄躺下』，是五兒承愛定案。

處處指晴爲黛，見得情文私語，是説黛玉也。

寫五兒心虚觸處疑，妙文。

假以詞色，爲移花接木之計，然則破題兒始此耶？藍橋只一度耶？果然則是一發而中，可稱射雕手。

玉玦之賜，自古都非嘉兆。病而賞此，知賈母之將死也。

愛畫勞心，結大觀園圖，是圖成虛話之意。

『你要來狠近』數語，伏下文引盜之根。

結迎春見抄後失勢。

事不用費心，銀子那裏打算，包羅萬有。

一百十回施經結寫經，細。

賈母臨終，不提黛玉，深文。

寫鳳姐力詘，是賈母死後，趨奉無益之意。

男僕二十一人，女僕十九人，對前秦氏喪事人多。

獨有李紈，瞧出鳳姐苦處，寫李紈處處存心厚道，是悼紅軒第一欽敬之人。

賈母之喪，寫人心不齊，非過來人不能叙得如此曲盡。

在孝幔後瞧人，此種瑣瑣世情，悼紅軒何以知之？ 令人折服。

東府雇車，極寫抄後零落。

叙湘雲處處用補筆，殆有意耶？

寶玉衰絰之中，忍心選色，其昧良若此，宜乎負心。

寶玉可謂梅花知己，賈母孽孫。

趁賈母的事，放聲大哭，對前飲泣。　此番大哭，是哭其貌美，非哭其情深，越哭越見負心。
鳳姐一生要强，至賈母喪事，手足無措，可爲逞才者戒。
百十一回鴛鴦死，可卿接引，明叙懸梁，證實前文。
叙紫鵑哀切，爲後隨惜春張本。
寶釵哭鴛鴦，是自傷，非心腸兒好。
寫賈母喪儀簡略，應前秦氏之過分。
鴛鴦補癡情司，可謂稱職。
看家明知惜春不能而不加派，罪賈璉也。
著眼腰門，爲包勇趕賊張本。
百十二回虛擬失單，單既虛擬，贓何能追？　非關勢敗。
寫妙玉被劫用活筆，愈活愈死。
『輕薄了一會子』，可爲好潔者戒。
『跟賊去受用』，包勇快人，忍哉！
後來傳聞不屈而死，尚足爲妙公留身分，總勝於襲人口云不跟强盗，後來却嫁小旦，可笑。
『偷剩下的東西』句，冷。
趙姨有可死之道，作者勸世。

不罰奴才，寫賈政不負正名。

一百十三回『劉老老幾月不見』，誤，當依下文，說一年多不來。

寫周姨苦楚，鴛鴦所以視側室爲火坑也。

一男一女，與老尼所見略同，三千兩何在？

『不好死了』，是親生的閱歷語，傷心語，勸世文。

語劉老老帶了巧姐去，直注後文。

金的玉的餘波，是罵村牛始終不忘金玉意。

劉老老在地裏哭了一大場，天下没良心人愧死。

結周瑞一家在劉老老口中，正應開場。

兩手空抓，結鳳姐半世要强，如此了局，醒世語。

鳳姐病危以手鐲托劉老老求神許願，老老云『那用這些，將來還願，要花什麽，自己花去』，今世少有此等人。

代鳳姐求神一段，是言村牛會趨奉，兼能事鬼神，極詆之也。

寶玉云『今生今世難白這個心』，不知更有何說？

情婢感癡郎，寫寶玉習慣，一段柔情，開口即是，惜哉紫鵑，多此一夜哭。

說寶玉柔情，黛玉無福消受。其實已消受七年，釵所狎者糟粕耳。死者無知，生者無休，此時紫鵑心已轉移，伏後護玉。

草木石頭，暗暗爲寶、黛作一結，正寫自己悲凄，文境神化。

一百十四回『若能先知，犯不着爲你們操心了』，包括前文，注意下文，關鍵語。

結岫煙未當，爾時何暇及此。

撞見賴大拿册子，與酒令之十二金釵鳳之歸册子，皆爲重夢作引。

巧姐瞧不起母舅，爲下文作伏。

清客皆去，只有程日興在，微詞。

程日興尚有一段忠言，不是鎮日混飯吃者可比，罵世。

甄應嘉一段是去假存真之意。先傳甄家鬧事，是隱露其情。卷中甄夫人來，是甄事半見。至此則甄事全見，無用賈語村言，故下即接雨村罣誤。

『結褵三載』，誤，當是兩年。

百十五回『地藏庵姑子來不好兜答』數語，贅，老尼有何足語？

『不過一塊頑石耳』，筆墨空靈。

紫鵑見甄寶玉，忽動癡想，說壞黛玉，可云孤負知己。

甄寶玉一段，見人心不能强同，是貌合神離意。

『連這個像貌都不要了』，禪機。

『要命拿銀子來』，見得財與命連，醒世語。

『和尚進來了』，妙文。『長大和尚』，更妙。『顧不得有和尚』，尤妙。悼紅軒尖刻乃爾。

一百十六回寫麝月誓死，罪襲人也。

因開花失玉，因得玉復夢，借端恰好。

夢中說夢，與前夢甄同一筆意。

幻境悟仙緣，寫得迷離惝恍，恰到好處。

『到底女人的心腸是慈悲的』，夢語寫盡負心。

『拿鏡子一照』，結風月寶鑒。

必死而復生，始能徹悟，有愧通靈耳。

『没得癡兒，你要嚇死誰麼？』寫賈政老態。

以夢起，以夢結，何異黄粱一枕。

想起花席，不恨不悟而流淚，何其愚也。

送靈寫賈政孝思，結黛玉、可卿。

『幾乎又上了他的當』，交代紫鵑。

『女孩癡心將來怎樣結局』，總括一筆。

『又想林姑娘』，『又』字着眼，嘉紫鵑之義。

『你到底算寶玉的什麼人？』結承愛。
百十七回『有了心要玉何用』，禪機。
護玉，寫紫鵑更急，見得癡婢子情深義重，嘉之也。
反復勘論寶玉，寫紫鵑義重。
重玉不重人，伏下却塵緣。
聽小廝傳話，兩眼直瞪，寶釵已有先見。
看家失盜，罪在賈芸，仍令看家，罪賈璉也。
拴檳榔荷包絹子，對前尤二姐，醒世。
在賈璉口中作一結，又順手結喜四諸人，密。
謹謹慎慎隨着平兒過日子，與巧姐也。
齡官不言存亡，小紅但言告假，略。
王夫人説巧姐姻事，正對下文，然覺尚早，是時巧年只十二。
聚賭與東府遥應，見家無主宰。
再結李氏一筆，見敬佩之深。
雨村帶鎖，正是利鎖名繮意，應前失火。
因寶玉瘋顛求去，結玉釧，却深貶之。

一百十八回結紫鵑，用特筆褒之也。

『掌不住』，史筆。失節亦只是掌不住耳。

『也掌不住』，『也』字説壞寶釵，豈以釵比襲耶？諺稱新婦曰花大姐，意者無襲人其人，花大姐即指寶釵，猶晴雯之指黛玉耳。

『不像本支王府』，寫平兒眼力。

欺弱女一段，是鳳姐恃强之報，嘉平兒也。

『史姑爺癆病死了』，是結湘雲，與白首雙星意不合，於悼紅軒，於枕霞事多略，此疑有誤。

結李綺，不結李紋，結甄寶玉也。

從此而止，不離其宗，寶玉之心從此堅，遥應前文寶釵自認罪魁。

『還要一火焚之』，是見道語。

道書與前説部針鋒相對，不入於彼，即入於此意。

釵、襲悄説一段，其心思之細，防閒之嚴，在鳳姐、金桂之上，寶即果動塵心，亦復無所措手，於此知黛玉、晴雯之死，人也，非天也。

怕犯舊病，雖麝月亦不能容，寫襲人惡毒，獨許鶯兒以釵，故不敢有所否也。

送克什，見鶯兒密。

『果然一輩子是丫頭，這造化比我們還大』，見得黛玉不可及。

百十九回襲人靠不住，告訴鶯兒，似乎寶哥此時尚有兒女之私。

未入場，先怕閃失，已非佳兆，哭得更不吉祥。

入場一段，寫得異樣精神，悼紅軒從何處想來？

『姐姐我要走了』，寶釵一生心機，落得此六個字。

『仰面大笑』以下十三字，該括一百二十回，與開卷二十字鼓旗相敵。

劉老老是巧姐媒人，初來是昏禮下達之意，再來攜野菜是納采，游園是醴賓，設几筵是撤几改筵，命名是問名，饋遺是受脯，帶回去看着是熱鬧，是婚禮反命之義，百十二回來是請期。鳳姐云『帶了他去』數語，可見至後同車而去是親迎。

叙巧姐近俗本小説，王夫人説不妥當，悼紅軒自貶也。

寫襲人追想，是誅之不可勝誅意。

焙茗亂嚷，對前續玉，結從人，密。

論寶玉，獨探春能見其大，是《紅樓》一等人物。遠嫁亦歸薄命，不可解耳。

赦罪復職，寫敗後零落光景，感慨繫之。

結及青板，真無挂漏矣。

巧姐回來，邢夫人如夢初覺，可笑。不知作者何心於赦老夫婦極貶之也？

百二十回襲人哭傷了心，傷心是實情，特不能死。

『死守怕人笑』，其不死明矣。

吃藥痛減，醜極。果有死心，何必吃藥？

船頭一拜，結局悠然。

賈政見和尚三次，殆即開場所云三劫與？

『哄了老太太十九年』，誤，當是二十一年。

説寶釵廉静寡欲，極愛素淡，應前擺茶。

贖罪要借貸，結薛家勢敗。

寶玉没紅塵福分，可謂不知其子。

『姨媽説一句，他應一句』，醜極。

『好個柔順孩子』，守節烏可柔順？

寫襲人失守，用許多筆墨，字字耐想，逐層遞寫，愈説愈醜，唤醒多少癡人。

『不得已』語，結襲人允當。

『又是一番天地』，不止説襲人，曰襲人，言其人可惜也。

迷渡遇甄，應前渡頭相等，遥接仁清巷。

『這一段奇緣我先知之』，擊尾首應。

『淫不可犯，情字也沾染不得』，真是當頭棒喝。

英蓮開場，英蓮結局，於此知命名之意，意取姻聯，似非臆斷。

述寶玉下落，并安放在補天之處，正是還他個實在，是空空之意。

『那有閒情和石頭饒舌』，結出作書本旨。

起結各二十字，賅括無遺，筆力絶大。

開場演説，籠起全部大綱，以下逐段出題，至游幻起一波，總攝全書筋節，了如指掌，文勢已促，故借劉老老入手，從遠處落墨，以疏文氣。中間協理東府，元妃晉封等事，波瀾極大，氣局却空，至省親則沉浸穠縟，寫盡繁華氣象，其實皆是閒文，故借東府演戲一點煞住，歸入本文。自入園後，正寫題面，至受笞起一大波，文氣一歇，以後就景生情，筆意一變，至壽怡紅，精神一振，總起全書，接入獨艷理喪，一落千丈，順勢串寫瑣務，關合正文，伏後敗壞之根。檢園以下，逐段細寫散場光景，忽作掉包一變，窮情盡相，推開大局，且叙且結，應前盛局，唤醒癡庸，重游幻境，則滴滴歸源，文章已到返魂。至於中鄉魁，綿世澤，有餘不盡之頌揚而已。

自開卷至演説，如牡丹初吐，香艷未足，顔色鮮明。至游幻，如花初開，穠艷温香，精彩奪目。至歸省，則樓上起樓，直是國色天香，錦帷初捲。至壽怡紅，則重樓大開，碧白紅黄，一時秀發，錦天綉地，繁華極盛。至賈母生辰，則花已開乏，香色雖酣，豐韻已減。至黛玉生辰，則紅乾香老，光艷已銷，獨花心一點，生紅不死。以後如花之老境，漸次摇落，不堪入目矣。不難叙前半之盛，難叙後半之衰。或曰八十回後，如出兩人，不知於何見得？

《紅樓夢》高人處在實事翻空，空處間文却是實事針對，故一百二十回無一死筆。

《紅樓夢》戲文皆有關會，開場賈敬生辰演《雙官誥》應兩府全局，省親四齣應元妃全局，年戲寫應東府混亂，清虚觀三本應榮府全局，元宵《八義觀燈》寫繁華景象。他如《還魂》、《彈詞》應秦氏托夢，《相約》、《相罵》應寶玉背約，寶釵生日《西遊》應賈母壽終，《山門》應寶玉出家，《當衣》應鳳姐典當，《西樓》應蘆亭大會，《尋夢》應重游幻境，《男祭》應水仙庵黛玉生日，《冥昇》應黛玉，《吃糠》應兩府中落，《渡江》應寶玉，《花魁》應襲人。

《紅樓夢》喜用復筆，一游幻境，必再游幻境；一入家塾，必兩入家塾；一秦氏之喪，又有賈母之喪；一協理東府，又有協理西府；一陪靈看家，又有送殯看家；一馮淵人命，又有張三人命；一寶玉受笞，又有賈璉；一鴛鴦剪髮，又有惜春；一寶釵生辰，又有慶生辰；一莊頭送新，又有送果子；一設春燈謎，又有製春燈謎；一宣牙牌令，又有擲曲牌名。他如一藥方，有可卿，又有黛玉；一例賞，有襲人母，又有趙國基之類。種種細事，不可縷記。其實皆同而不同，變化不測，純是《水滸》筆法。

《紅樓夢》叙事，每逢歡場，必有驚恐。如賈政生辰，忽報内監來；鳳姐生辰，忽有鮑二家之事；賞中秋，賈赦失足；賀遷官，薛家凶信。接風報查抄之類。皆是否泰相循，吉凶倚伏之理，其用心之細，雖縷細不能盡寫也。

（光緒四年刊本）

紅樓夢本義約編卷上

話石主人手定　延陵叔子藏本

醉紅軒主校字

石頭記開卷言無才補天作者自恨缺陷難補也開首借英蓮失散説起英蓮讀作姻聯言眞姻聯而復失散也歸薛氏曰香菱香菱讀作相憐後改名秋菱謂始如並蒂相憐終以深秋零落也全部之節目以英

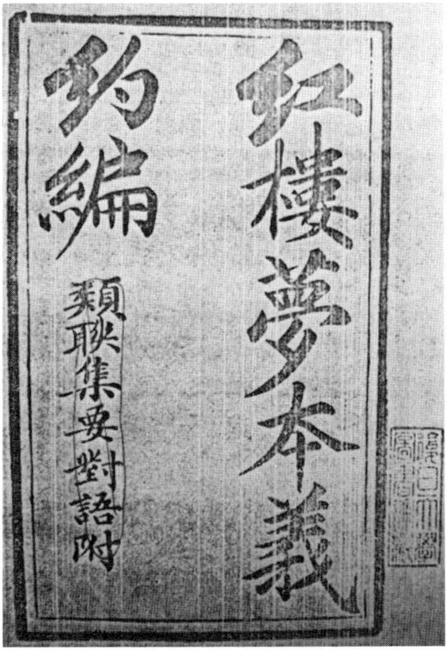

紅樓夢本義約編

類聯集要對語附

紅樓夢偶評

張其信　撰

光緒三年(一八七七)寶仁堂刊本。張其信,字子貞,官户部主事。第八回評曾談及其評點的時間:『己巳(同治八年,一八六九)春,不揣淺陋,偶評此一回,因名場宦海,奔走風塵,未遑卒業。去冬家居無事,翻閱此書,摘其要處,始能零星批出,胸中獃論,盡情吐露,然未必能當也。時在乙亥(光緒元年,一八七五)夏日書。』書中評語本想作眉批之用,但作者『一則恐其不當,一則苦其太費』,乃用這小説話的形式,以正文爲序,拉雜論評。作者認爲:『此書從《金瓶梅》脱胎,妙在割頭換像而出之。彼以話淫,此以意淫也。』、『以意淫二字爲題,以寶玉爲經,以寶釵、黛玉與衆美人爲緯。』但全文主要論叙事筆法、表現技巧,正如作者自己説的：『余評《紅樓夢》，論文也，非論事也。』

此評本擬按回按部位評之眉間，以便參閲。一則恐其不當，一則苦其太費也。

此書深者見深，淺者見淺，高下共賞，雅俗皆宜，説部書中之不朽者也。

第一回開首：數頁抵作者一段自敘文字，『因空見色』之十六字，可作釋教心傳之學，全書宗旨如是。《好了歌》透頂醒心，讀之如冷水澆背。憑空結撰，不著朝代，微譏暗諷，言皆有物。起從空空道人説及僧道，從僧道説及甄士隱、賈雨村，然後説及賈府。結從賈府説回甄士隱、賈雨村，從甄士隱、賈雨村説回僧道，又從僧道説回空空道人，賈府只作中間包裹之物，如剥蕉心，如抽繭絲，如俗語所謂：一里三層院。不知不覺説來，亦不知不覺敘完，起結之新奇真獨絶也。

第二回『女兒是水做的』：寶玉少時性情補敘於此。

『正氣邪氣』：平平演説難於出色，中間横插此一段所謂夾敘夾議，分外新警，奇情妙理，絶大議論，發前人所未發。

『是賈府老親』：開首即用甄寶玉伴説，真真假假，全書作意。

第三回『寶玉來了』：寶玉，全書主人，最後點出，何等鄭重。

卷尾： 賈府人多地廣，若用小説家『話説某某』叙去，豈不累贅？ 且斷叙不清楚。 看其將賈府始末從冷子興口中細細説出，又從黛玉眼中將賈府人物地方歷歷看出。 寶玉是全書主人，即從黛玉看出，黛玉亦即從寶玉看出，看似閒閒叙事，實則細細點題，神妙直到秋毫巔矣。

第四回卷尾： 方寫黛玉入賈府，便接叙寶釵入賈府，此所謂用雙筆，寶、黛用對待寫也。 不過寫黛玉處，賈府諸人即從其眼中看出，寶玉亦從其眼中分兩次描出，極詳細排場。 寫寶釵處極簡括、極閒淡，宜乎人皆視爲寶玉與黛玉情深，而與寶釵情淡，而不知作者入手處，即用畫家陰陽筆法也。

第五回卷尾： 文章之妙喜緊。 此一大部書甫叙到寶、黛入賈府即接寫此回，以組織秦可卿，説太虛幻境，説入夢，説意淫，説知人道，又閲册聽曲，將全部中人物事情已圖窮而匕首見，真能一口吸盡西江水也。

木瓜等物： 看似隸典着色，實則傳神寫照，何其妙也。

正册副册： 命名之意，寶、黛二人各分寶玉之一字。 後面曲文，寶、黛爲首，此册頁内夥畫夥作，明明以寶、黛二人作主。 因作者慣用藏頭露尾之筆，一明寫，一暗寫，一實寫，一虛寫，神出鬼没，遂將閲者瞞過，此《續紅樓》等書所以紛紛也。

意淫： 此書從《金瓶梅》脱胎，妙在割頭換像而出之。 彼以話淫，此以意淫也。 『意淫』二字是全書骨子，即從此回中揭出，蓋此回正組織秦可卿也。 名分之隔，難於下筆，故托爲夢中以寫之，玩册内『造釁開端實在寧』句自明。 至此回爲入夢，則人皆知之矣。

夢中喚小名：此回首尾兩言『看着猫兒狗兒打架』有深意。

第六回襲人事：此最是要緊之筆，以見寶玉此時於此事已做得慣熟，而成日家在女孩子隊裏鬧，不可想而知乎？此通篇所以成鏡花水月之文，而處處有驚鴻脱兔之妙也。

劉老老：上回緊串極矣，一大部書至此始閒閒鋪叙。

借屏：神情如畫，可想而知。

第七回只留寶玉黛玉二人：寶玉、黛玉在一處又點清。

焦大醉話：此即是點睛之筆。

第八回開首：《紅樓夢》一書前寫盛，後寫衰；前寫聚，後寫散；前寫入夢，後寫出夢：其大旨也。而其筆下之作用則以『意淫』二字爲題，以寶玉爲經，以寶釵、黛玉與衆美人爲緯，一經一緯，彼此皆要組織，妙在各因其人之身分地步用畫家寫意之法，全不着迹，令閲者於言外想像得之。故正寫處或臨崖勒馬，或閃身挫步，不至漏泄春光，却又恐人不解，於旁面映帶，聯絡指點，無非再三點睛，神妙欲到秋毫巔也。其組織黛玉處，雖是寫意，尚屬實寫、明寫，人皆看出，故有《後》、《續》等書。若寶釵一面則虚寫、暗寫，比黛玉一面更覺無迹可尋。其實美人中以寶、黛二人爲主，其組織處皆用雙筆、對待之筆，故寶釵一面，人以爲與寶玉無情，而爲黛玉扼腕，非知《紅樓》者也。即如此回便是組織寶玉與寶釵處，借黛玉口内奚落、吃醋以點睛，此即所謂正面用縮筆，旁面用伸筆也。深於是書者當不以予言爲河漢云。

己巳春，不揣淺陋偶評此一回。因名場宦海，奔走風塵，未遑卒業。去冬家居無事，翻閱此書，摘其要處，始能零星批出，胸中欵論，盡情吐露，然未必能當也，時在乙亥夏日書。

聞一陣香氣：後回組織黛玉是聞香，此回組織寶釵是聞香，故曰寫二人多用雙筆對待之筆。

『我來的不巧了』：絶妙點睛，以下即閃身挫步之筆。

『我和你説的是耳旁風』：極力寫黛玉之醋，則寶釵與寶玉之可想而知處已和盤托出。

卷尾：黛玉初入賈府，寶玉容貌從其眼中看出，黛玉容貌亦從寶玉眼中看出。寶釵初入賈府，叙次未免冷淡，作者又恐人認爲真冷淡，故於此回中特特補叙兩人眼中互相看出，寫寶釵處絲毫不減於黛玉也。

第九回『秦、寶二人來了』：此一回惟此段説寶玉是正文，以下皆烘雲托月之筆，見女色之外又及男色，正面用縮筆，旁面用伸筆也。

鬧書房：小小情事能寫得熱熱鬧鬧，《列國》、《三國》中之叙次錯綜，不過爾爾。

第十回開首：此處如地理家之回龍顧祖，看似不要緊處，却是極要緊處。

十一回問秦氏病：回映第五回情事，寫意即以點睛。

十二回捉住賈瑞：設相思局，非寫鳳姐之貞，正寫其荒淫無度，與蓉、薔輩皆久慣老成，而寶玉一面更不待言矣。不然，蓉、薔輩安能辦此等事也。

風月寶鑒：美人反面即是骷髏，人自止解照正面耳。醒世最爲清切。此書大旨近禪。

十三回『剩得自己落單』：然則黛玉若在，便是成雙了。冷語刺骨，文心之妙至於此乎！以侄婦之死不應如是，殆爲太虛幻境一回頰上添毫也。

十四回協理寧國府：真寫得如火如荼。姚元之作相，綜理庶務之才，不過如是。一笑。

『猴向鳳姐身上』：情景可想。百忙中插寶玉一筆，看似閒文，實是主筆。閒處着筆，空際傳神，作者長技。

卷尾：可卿之喪寫得鄭重極矣，熱鬧至矣，奢侈盡矣。正與後回賈母之喪，一盛一衰，遥遥相對。一連數回中鋪陳可卿之喪事，粗枝大葉也；組織寶玉與鳳姐，真龍真穴也。

十五回『兩個同車』：着眼之筆，寫意之畫。

秦鍾、智能：正面上總不肯着一淫污字樣，旁面上却極力烘染，通篇慣用此法。

算帳：鳳姐與寶玉、秦鍾皆無所不至，已活現紙上，又爲鬧書房一回點睛。

十六回開首：已伏查抄之根。

卷尾：省親修大觀園，多大頭緒，若老實鋪叙，何等累贅。看其從賈璉一面閒談，一面已清楚至極。此書看似絮絮煩煩，實則惜墨如金。此處與冷子興演説榮國府一樣筆意。

十七回：寫大觀園景致，筆墨古峭，柳州山水小記之遺。

十九回三件事：書名《紅樓夢》，寶玉爲怡紅公子，住怡紅院，所遇皆紅顏薄命之人，此處襲人使之改愛紅之病，正一總爲伊點睛處。

『一股幽香』：識金鎖是聞香，此亦是聞香，緣太虚幻境與可卿便是聞香，此都是眼目。居然顛鸞倒鳳，寫得十分透露矣。妙却有本事閃身挫步，終不説破，如蜻蜓點波，一點即起，如燕子掠水，一掠仍飛，何其妙也！

卷尾：此回與識金鎖相對，彼組織寶釵，此組織黛玉也。組織寶釵處用虚寫、暗寫，妙却撞在黛玉眼裏，奚落吃醋以點睛。此組織黛玉處較顯豁，爲實寫、明寫，亦妙，却撞在寶釵眼裏，點睛處却極含蓄，何也？寫意處既幽微，點睛宜顯豁也；寫意既顯豁，點睛轉幽微也。且所謂實寫、明寫者，别乎寶釵之虚寫、暗寫言之也。固無明非暗，無實非虚也，故曰意淫也。

二十回『我替你篦頭』：此組織麝月也。點睛處。

『黛玉冷笑』：最苦療妬之無方，好心皆成歹意，作者難爲他怎麽想得到，説得出。黛玉醋意總在寶釵身上，而人猶以爲寶玉與寶釵無情，非知《紅樓》者也。

二十一回『湘雲睡與篦頭』：此組織湘雲，而黛玉爲帶説。

『襲人動氣』：『分寸禮節』、『黑家白日』等語，皆點睛也。此時縱横出没，寶釵受忙不減於黛玉，然筆底總有躲閃。

『蕙香蘭氣』：此組織四兒也。

『心裏着急』：甚矣，襲人之醋也！非寫襲人之醋，正爲寶、黛與湘雲諸人點睛也。

多渾蟲：此書以寶玉爲主人翁，餘人皆賓也，正面絶不作淫污語，賓面則烘雲托月，故通篇成空靈敏妙之文，與寫秦鍾、智能一樣筆意。

『小叔子侄兒』賈璉語：此數語與『爬灰』、『養小叔』（焦大醉話）遥遥相映，皆爲寶玉與鳳姐點睛也。

二十二回『比戲旦』：筆墨之事隨手生變，閒閒一句話，引出多少奇文。

『無可云證，是立足境』：此書旨本近禪。卷首神氣直注到卷末，不但各人自作讖語已也。燈謎皆各人讖語。

二十三回『你這會子可吃不吃』：然則，固無時不吃也。此組織金釧也。語外語、味外味，妙處匪夷所思。

二十四回鴛鴦打扮：此組織鴛鴦也。

『一面吃茶，一面打量那丫頭』：此組織小紅也。點睛。

二十五回開首：仍是寫意處。

寶玉燒臉：不知者以爲寫賈環，其知者以爲寫寶玉也。

『做媳婦』：雖是趣話，却正爲後文作背勢。

和尚道士是書中綫索，中間頻頻點逗。

『沉酣一夢』句：此所以爲《紅樓夢》也。

佛忙：人皆知黛玉吃醋，此獨非寶釵吃醋乎？其尖酸不減於黛玉矣。人於此處忽過去，遂被作者瞞過也。

二十六回『每日家情思睡昏昏』：又要聞香了。

又：此又組織黛玉，仍就《西厢》寫意，易於看出。

晴雯不開門：此又組織寶釵處。妙用虛寫、暗寫。半夜三更關門，説笑不許放人進來，以致黛玉吃醋哭泣。乍看似寫黛玉，其實項莊舞劍，意在沛公。通部皆係此種妙處。

卷尾：重組織寶釵，與識金鎖一樣筆意，皆用黛玉點睛而絶不犯複。剛剛重寫黛玉，即重寫寶釵。下回又重寫黛玉，兩人對待寫處，如二龍戲珠，相離總不遠。

二十七回餞花：寶釵到寶玉處，黛玉看見，哭的了不得；寶玉到黛玉處，寶釵看見，避嫌不入門。互爲點睛，兩兩相對，如五雀六燕飛集於衡，銖兩悉稱。此處組織黛玉，居然虛寫、暗寫。凡組織處，不必果有是事，情深即淫，幻境已道破。

二十八回『這裏有老虎』：你醋我，我醋你，處處對待寫。

『女兒喜』：酒令無不新奇。薛蟠是此書醜脚子。

琪官：不讀至後回挨打，此處亦似乎無關緊要，此寫意與點睛所以相爲表裏也。换汗巾最爲寫意明透。

『我可拿住了』：薛蟠口中點睛。

又：看似伏襲人終身，實則爲前事點睛。

籠麝串：此處組織寶釵，居然明寫、實寫。

近來閒書，《聊齋》、《紅樓夢》其尤著者，《聊齋》以雅勝，《紅樓》以俗勝。究之文言道俗情，雅者固雅；俗語闡名理，俗亦雅也。《聊齋》以班馬之才，列鬼狐之傳，閱者宜作《史》、《漢》讀，而不徒震其談怪異也。《紅樓》有逃禪之譏，無綺語之識，閱者宜參悟其文心，閒玩其墨妙，而不可沾滯其事實也。

二十九回砸玉：一路文心，奧衍曲折之至。

三十回『做和尚』：讖語即是伏筆。

『負荆請罪』：喜歡處對待寫，惱怒處亦對待寫。方寫完得罪黛玉，又寫得罪寶釵。一顯豁，一幽微，一片熱腸，動輒得咎，奈何！

又：獨黛玉吃醋乎？抑寶釵亦吃醋乎？作者一樣心機，兩付筆墨，遂成新奇妙文。

『金簪兒掉在井裏頭』：此又組織金釧兒。

畫薔：小小情事，寫得活現紙上，如聞其聲，如見其人。

三十一回『只願常聚怕散』：聚散是此書大關鍵，前半寫聚，後半寫散，其理於此閒閒叙出。

『做了兩和尚』：神氣直貫注卷尾。

撕扇子：此一回組織晴雯也。

又： 没要緊人若逐一組織，豈不累贅？ 妙就晴雯口内補叙碧痕一面，此即文家帶寫之法，看似絮絮煩煩，實則惜墨如金。

翠縷論陰陽： 説獃話令人絶倒，游戲筆墨妙絶。

三十二回『你放心』： 不教他爲自己拭淚，自己却爲他拭汗，寫忘情一至於此。

三十四回挨打送藥： 寫寶釵情深不減於黛玉。

『兩姨姑表姊妹』： 襲人説機密話，寶、黛并提。 然則，寶玉非獨鍾情於林也明矣。

『你行動護着他』： 寶釵之情深寶玉，即從薛蟠口中道出，妙，妙！

『兩缸淚難醫棒瘡』： 點睛。

又： 寶玉捱打，黛玉一面哭用明寫、實寫，寶釵一面哭用暗寫、虚寫，粗心讀之，居然不爲寶玉也，細心領取，乃知正爲寶玉也。 况又有黛玉吃醋奚落之語以作點睛之筆乎！ 作者藏頭露尾，神出鬼没，令人難於捉摸，類如此。 吾嘗謂寫寶釵處不減於黛玉，用雙筆，用對待之筆者，此回其一端也。

三十五回開首： 寶玉捱打，次日家人看視，此必至之情事也。 若從寶玉一面説，何其累贅？ 此何其超妙，於此可悟文法。

鸚哥念詩： 描寫情景俗筆夢想不到。

銀模子： 三世仕宦，纔曉得著衣吃飯。 作者真見過世面人也，然太侈矣。

玉釧嘗羹： 此一路皆組織玉釧兒也。

打絡子：組織鶯兒也。

三十六回『聞香就撲』：一般又要聞香。

做兜肚：此又組織寶釵也。寫意處瞞神弄鬼，不肯説破，却又藏頭露尾，使人看出。作者之文心變幻，可謂至矣。讀者心游目想，當自得之。

『不敢笑出來』：從黛玉、湘雲眼中看着不成事體，點睛最爲明透。

『沽名不知大義』：一味寫閨門之事、兒女之情，未免脂粉氣，中間忽發此絶大議論，令人鬚眉欲動，耳目一新。此即魏文貞願爲良臣、不願爲忠臣之意。

又：奇情異想，石破天驚。

齡官：居然黛玉小照。

趕蚊子分上：再點睛。

三十八回看釣魚一回：點綴此一段，更覺有趣。

『供菊』：刻畫工切，神味淵永，當以此首爲第一。

三十九回『上千的銀子』：總爲後文查抄伏脈。

四十回『老劉老劉』：村婆子從紙縫中跳出，如聞其聲，如見其人，畫筆不能到也。

四十一回『茄鯗』：何曾日食萬錢，不過爾爾。

卷尾：品茶一段，組織妙玉也。劉老老一面如龍之蜿蜒，到此始結穴。劉老老雖貧，仍然婦人耳，吃過之杯，庵中不要；寶玉雖貴，固男子也，以自己常吃茶之緑玉斗與之吃，非欲沾其餘味乎？兩兩對照，情見勢出矣。出家人妝腔作勢，最難着筆，此寫意與點睛一筆兼用者也，而曲折奥衍爲已至矣。妙玉一面，後文自顯露。

作者胸中真有一大觀園在，而妙以零星寫之。外面景物與橋梁道路先從題對聯時寫出，又從省親時寫出，又從寶、黛諸人一游一動細細看出，此回寫劉老老入大觀園，則專寫其室内之陳設也。都門好事者曾繪大觀園圖，余嘗見之，亦無味。信乎！畫來不及吟來好也。

四十二回『母蝗蟲』：雅謔解頤，獨絶千古。

卷尾：作者才學真無所不能，裁詩、譜畫、彈琴、著棋、論醫、論命、論卜，以及填詞、酒令、燈謎、鬥草，凡文藝出衆之事，無不帶寫，露其一斑。此回其論畫也，可作畫譜讀矣。

四十三回井臺上祭奠：此纏綿金釧兒也，即以纏綿爲組織矣。

四十四回開首：就演戲暗讖祭金釧，最靈警。

『饞嘴猫兒』：吃酒吃醋，妙不可言。

平兒理妝：此回乍看似乎鳳姐潑醋爲正文，此爲餘波，細玩非餘波也。何也？此正組織寶玉之於平兒也。平兒最難着筆，組織至此，意淫之旨已透，却又不大着迹，此《紅樓夢》一書所以爲寫意畫也。

卷尾：憂樂循環本有此事理，波瀾起伏宜有此文情。鳳姐潑醋，明修棧道也；平兒理妝，暗度陳倉也。此書寫吃醋最妙，然亦用兩樣筆法。鳳姐之吃醋用明寫，黛玉之吃醋用暗寫。

四十五回『漁翁漁婆』：半夜三更，『漁翁漁婆』，天然對偶，此又組織寶玉與黛玉也。

四十六回石頭上妝睡：此又組織鴛鴦也。

四十七回『秦鍾的墳上去』：柳湘蓮亦秦鍾一流人也。玩此一段，不惟補叙多少情事，且藏着無限情趣。

『做官發財』：四字妙極，一而二也，二而一也，罵世深透。

卷尾：此書中有薛蟠，如演戲之有醜脚也。戲無醜，雖生旦出色，亦少情趣，故薛蟠爲此書中要緊之人也，况借賓形主，用作映帶之筆乎！

四十八回石獃子事：閒閒補叙，省却多少筆墨，全爲後文查抄伏案。

香菱學詩：寶釵談畫，黛玉論詩，兩兩相對。

又：居然一段詩話。

四十九回『來了好些姑娘』：此書後半寫散，前半寫聚。黛玉來爲一聚，寶釵來爲一聚，此又來了若干人爲一大聚，後又將文官等十二人入大觀園爲一聚。

又：寶玉本是無事忙，此更該受忙了。一笑。

『香羊皮小靴』：特寫打扮，有微意。

五十回『有了人反不得了』：訪妙玉乞梅花，費了多少精神，藏着無限情趣，然却從空處着筆，何其妙也！此又組織妙玉也。

寶琴身後有寶玉：此組織寶琴也。地理家有一條真龍，必有一處真穴。此數回咏雪探梅，熱鬧極矣，真龍也；組織妙玉與寶琴，真穴也。

五十一回『晴雯兩腮如胭脂』：此又組織晴雯也，比撕扇子一回更顯露。

五十六回『原來你就是寶玉』：夢中又夢，賈即是甄，甄即是賈。以假説真，以真形假，想入非非，面面玲瓏。

五十七回黛玉吐藥：這何苦來，干卿底事？一笑。

『方打疊鋪蓋妝奩』：此回深於《紅樓》者知爲組織紫鵑，黛玉爲帶説；淺於是書者則視爲寶、黛情深，而紫鵑特帶説矣。

薛蝌、岫煙二人親事：遂生出後文論親事一段妙文，筆墨之事，隨手生變。

『認不得娘』：雅謔，妙不可言，妙人妙事，妙語妙文。

『把你林妹妹定與他』：寶玉親事前已言之屢矣，此處又言，爲後回作逆勢，故先於此作滿心滿意之筆，益信文似看山不喜平也。

五十八回正旦芳官與寶玉：長袖善舞，多錢善賈，將文官等十二人派入大觀園，園中從此多事矣，文章從此生情矣。此又一聚也。

『使眼色與芳官』：此一段組織芳官也。

五十九回『正爲芳官之氣未平』：處處回應，皆是絶妙文情。

六十二回『秦顯家的』：與其媚於奥，寧媚於竈，世情大類如斯，令人三嘆。

酒令：真是絶世才人吐囑。

『香夢沉酣』：描情寫景，畫筆不到。

『芳官是狐媚子』：寫晴雯吃醋，爲芳官點睛；寫襲人吃醋，爲晴雯點睛。既能醒眉豁目，亦且攝魄追魂。

香菱换裙：并帶爲平兒理妝事點睛。

又：描寫意淫，可謂十分透露，此組織香菱也。清雅、熱鬧，可謂兼擅其勝。

六十三回占花名聽人叫門：一筆作收場，妙極。盡人皆占，有何意趣乎？一夜占不完，作何結局乎？且盡人皆占，安能如許切當乎？此畫半面者所以見全神，而文章之妙在是矣。至所占之各盡其妙，則無待餘言矣。

和寶玉同榻：你們怎麽不知道，我已知道了，一笑。不惟再組織芳官，兼組織衆人，寫意何其酣暢。

又：將昨夜情事，再補叙一筆，餘味曲包。

『他是誰？　誰是他』：六字妙絶。

妙玉帖子：寫妙玉處，純從空際着筆。

『僧不僧，俗不俗，女不女，男不男』：妙玉確評。此一段組織妙玉耶？抑組織岫煙也？爲訪妙玉，乞梅花點睛，即爲岫煙情深。寶玉寫意，一筆作數十筆用者，此也。組織岫煙、湘雲、寶琴諸人，幾於筆不着紙。所謂意淫者，情深也，非果有是事也。

卷尾：既卜其晝，又卜其夜，驕淫矜夸，將由惡終。自此以後，盛極而衰矣。此剥復否泰之理，《紅樓》一書移宫换羽之大轉關也。

六十四回卷尾：此書妙諦，正面用縮筆，旁面用伸筆。榮府爲正面，故縮；寧府爲旁面，故伸。究之，借旁面以形容正面，無伸非縮，亦無縮非伸也。此數回深得以鏡對鏡，面面玲瓏之妙。

六十五回卷尾：作者筆下如化工之賦物，各人有各人的樣子，聲音笑貌，到底不差，到底不複。

六十六回『尤三姐説寶玉我冷眼看去』：尤三姐一面，亦未免有情。

『石頭獅子』：一總爲寧府點睛，即爲榮府寫意，而嬉笑甚於怒駡矣。

『道士笑』：太虚幻境與僧道是此書關鍵，中間頻頻點逗。

六十七回鳳姐知尤二姐事：傳神寫照，鬚眉欲活。

六十八回張華告狀：總是預爲後文查抄伏案。

六十九回害尤二姐：毒手，毒手！利害，利害！

七十回『未與寶玉説話』：爲鴛鴦點睛。

寶玉功課：何槍手之多也？一笑。

七十四回香囊事：大觀園之散場，此其開端也，且預爲查抄賈府作一引子。

探春打王家的：此書匿名讀之，皆能知其爲某某之言。無論寶釵之寬平，黛玉之刻薄，分道揚鑣，易於辨識。即如襲人之有似寶釵，晴雯之有似黛玉，而主僕之名分少差，即彼此之口氣迥別。至於湘雲之豁達，迎春之昏懦，探春之英敏，鳳姐之悍妒，以及紫鵑之忠，平兒之賢，翠縷之獃，大姐之傻，無不口角如生，始終一絲不走，真寫生大手筆也。此回寫探春英姿颯爽，女中丈夫，《紅樓夢》諸人男女皆不能及。一番絶大議論，已預爲抄家伏脈。

七十五回寧府聚賭：東府寫得如許不堪，聲東擊西之意。

七十六回卷尾：蘆雪亭極熱鬧，凹晶館偏寂寞，不但寫聯句一筆不複，已帶寫出哀瑟氣象。

七十七回晴雯出去：此書前半部以聚爲主，後半部以散爲主。自拾香袋起風波，總爲散此一干人，而晴雯其最要者也。

又：散場時補寫出多少情事，回光返照，以作點睛之筆。

又：襲人是寶釵小照，晴雯是黛玉小照，故將寫黛玉之死，則先寫晴雯之死，其深情密意爲已至矣，其寫意、點睛爲兩得矣。

又：補叙處何等明白，然則非擔虚名也。

前以聚爲主，聚之中有散。夏至一陰生也，可卿、金釧輩是也。復以散爲主，散之中有聚。冬至陽生也，寶釵之成婚，五兒之錯愛是也。聚之時，刻意經營，細加組織；散之時，無可組織，只寫其深情往復，餘意纏綿，是亦組織外之組織也。何也？以纏綿爲組織，下半部之作意也，故曰意淫也。至於前賡樂調，後唱哀音，盛極必衰，物窮必返，繁華已極，歸於寂滅，入夢出夢之消息，是此書大旨，顯而易見，凡評此書，皆已評到，固無待餘言矣。

七十八回《芙蓉誄》『五年八月有奇』： 正熱鬧時，勁勁咽住；没要緊處，明明道出。此書寫意如斯而已。

又： 有此誄文，勢不能不與黛玉看。俗手爲之，不知又費多少筆墨矣，此何其輕便！

七十九回『我的窗即可爲你之窗』： 作此滿心滿意之語，以反跌後文之不然也。

改誄文： 好句真成讖語矣，八字作爲生挽黛玉可也。

薛蟠娶親： 本是一件大題目，却不肯鋪叙，妙從香菱口中閒閒叙出，須知此亦是組織香菱處。

金桂： 懼内情形説得何等親切，作者想亦爾耶？一笑。

八十回『薛蟠運氣不好』： 無可奈何，歸之運氣，俗情真能寫出。

八十一回開首數頁： 寫得寶玉一往情深，是此書正身文字，而評者反以爲平淡。須知上回金桂處寫得熱鬧，皆閒筆也。故謂爲疏密相間者是也，而其所以謂爲疏密相間者，非也。

『香草依然，門窗掩閉』： 大觀園斗然變相矣，可謂筆底有神。

八十二回『八股文章』： 八股坑人，奚落得妙。此固作者餘事也。寶玉作文章，爲卷末鄉榜伏根。

又：處處回映往事，處處皆成妙文。

黛玉夢：兩人情事從夢中組織，書以夢名，寫夢之妙獨絶千古。此一回總是對準後回作逆勢。

八十三回『襲人説寶玉心疼』：黛玉一面，夢用實寫；寶玉一面，夢用虚寫。《詩》不云乎：『甘與子同夢。』無非組織伊二人之極筆也。

王太醫：論醫仍是囿於醫書者。

八十四回卷尾：寶玉提親，尚在何有何無之際；寶釵成婚，已在若隱若現之間。作者細針密綫，一至於此！一連數回中，總以此爲真命脈，其餘事實皆粗枝大葉也。雖然，粗枝大葉，亦萬不可少。譬諸花木，其開花結實處皆在嫩枝，不在粗枝大葉，然無粗枝大葉，亦不能有此嫩枝而開花結實也。故文章中無粗枝大葉，則氣勢不能雄厚而失於枯寂矣。此善作文者所以貴乎負聲振采，推波助瀾也。

八十五回開首：已預爲賣巧姐張本。

八十六回張三事：辦案者顛倒出入，大類如斯，可嘆可嘆。

元妃八字：談命亦作者所長也。作者於人世所能之事，固無所不能，此回中談命撫琴亦驥之一斑也。

八十七回『一發淚珠連綿起來』：點逗往事，即是絶妙新文，方信文章家俯拾即是，非虚語也。此又組織寶玉、黛玉之極筆也。

『那櫳翠庵的檻外人』：一點筆意生動，爲已往者點睛，即爲現在者寫意。

又：一連四個『臉紅』，此正組織妙玉也。

坐着聽琴：此段乍看似寫黛玉，其實是寫妙玉也。

妙玉走火入魔：此爲妙玉點睛也。讀至此愈覺品茶、贈梅與檻外人俱和盤托出矣。書中寫意與點睛所以相爲表裏也。

又：爲惜春出家作引。著棋亦作者所長也。

卷尾：此回悲秋撫琴，繪影繪聲，居然秋聲滿紙。

八十九回開首：一路皆纏綿晴雯也。

絶粒：妙極趣極。

卷尾：寶玉親事，未寫其即真，先寫其疑似；黛玉未寫其短命，先寫其絶粒。情事中宜有此情事，文章中妙有此文章。

九十回『病的奇怪，好的也奇怪』：就衆人口中將伊二人組織一番，亦寫意，亦點睛也。

九十一回開首：極力描寫意淫，蓋恐與前半部色澤不符，故用烘托之法。不然作者惜墨如金，放着賈府之事不寫，而暇用閒筆寫薛家之事乎？

又：寶釵成婚時刻點逗。

參禪：組織黛玉耶？抑組織寶釵耶？兩人心事明明道破。

人地步活活畫出，後十數回情事一口吸盡矣，文心之靈妙，筆墨之超脱，吾於此嘆觀止矣。

九十二回『寶姐姐自然也來』：時刻注念寶釵。

五兒要進怡紅院：又將五兒點逗。

司棋的事：居然一對情種，又是旁面烘托之法。拾香袋之結局，妙從鳳姐一邊叙出，文勢便覺緊凑。

又：處處回應，此直回應到卷首。

九十三回『就是蔣玉函』：點蔣玉函何等鄭重，文之前後面皆脈轉筋摇。

又：演戲是都門一大景，此特特寫出，令人神往。

『哥兒也叫寶玉』：真真假假，時刻點逗，此作者微意也。

『説成饅頭庵』：映前印以伏後。

九十四回『寶玉的心在我們那一位身上』：寶玉、黛玉之親事，先寫襲人操心，此又寫紫鵑操心，皆組織伊兩人之極筆也，如挽弓者不挽至十二分不發也。

又：此事若從寶玉一面叙起，何等累贅，看此何其輕快。

『湘雲寶琴等都去了』：又散去若干人了。

『此花非好兆』：絶大識見都屬之探春，《紅樓》諸人莫之與京矣。

『晴雯不能像花的』：又纏綿晴雯。

九十五回『拆散他們的金玉也未可知』：回映前文，極力作滿心滿意之語，以蓄反跌之勢，何物文心，如此想得到也！

元妃薨：卯年寅月仍是寅年卯月，作者數理精微，差而不差也。

『親事上頭一定是自己了』：寫黛玉故作背勢，盡能極妍矣。

假玉：假中假，一笑。

九十六回『奴才是不該説的』：就襲人口中一總，爲伊二人點睛。

『娶寶姑娘』：此真是一落千丈强，情事中不堪有此情事，文章中不可無此文章。

『瞅着寶玉笑』：舊評『笑甚於哭』，切當之至。

九十七回『老太太你白疼了我了』：六字中悲哀之意少，怨恨之意多，傳神寫照，非將身化作黛玉，不能爲是語。

又：就寶玉一面，故作背勢。

又：陡落處，黛玉之死，寶玉之病，賈母、鳳姐等之周旋，寶釵、襲人、紫鵑之難乎爲情，繁弦急管，頭緒繁多，看此數回中，真寫得面面俱到，作者何等力量！

卷尾：文章一道，喜曲不喜直。若此書，竟將寶玉、黛玉作合，豈不直率無味乎？ 必如此方是文家大起大落之法。文章有然，而紅顔薄命之理，何必不然。

九十八回『生不同人，死不同鬼』：絶大識見，可破世俗因果之説。

『是我弄壞了他了』：妙極。寫意乎？點睛乎？黛玉之一生一死，活活畫出矣，與『白疼了我了』句遥遥相對。

又：寶釵紅臉，亦是點睛之筆。

又：移宫换羽，將組織之筆，一變而爲纏綿之筆。

九十九回『倒恨着寶玉呢』：實在善用躲閃之筆（試想恨着什麽）。

又：大觀園中人物補叙周到。

又：一路繁弦急管，是此書正身結構文字。好容易交代過去，以下方挫入别事以養局。

李十鬼：此輩鬼蜮情形，老辣手段，的是利害，得此書爲之窮形盡相，如温太真牛渚燃犀，鬼怪畢現。

又：薛蟠官事偏從賈政一面叙來，實者虚之。

一百回金桂、薛蝌：旁面烘托，用伸筆。

又：探春遠别，又是一散場。

一百一回卷尾：極力寫寶玉、寶釵之恩愛纏綿，以見寶玉出家非盡因黛玉起見也。死者死，亡者亡，大觀園之散場，太虚幻境之出夢，始一悟而遁入空門，正有悟於紅顔薄命之理，正有合於物窮必返之機。通盤合算，有激而逃，若專認爲因黛玉起見，猶是隔靴搔癢矣。

一百二回開首：正散之時，偏又有五兒一聚。五兒之來，可謂『群山萬壑赴荆門』矣。大觀園零落殆盡矣。

又：文王卦、六壬課，皆作者所長也。

一百三回末：甄士隱、賈雨村中間映帶不可少。

速登彼岸：點醒。

一百四回倪二的事：看似閒文，其實全爲查抄伏根。

賈化賈範等話：漸漸來了。

『寶玉要定神』：此正是纏綿黛玉處。

一百五回焦大來哭：兩府查抄，一面實寫，一面虛寫；實寫處又一面從外寫，一面從内寫，何等周到。

薛蝌話：至此方叙出原由，十面埋伏，一齊發作，妙從空際着筆。試思正面老實寫去何如？叙事簡便，可以爲法。此處與省親一回遥遥相對。

一百八回『好好兒的是我害了你了』：此又纏綿黛玉也。『我害了你』與『白疼了我』、『弄壞了他』，皆聲情若揭，肺肝如見。

一百九回『越瞧越像晴雯』：前寫聚後寫散，作者爲題所拘，不能不如題寫去，然終恐前後筆墨不符，故將五兒千回百轉，留至臨終，始痛快組織一番，與前路筆墨遥遥相對，又將金桂、寶蟾之淫蕩從旁面極力烘染，以見始終不外『意淫』兩字，此文中斡補法也。況又以纏綿爲組織，意更深乎！

倒没了主意了：組織五兒寫意最爲明透。組織五兒亦是纏綿。晴雯此一筆作數十筆用。

『女孩兒上用工夫』：一語兼爲一切點睛。可謂盡態極妍了，偏要硬硬咽住，以下故作挫閃之筆。

又：鬼混半夜，懷着鬼胎，點睛妙。

又：無數點睛。

仍以癡情治之：將其恩愛纏綿再足一筆，以見寶玉與寶釵非無情而出家，非盡因黛玉起見也。閱者試思寶玉此時已動出家之意否乎？

又：迎春死，湘雲寡，又是薄命，又是一散場。

一百十回末段：又遂一細加組織纏綿一番，真是情種，真是意淫。筆下未免太刻。

此回寫賈母喪事與秦氏遥遥相對，一盛一衰，相形見絀。

一百十一回：鴛鴦死又是一散場。

未發是性，已發是情，宋人名理。

又：寶玉未免要纏綿一番。

『給了大老爺』：回應前事，妙，妙！

一百十二回『什麼寶二爺有原故』：妙玉絶妙點睛之筆。

『悶香薰住』：爲妝腔作勢人寫得如許不堪。

又：包勇口内趣語妙極。

一百十三回『怎麽遭此結局』：纏綿妙玉之筆斷不可少。

與紫鵑說話：看似纏綿黛玉，實則組織紫鵑，雙管齊下，與前半部筆墨相配。滿口京腔。

又：半吐半咽，點睛妙絶。

一百十四回開首：爲出夢引綫伏脈。

又：了結岫煙，妙用虚寫。

又：難道說就一天也離不開？

又：鳳姐死，又是一散場，亦妙用虚寫。

一百十五回賈寶玉陪甄寶玉：是真是假，無真無假，假即是真，真即是假。

一百十六回太虚幻境：書以夢名，亦善於寫夢。前後兩大夢，中間無數小夢，皆寫得迷離恍惚，夢境逼真。

又：兩番閲册，原始要終，前一次爲入夢，此一次爲出夢。

又：歷歷生平，如何不悟？

『情緣也看淡了』：物窮必反，斗然變性，此出夢之所以出家也。一劍斬斷塵緣，前後迴出兩人矣。

紫鵑、五兒叙話：寫五兒情深，爲五兒點睛，即正是寫寶玉斗然變性處。

一百十七回紫鵑護玉：寫紫鵑情深，即是爲伊點睛處。

又：與和尚叙話，實寫則笨滯，此最靈妙。

賈芸與賈薔的話：閒談話亦是點睛處。

『見了寶玉就眉開眼笑了』：再爲寶玉與妙玉點睛。

一百十八回惜春出家：若是平時，寶玉必要大哭，此則反加嘆賞，一時三刻截然兩樣人，作者下筆，真煞費經營矣。

又：惜春、紫鵑出家，此又是一散場。紫鵑爲黛玉侍兒，其最鍾情者也。一陣心酸落淚，無限纏綿也。哈哈大笑，則决然捨去矣，一片悟後神理。

《秋水》一篇：聚散浮生，一大部書包括殆盡。

『堯舜不强巢許』：著書多以文言道俗情，此則反以俗語闡名理，真新鮮别致，爲著書者另闢畦徑。

『怕犯了舊病』：然則前頭的舊病便是和女孩兒打交道也，亦是點睛語，亦是吃醋意。臨完筆墨總不脱『意淫』神理。

『想起打絡子』：寫鶯兒情深，即是爲伊點睛處。特特挑一鶯兒，亦復如是，然則其餘可知已，然則前此可想已。餘霞滿天，通局皆增光彩；靈光滿殿，四面皆覺玲瓏。

一百十九回『送劉老老去』：此一段事固是了結巧姐，然亦極力寫賈府衰敗到十二分矣。

襲人想寶玉：極力寫襲人，一則回映前事生文情，一則對準結果作背勢也。

又：寫得賈府又居然勢焰起來，否泰循環之理也，真是筆底有神。

一百二十回襲人出賈府：寶玉情緣以襲人始，故仍以襲人終。了結襲人處，盡能極妍，筆酣墨飽，『意淫』之神理，到底不懈。

襲人無死所：襲人一面，也算是一落千丈强，作者命意與黛玉同。

説及賈雨村：不知不覺已將賈府叙過去，所謂『兩岸猿聲啼不住，輕舟已過萬重山』。余亦不知不覺將此書評完，爲之一快。

結法之妙，起處業已論及，其中精理微言，不能贊一詞也。

余評《紅樓夢》，論文也，非論事也。事固子虛烏有耳，論文則作者深心可以窺見一二。雖然，作者筆下神工鬼斧，如龍蛇捉不住，余以論文，故未免深文苛筆。以事論事者讀之，當必非笑也。余閒居無俚，自適己事，非笑亦不恤也。

（光緒三年寶仁堂刊本）

新刻
紅樓夢偶評

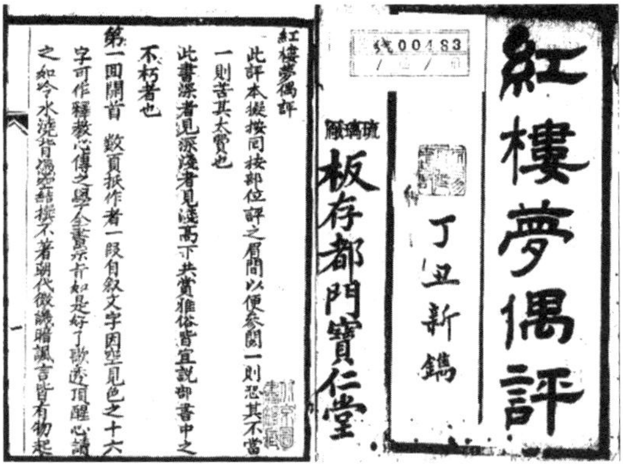
紅樓夢偶評
丁丑新鐫
板存都門寶仁堂
琉璃廠

紅樓夢偶評
一 此評本擬按回按節位評之眉間以便參閱一則恐其不當
一則苦其太費也
一 此書深者見深淺者見淺高下共賞雅俗皆宜說部書中之
不朽者也
第一回開首 數頁抵作者一段自叙文字因空見色之十六
字可作釋教心傳之學全書宗旨如是好了歌透頂醒心諸
之如吟水滸背後空話撲不著朝代微幾暗諷言皆有物起

紅樓夢辨

少嚣居士　撰

國家圖書館藏抄本，一卷，十六則。作者許葉芬，字阿芬，號近立齋、少嚣居士，宛平人，光緒十五年（一八八九）進士，散館授編修、鎮江知府。據自序云，此文作於「己卯（光緒五年，一八七九）十月，抱病家居，落葉打窗，寒雪灑地，閉門却掃，日婆娑於藥爐茗椀間，苦無以自遣，因戲成《紅樓夢辨》數則，借他人酒杯，澆自己塊壘」。文章實對當時汗牛充棟的《紅樓夢》續書及研究著作提出批評，説「世所傳《紅樓》續作及一切評贊，幾於日出不窮，每一覽之，輒作數日惡」。主要是或於『國朝掌故，既未深悉，又生長三家村，曾不睹京華景物，以鳥音鴂舌，摹擬閨閣語言，以醬叟醋翁，議論大家矩度，甚或掉弄書袋，每事每人必求符合經史』，其被直接點名批評的有《紅樓夢廣義》。作者有些見解自有特色，如析『黛玉之死』，純從黛玉的心理作分析，説明『死黛玉者黛玉也』。又如芳官非『尋常女子』、林小紅爲『黛玉之小影』、賈蘭『實則無能』、薛蟠『傻是聰明』、傻大姐爲『賈氏功臣』，『文章之關鍵也』等處，自具隻眼。

此居士三十以前作，故以近立名齋。時以下第抱病，伊鬱之氣流露於筆墨間，既頗悔之，弢影瑞氏園，又十年而冠南宫，入詞館，今又六年矣。騎省中歲，□集方幼，湛母衰年，士行未達，俯仰感慨，不能自怡。頃大考，輾轉降劣等，爲奪俸。諸人魁平生數奇，而此尤奇遇也。考差日近而懶散不能事筆墨，今日又爲放榜日，感觸尤多，正如蓮池大師作旁觀，亦未易忘結習也。午後翻理塵册得此，更書數字於簡端。

紅樓夢辨序

《紅樓夢》一書，爲故大學士明珠故事，曹雪芹原本只八十回，以下則高蘭墅先生所補也。錯綜離合，大半托諸寓言。惟其以玄旨寫俗情，密縷細針，自是小説中另有一副空前絶後筆墨，讀者借以考内家典禮，巨閥排場，酒飽茶餘，未始非消遣情懷之助。必弄筆續貂，妄作傳贊，則於國朝掌故，既未深悉，又生長三家村，曾不睹京華景物，以鳥音鴂舌，摹擬閨閣語言，以醬叟醋翁，議論大家矩度，甚或掉弄書袋，每事每人必求合符於經史，小題大做，尤可不必。吾聞魏文帝之言曰：『三世長者知被服，五世長者知飲食。』錢穆父語云：『三世仕宦，纔曉得著衣吃飯。』耳食目論，庸有當乎？世所傳《紅樓》續作及一切評贊，幾於日出不窮，每一覽之，輒作數日惡。己卯十月，抱病家居，落葉打窗，寒雪灑地，閉門却掃，日婆娑於藥爐茗碗間，苦無以自遣，因戲成《紅樓夢辨》數則，借他人酒杯，澆自己塊壘，非僅爲懵懂輩饒舌，打無謂筆墨官司也。嗟乎！世無眼明人，六經且掃地矣，况輕薄爲文乎？則亦癡人之説夢而已！少㒸居士自書於近立齋。

寶玉論婚，讀《紅樓夢》者，僉歸咎於鳳姐之贊成、王夫人之偏愛，而不知實賈母力主之，寶釵自致之也。黛玉非無家者，賈母接之於如海生時，愛之與寶玉等，此中原有深意。寶釵後至，雖有母而不能自媒，計惟有極力自炫，浸使賈母愛黛玉之心移之於己，斯不患錦標飛去矣，故處處力反黛玉之所爲。黛玉尖穎，寶釵則渾厚；黛玉清高，寶釵則和同；黛玉多愁善病，寶釵則長樂永康。匪直此也，寶釵之於賈府，不過親戚往來已耳，而曲曲折折，仰體俯窺，雖屬寄居，儼如作婦。金釧死，寶釵情願以己新製衣服爲殮，此探春姊妹所不能者，而寶釵能之。配藥需用人參，此尤氏、鳳姐所不能者，而寶釵能之。原書稱寶釵於日間於賈母、王夫人處，承色陪座，王夫人以事外出，會鳳姐病，寶釵晝則理事，夜則巡園，此并寶玉所不能者，而寶釵亦能之。書中又稱寶釵於女工常至夜半，此兩府婦女所均不能者，而寶釵獨能之。人家擇婦，德言容工而已，寶釵所爲，全乎否邪？觀於賈母之言曰：『最好是寶丫頭。』絶非當面奉承姨媽，千真萬真，蓋已心許久矣。熙鳳之贊成，要是仰體聖意耳。續作謂鳳姐畏黛玉英明，如偶寶玉，恐奪其帳房一席，然則寶釵於未出閨時，已干預家政矣，鳳姐獨不忌邪？是直作者中心之言，以己度人，抑何可陋！

黛玉之死，莫不曰王熙鳳死之也，賈母、王夫人死之也，而吾獨曰死黛玉者黛玉也。何則？黛玉之一言一動，寶釵罔不留心；然寶釵之一言一動，黛玉又何嘗不留心？即如寶釵之所爲，聰明如黛玉，亦豈不知之而能之？特心鄙其爲人，有夷然不屑之概。如是則吐棄一切可矣，而輾轉在心，又不能決然捨去，如繭之纏，卒卒不能解脱，徒以癡情試探寶玉，欲近而反疏，欲親而轉戚，胸鬲間物，不能掬以示人，此間日以眼淚洗面矣。蓋黛玉病則寶釵之婚成，黛玉愈病則寶釵之婚愈無不成。使黛玉能見乎及此，善保其乾净之身，焉知無作合之日？而徒鬱伊磊砢，賫志以終，不過增人非笑已耳。抱才如此玉者，其知所變計哉！

人固不可無高人之行，然高人之行，人非之；人固不可有隨俗之見，然隨俗之見，人好之。黛玉、寶釵，殆其人乎？黛玉近於薄，薄也而實厚；寶釵似乎厚，厚也而實薄。即如金玉之説，夫人知之，黛玉豈無一二金飾可以佩帶者乎？黛玉之不屑，黛玉之高也。薄乎否邪？寶釵雅好樸素，謝絶雕飾，獨沉甸甸日懸一鎖於胸前，是插標出售，不誤主顧之招牌也，取巧之道也。厚乎否邪？黛玉之拈豔語，是以無心而露天已之兆；寶釵之趕蚊子，是以有心而爲嫵婉之求。而寶釵則以規勸而行其挾制，黛玉則以一哂而寄其色荒。薄者果薄，厚者果厚邪？不察其激，徒以皮相於兒女子，且失之矣。

寶釵之僞，人或知之；不知薛姨媽之僞，尤甚於其女。寶玉之玉，宜以金配，姨媽於是爲妞妞造鎖。玉有文，鎖若無字，則佩金者正多其人，姨媽於是爲妞妞造鎖上之文。有玉矣，有文矣，然使一入賈府，便相炫露，則適形其僞耳。若有意，若無意，於寶釵看玉時，借鶯兒之言以挑逗之，復托名癩僧以聳動之，寶玉索看，寶釵故遲徊鄭重以出之，致使寶玉墮其術中，只知有通靈之和尚，而不知有掉鬼之姨媽也。嗚呼，神已！

大觀園女兒，心中目中，無不各有一寶玉在，爭妍鬥寵，膠擾曾無已時，而又不能人人得而事之，徒自苦耳。齡官獨有見於此，人取我棄，人棄我取，寧爲鷄口，毋爲牛後，寶玉謂人生情緣各有分定，是猶以尋常女子待之，而未知其有英雄之識也。故不能爲寶釵之壟斷，便當爲齡官之果決。若黛玉、晴雯，宜其死矣！

寶玉以少男而居衆女之中，粥粥群雌，易相爲悦，設非有人朝夕其側，善窺意向，巧事針砭，其放縱將不可問。

襲人之嬌嗔婉妬，未嘗非學問也，所可深惜者，不能爲玉也守耳。輾轉柔腸，弗遽引決，昵以情色，遂不自持，一反手間，前功皆罪案矣。吾正不知羅帳四垂，玉菡在側時，當局者何以自解。第素有好人之目，一朝變相，乃復如此，假惺惺終可恃哉？抑吾聞寶玉之與蔣玉菡狎也，艷句偶拈，羅帶親解，作者如此有深意焉。落花無心，隨風位置，造物者弄人，抑人之自取乎？吁，可畏已！

林小紅，黛玉之小影也。黛玉姓林，小紅亦姓林；黛玉乳名阿紅，小紅亦名紅玉。黛玉爲鳳姐諸人所不容，小紅即爲麝月諸人所不容。一筆分兩筆寫，是畫家烘雲托月法。寶玉有愛紅病，所居曰怡紅院，隱約其詞，作者弄筆狡獪處，不必果有其人其事也。然則芸兒伊何人哉，殆亦賈雨村言耳！

晴雯、芳官性情才調近於黛玉者也，黛玉處於上尚不免於招尤，况在添香捧硯之列者乎？聰明人往往不知檢束，又胸無宿物，不知自立堂援，其取禍速敗也固宜。然殺猪王屠，放下屠刀，立地成佛；妙手空空兒，一擊不中，翩然遠舉，遐哉！若而爲人者，其猶龍乎？

賈蘭厚重，且好讀書，似乎有志，實則無能也。滿洲勳戚，何必定以科目進？且賈珠死，蘭爲嫡孫，寶玉既昵於閨閣，有志者即當自立。政、璉外出，托家事於薔、芸，一時邢舅肆媒，巧姐出走，蘭當是時，已非童年，曾不聞有一言一事之設施，而徒閉户苦讀，斤斤自守，八比之外，一無所知，謂之自了漢可矣，必推之爲佳子弟也，吾將應之曰：否，否。

賈政，庸人也，蓋爲言假正也。當其盛時，詹光、程日興居於外，趙姨、周姨居於内，不聞交一正人。及其敗也，惟有搓手頓足，付之浩嘆，不聞籌一要策。且其在官則任李十兒之播弄，居家則任鳳姐之欺瞞，朝廷安貴有是無用之臣？家庭安貴有是無用之子？政之言正，政也負其名矣。而顧矯言無欲，以之垂示子弟也，是亦不可以已乎！

惜春天性孤僻，其遺入畫一事，誠爲過當。然觀其對尤氏之言曰：『我清清白白的一個人，如何教你們帶累壞了。』厥後之出家佞佛，未嘗非境遇激之也。柳湘蓮誚寧府惟有石獅子乾净，嗚呼！

如四姑娘者，殆可與獅子比潔矣。

薛蟠，聰明人也，隱於傻則人皆傻之矣。試辨其一二事：寶玉受撻，何預外人女兒事，寶釵嘵嘵置喙，責人無已，真竟不知避嫌哉？情動於中，忘乎其所不應道也。『爲了㑇什子』，傻霸王一語盡之矣。寶玉等行女兒令，咬薑呷醋，自命風情，何曾道着至竟女兒所樂？獃霸王又一語盡之矣。故人以聰明爲傻，我説傻是聰明。

傻大姐，賈氏功臣也。何言之？妖精香袋，設使妖精拾之，將香袋終不可復見，而妖精之害滋甚。大姐惟以人爲妖，故欲呈之於人，而後人而妖精者胥於是乎去，而園中之規矩一肅。作《紅樓夢廣義》者，以人妖目大姐，謂自香袋見而園中之禍作。園中何禍哉？去晴、芳、蕙、棋四人而已。之四人者，禍水也，妖精也，去之誠是也。不妖精之罪，而反以人爲妖耶？然必欲加之罪也，謂之不懂交情，斯則允矣。

寶玉定婚而黛玉死，或亦謂大姐漏言致之。然試問大姐不漏言，黛玉將終不知耶？即使瞞在一時，而黛玉有必知之日，即黛玉有必死之年，彼設計瞞人者，大姐心非之矣。不以傻者爲傻，而以不傻爲傻，得毋令傻大姐笑人！

大姐漏言，而後有後一段極炎極凉之佳文字，則大姐者，文章之關鍵也，豈必有其人哉！必謂其不傻，是我之傻也，况不自知其傻而笑人之傻者乎？

世態有炎凉，文字亦有炎凉；人情有真僞，文字亦有真僞：此固發於性情不可得而假借也。黛玉生長富貴，方在髫年，而所爲詩詞，愁思苦語，誠非所宜。若寶釵則似較勝矣。柳絮詞何其高華，螃蟹咏何其倜儻，菊花詩何其嫵媚，何獨至於春燈謎之製，乃爾粗率衰颯，且張之屏間，罔識忌諱。可見前之所爲，全如秀才應舉文字，一朝失檢，真面畢見；又若通天狐狸，醉後露尾，頓忘其帶髑髏裝人時也。或曰：『子何癡！寶釵之詩，作者之言也，何責乎寶釵？』吾亦曰：『子何癡！吾亦言吾之所欲言者耳，何責乎寶釵！』

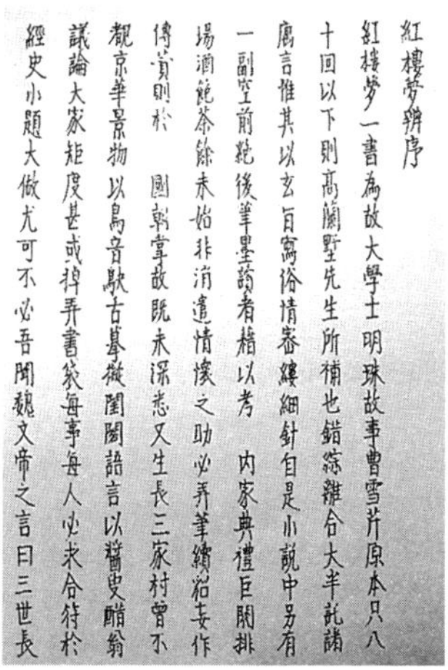

紅樓夢辨序

紅樓夢一書爲故大學士明珠故事曹雪芹原本只八十回以下則高蘭墅先生所補也錯綜離合大半乾隆處言惟其以玄旨寫俗情沓纏細針自是小說中另有一副空前絕後筆墨請者稽以考　內家典禮巨閥排場消飽茶餘未始非消遣情懷之助必弄筆續貂妄作傳賞則於　國朝掌故既未深悉又生長三家村曾不覩京華景物以鳥音馱古墓織閨閣語言以稗史韻翁議論大家矩度甚或掉弄書袋每事每人必求合符於經史小題大做尤可不必吾聞魏文帝之言曰三世長

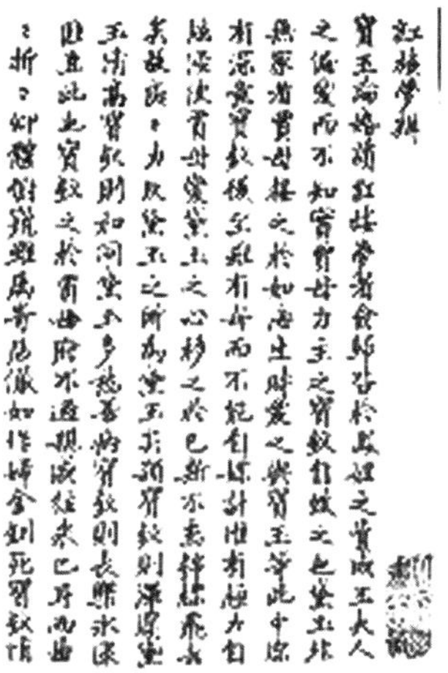

紅樓夢辨

七十二鴛鴦池館紅樓夢小品

馮家眚　撰

國家圖書館藏抄本，一卷，論李紈、黛玉、寶玉等人物共十六則。作者馮家眚（一八六一—？），字湘篌，號七十二鴛鴦館居士，河北人。其書自跋云作於「光緒癸未（一八八三）六月廿日」，「并抄副本」。今存即爲副本。作者所論重「情」，謂黛玉即「情之所鍾」，「寶玉篤於用情而不自知者」，而推平兒爲「《紅樓》中之第一人」，則因其「謹以事上，和以待下」，「其攜巧姐竟去一節，不避艱險，事得以濟，慰主之靈於地下」，似尤以「才識」論之。

李紈、李綺、李紋：稻香村皆稼穡之景也，他日有子克家，母氏之心，其苦如之何！至於謙和自處，永足領袖閨中。李綺、李紋，略似阿姊。

黛玉：王夷甫有云：『大聖忘情，下愚無情，情之所鍾，正在我輩。』其顰卿之謂乎！

寶玉：寶玉篤於用情而亦不自知者乎！推其用情之篤，可以爲孝子，可以爲忠臣。至萬不得已時，以死繼之而已，智謀之爲，非所知也。寶玉其篤於用情而亦不自知者乎！

探春：德才兼備，吾無間然。

鴛鴦：襲人不能死寶玉，而鴛鴦可死賈母，此善讀《紅樓》者盡知之。然其貞静之氣，養之最優，與人無所臧否，而自落落寡合。胸中所奉者，惟賈母一人耳，相從地下，顧所願也。如以賈赦、邢氏在，謂死出於不得已，則淺之乎測鴛鴦矣。

平兒、劉老老：謹以事上，和以待下，出其才識，以施於事，直駕鳳姐而上之，與探春、寶釵幾抗旗鼓。而其擕巧姐竟去一節，不避艱險，事得以濟，慰主之靈於地下。嗚呼！其智可及也，其愚不可及也。此固《紅樓》中之第一人也，可敬哉！可法哉！劉老老見義敢爲，較之閱歷既深，熟於趨避者，大有别矣。然非閱歷深者不能爲，蓋賈環輩皆黄口孺子，正易料耳。

湘雲：湘雲豪邁不羈，是其本色，園中人無不與之契合者。其襟懷之坦白可慕，觀其與黛玉月下之言，豈可徒以粗豪論！吾安得斯人而師之？

惜春、迎春：每想富貴之家，錦衣玉食，耳目之間，笙歌珠翠而已。又嘗深夜月夜尋蟋蟀於荒城破刹間，四顧寒煙蔓草，覺幽渺之中爲天地之奇趣，彼啓園亭、栽花木、置魚鳥終有粉飾意。於清凉境中能賞心者，正不多人。吾讀《紅樓》而得一人焉，曰惜春。彼迎春者，所適非人，鬱鬱以終身，果何人之咎哉？擇婿最難事，況賈赦并未擇哉！

晴雯、芳官：『邦無道，危行言遜』，晴雯非不能之，讀《離騷》『衆女』之句，吾哀吾晴雯矣。芳官天仙化人，晴雯獨憐之，亦猩猩惜猩猩耳。

紫鵑：大似鴛鴦。

香菱：桓温婦聞李瑩娘之言曰：『我見猶憐。』遂終身善遇之。如香菱者，不大可悲憫乎！至其志在詩篇，不爲境遇所困，又非尋常所能及。

寶釵：寶釵其奸雄之毒者乎！其於颦卿，則教之憐之，推情格外，以固結之。誠知與賈母之親則不若黛玉，與寶玉之密又不若黛玉，惟故作雍容和厚之度，以邀時譽，而後謀成志遂，使颦卿死而不恨。吁，可畏哉！然其氣量作爲，在探春、平兒伯仲間。

王熙鳳：相思一局，其才術可以備見。昔王導婦誦《螽斯》詩，謂爲周公所作，於熙鳳何必過論哉！

襲人：『千古艱難惟一死，傷心豈獨息夫人』，此鄧孝威《題息夫人廟》詩，言晚節末路之難也。吾讀此詩，爲千古忍一死者惜，吾爲襲人惜。其與寶玉綢繆，正如有才之士不能安命待時，勿用深責。讀《紅樓》者率以不能自決責襲人，吾不能無異議。杜老《新婚别》不云乎：『妾身未分明。』襲人當日或亦礙於旁觀者，以至於此。

妙玉：錚錚者易缺，皎皎者易污。

尤三姐、柳湘蓮：語云：『知己知彼，百戰百勝。』言明哲之難也。尤三姐之自決，阿姐之行固不足於心，他日事敗，則一身之清白全污，此又慮之熟矣。況乎湘蓮既去，安能再得其人而托以終身乎？情急性切，更無遲疑。試察鳳姐後來之語，則三姐自處之高可想。湘蓮棄信若不期然而然者，三姐相士果謬哉？三姐雖死猶生矣。湘蓮、三姐與寶玉、鸚卿正是同工異曲。

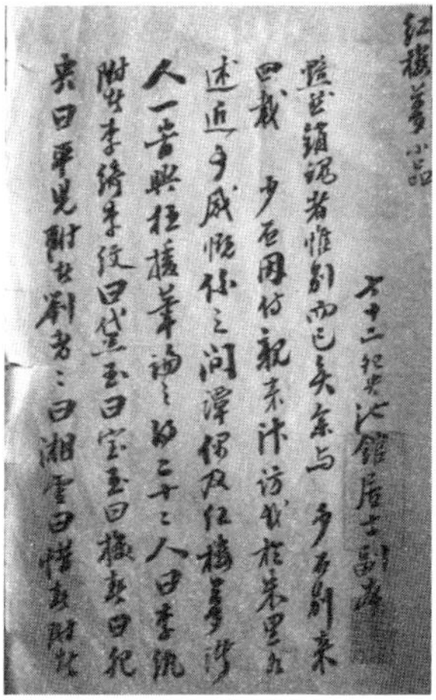

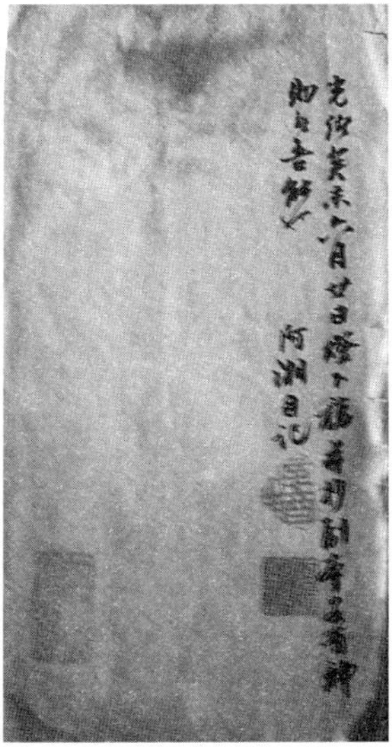

夢癡說夢

夢癡學人　撰

光緒十三年（一八八七）管可壽齋刊本，扉頁題『原紅樓夢』，一册，分前後兩編。前編卷首《說夢小引》署作於同治十年（一八七一），後編末條附言稱刻印於丁亥（一八八七）。作者夢癡學人，情況不詳。他認爲《紅樓夢》一書在本質上猶如河豚：『河豚毒物，善食者得其美，不善食者中其毒。』關鍵在於不同人的不同接受，所以說：『《紅樓夢》之是非邪正，亦惟讀之者何如而已。』在這理論基礎上，他就不是把這部小說當作『筆墨文字』看，也不是從中『詳因果，審得失』，而是把它當作一部『丹經』讀。因此，全書都是用『丹道』、『易道』等來加以詮釋，牽强附會，滿紙荒唐。然他認爲此舉正是使『醉者醒，夢者悟，真中辨假，假裏尋真』，救衆生，拯沉淪。

夢癡説夢前編

説夢小引

説夢始於庚午冬夜閒談，所談多係本書隱義。《紅樓夢》一書，大概有三義：聽人所取，論筆墨文字，便是看小説者也；詳因果，審得失，便是看格言者也；達藥物，通火候，便是讀丹經者也。水火生人，誤蹈害人，仁義至美，婦寺之行，不可效也。仙術至妙，碔砆魚目，不可不察也。《紅樓夢》之是非邪正，亦惟讀之者何如而已。説夢中所借詩詞，皆出丹經，所談亦不敢杜撰，其中設有誤處，乃余之粗淺誤解，非前人作書之誤，同志君子，善變斯得之矣。

同治十年四月十三日　夢癡學人識

諺云：『一日賣盡三擔假，三天難賣一擔真。』大凡世間事，都是假的易售，真的難遇識家，所以買的人少，日趨日下，并葉公之好者亦難其人，則假中又增出假中之假，而真者更不可尋問矣。嘆人生醉夢，醒寤甚難，數年前曾以直言遭人謗語，因自笑癡病過深，遂以夢癡學人爲號，用爲警戒，而今又何以病發？蓋自念一介庸俗，不饑不寒，優游於光天化日之下，於世無補，寧不愧此衣飯？今見前人苦心救世，演爲一書，而今竟流爲害人害世之文，既嘆前人之冤，復哭今人之夢，非由病發，聊以説夢云爾。

《紅樓夢》一書，作自曹雪芹先生。先生係内務府漢軍正白旗人，江寧織造曹練（楝）亭公子。嘉慶初年，此書始盛行。嗣後遍於海内，家家喜閲，處處争購，故《京師竹枝詞》有云：『開口不談《紅樓夢》，此公缺典正糊塗。』時尚若此，亦可想見世態之顛。於是續之，補之，評之，論之，遂撰遂刻，肆無忌憚，而昧者模形，迷者襲迹，仿效争趨，流毒至於今日。噫！此豈作《紅樓夢》者之本意耶？前歲友人定墨樵曾囑批解此書，余謝不敏，亦無閒暇，撮其大旨，附以《三觀圖説》并《讀法》數條答覆，求其覓緣注解，以拯誤者之厄。墨樵於去歲没於杭州將軍幕府，此説化爲烏有矣。

近讀《瓊瑶合璧》暨諸善書『焚毁淫書』條中，有言《紅樓》之害者，其説是也。若以愚見度之，如《紅樓夢》，正恐燒不斷根。即以《水滸》、《金瓶》而言，其書久經焚毁，禁止刊刻，至今毒種尚在。防河者懼水之害人，設以堤垸，不能禁水之漲泛；治水者導其淤，通其塞，疏其滯，正其流，亦惟順其性，轉其機而已，不見奇工，而所全者多。壩埽堤圩，治水者亦不棄，惟不恃耳。《紅樓》義旨，全仿《西遊》，語類禪機，顛倒錯綜，變幻百出，最難通曉。讀者只尋其文章，遂與《金瓶》一類觀之矣。夫河豚能殺人，而吴越人嗜之，貪其味美也；蠟亦能殺人，而人不食，無味可嚼也。如《續紅樓夢》、《後紅樓夢》、《補紅樓夢》、《紅樓圓夢》、《紅樓復夢》、《綺樓重夢》、《增補紅樓》、《紅樓補夢》諸書，雖立言各别，其爲蠟味則一也。《紅樓》以甄士隱、賈雨村立説，即真假之寓言，彼各家只敷衍得一個假語村言，謂之淫書，情真罪當，焚其書，毁其板，其根易斷。《紅樓夢》，河豚也。河豚魚有司固嘗禁之，而食之者仍不肯重命，并有『值得一死』之談，食色二字，良可畏矣。《西遊》行世五百餘年方顯，又百餘年，世人始知乃丹經中第一部奇書，非是小説。蓋古書多是以理闡道，未有以事言者。《西遊》以事演道，爲三教一家之學，《紅樓》擬之，不用神奇，直指眼前，更似易知易覺，本是對症用藥。孰知火上澆油，不尋真，專務假，於作者何尤！雖然，河豚毒物，善食者得其美，不善食者中其毒。魚之毒不能除，食之方可講；人之惑不能免，醒之藥可説。方今真不勝假，真晦假强，正當將此《紅樓夢》真假剖白於世，使大衆人人得知，醉者醒，夢者寤，真中辨假，假裏尋真，惟望同志高明，早施注解，以拯沉淪，竊所願也。

三豐真人《鷓鴣天》詞云：『難與辨，亂紛嘩，都將赤土作丹砂。』世俗肉眼，難與談真，古今一轍。每見人談説《紅樓》，拘文泥字，猜擬誰家事，誰家人，甚至某某爲誰，皆指實之，一唱百和，播瘟揚疫，傳染流毒。更有一等人，一團驕傲，滿口高談，直欲目空四海，横行天下，此種樣子，每見於我輩同業，可憐可笑。夢癡本立意不談，但此書觀者甚多，大都以小説輕視開篇緣起，被其寓言瞞過，所以義旨難悉，不免陷於幻陣。夢癡非自謂能别真假，不過因自幼讀此書，稍識其旨趣，舉一知半解之見，以佐同志。所說是否，仍望高明教正。

若將前五回打透，其全部之義自顯。世俗之指張猜李，其受病在緣起。世俗批評講論，總未究其女媧氏煉石補天，并將玉之何以銜之而生，金之何以造之而有，始終看作贅文，其病在於前五回未讀透，輕視小説之故。今稍將緣起一段分析，其後正文俟高明詳爲詮解，夢癡不敢妄談。即如『紅樓夢』三字，世俗以閨閣紅顏薄命解之，非也。紅樓者，肉團心之别名；夢者，幻妄之謂。根塵積垢高厚，如樓無人，惟妄居之不疑，如海市蜃樓，烏雀認爲真實，衆趨群赴，自投魔口，身遭妖噬，是謂紅樓夢，惟不識真假者爲然。

自『此開卷第一回也』至『甄士隱云云。』一節，經歷夢幻，釋玄門中隱語。道未成時名爲夢幻，道成後方名夢醒，即學知學行，不學不知不行。不悟書中甄士隱名費，則甄士隱者，聖經：『君子之道費。』而隱借通靈，説此《石頭記》。通靈者，寶玉也。真處不可説，亦不能説，并非隱瞞不説。《悟真篇》云：『問他第一義何如，却道有言皆是謗。』

自『但書中所記何事何人』起，至『大無可如何之日也』一節，統在『故曰賈雨村云云』之内。書中賈雨村名賈化，字時飛，湖州人氏，此作者用六義中諧聲合而言之，即是『胡謅人事，假話實非』也。此一節『女子』二字作『子女』觀，其意讀《道德經》『絶學無憂』一章自見，并非與女子校量，只是『衆人皆有餘，而我獨若遺，我愚人之心也哉』的意思。

自『當此日』起，至『故曰賈雨村云云』一節，雖語兼二意，然作者重在演道，只就重者説。一技者，全能也，半技則未全。大概作者已得玉，尚未得金，故云一技無成。閨閣中歷歷有人，此法象矣，佛典『等個人來』、仙典『産在坤方』，坤是人，聖經：『患不知人也。』斷不可向女人身上亂猜。作者既得師傳，欲濟後學，故云不可泯滅。前之女子等字喻衆生，後之閨閣等字喻道法。蓋愚迷執强，難於教化，真是大無可如何之日，自己雖云升堂，尚未至於入室，四恩未報，負罪實深，當此日不得已將所受於師者，演爲此書，上報四重恩，下拯衆生苦，不可因我有所短，遂使此道不彰於世。

自『說來雖近荒唐』起，至『亦可以噴飯供酒』止，留爲高明注釋。此乃全書總綱關鍵，世俗不甚着意，認爲荒唐無稽者，夢癡只揀易啓世俗疑竇，借爲話柄者言之。前一偈言學，後一偈言作書之意。此書今日之厄，作者固已逆睹，於『都云作者癡』一句可見。自『其間離合悲歡』至《石頭記》緣起既明』止，此節所言，非謂世之閨閣人家女子有此事迹，乃作者受之於師者，俱是按迹尋蹤，不敢稍加穿鑿，至失其真，是道也，非人也。奈世俗迷人，醉生夢死，非止一日，雖作此書，安能使之必悟，無可如何之中，且思其次。『只願世人當那醉餘睡醒之時，或避事消愁之際，把此一玩。』此則明明說只願世人當那醉夢初覺之時，勞極思休之際，把此一玩，庶幾可望開悟，不去謀虚逐妄，自然壽命可延，筋力可省。試思若如世俗之談，不是黛玉如何情癡，便是寶釵如何有意，如此批評，不謀虚逐妄，能乎否耶？則壽命筋力，因之而敗。作者有鑒於此，惟有把自己的一生眼淚，覺悟群迷，各隨其緣分而已。此即所以報師者，我師意爲何如。

『從此空空道人，因空見色，由色生情，傳情入色，自色悟空，遂改名情僧。』空空道人者，知行并用也；因空見色，由色生情者，真空也；傳情入色，自色悟空者，妙有也。真空妙有，妙有真空，是謂情僧。《情僧録》者，言爲性命之道路也。道即是僧，僧即是道，性命雙修，法門不二，仙佛非異，世多有知者。然或人疑釋道與儒有世出世間、經世度世之別，必不能同，故特書出東魯孔梅溪題曰《風月寶鑒》。東魯孔者，儒也。梅者，范石湖《梅譜》：『杏梅，花色淡紅，實扁而斑，其味似杏。』《花鏡》：『梅杏，黄而帶酢。』夢癡按：北方梅杏，實圓而甘，其核似梅，其仁味苦，是梅可以呼杏，而杏可以呼梅。北地産杏不産梅，此喻杏壇可知矣。溪者，水注川曰溪。川字含二義，言其有源謂之川源，言其如海謂之大川，與行潦蹄窪迥别，非洙泗何以當之？故知其用此溪字，喻洙泗也。題曰《風月寶鑒》者，先天大圓圖，邵子謂天根月窟者是也。月到天心，風來水面。《首尾吟》第五首：『寶鑒造形難着發。』故云『題曰《風月寶鑒》』。三教合一，明此書乃三教一家之道。『後因曹雪芹』云云者，道之本原出於天，聖聖相傳，述而不作，三教皆然，『後因』正明其非我作始著書，乃所以述舊也。『纂成目録，分出章回』，托爲稗官，《西遊》已有成案在先。『又題曰《金陵十二釵》』者，前之所題，先天爲體，後之所題，後天爲用，乾變成坤，婦女當家矣。合中間未解出者言之，示人當及早修復，仍還固有。紫賢真人詩云：『自從悟得長生訣，年年海上覓知音。不知誰是知音者，試把狂言着意尋。』所題絶句，正是此意。

《紅樓夢》有實難與世俗講論處。世俗只知看文人小説的一個看法，不知看仙佛小説的看法，所以讀者批者只向其外象講求，隨文附和，致失其書中真實義旨。又胸中先具有小説游戲之作，眼中只向情字一邊觀玩，彼那裏知仙佛小説與文人小説大不相同。即有人言其誤，彼尚且恃强，惟他爲是，又安能使之必悟？此《紅樓夢》所以云『説到辛酸處，荒唐愈可悲。由來同一夢，休笑世人癡』，嘆知音之難遇也。

世俗讀《紅樓夢》，見有大荒山、無稽崖等名，又見有荒唐等字，便曰此荒唐無稽之謂也；見有渺渺、茫茫、空空等名，便曰即是荒唐之稱耳；見有『然閨閣中歷歷有人』等語，又見有『俱是按迹循蹤』等句，便曰實有其人，事必寓爲某某也。如此謂已解得《紅樓夢》，又安得不爲今日劫灰之階？《紅樓夢》中多有與《西遊》同處，語類禪機，一語雙關，一字數義，世俗只向一邊胡猜，如何猜得着？若解悟得緣起第一偈，亦可不至如此。『無才可去補蒼天，枉入紅塵若許年』；《悟真》云：『不求大道出迷途，縱負賢才豈丈夫。』、『此係身前身後事，倩誰寄去作奇傳？』《悟真》云：『勸君窮取生身處，返本還元是藥王。』世俗本是看小説，若以此言相告，反違其所好，只可説向有緣者。

《紅樓夢》一書，世俗因見他是小説家款式，便認作小説家游戲之作，所以讀者、批者只把游戲二字立了主意，任着自己的意見猜想，便有托曹雪芹先生之名作爲續編，魚目混珠，可笑可嘆。《紅樓夢》本書何嘗不明言，奈讀者、批者只借此以暢其所欲，是以當面不顧耳。即如末卷云：『尋個世上清閒無事的人。』又云：『不是建功立業之人，即係糊口謀衣之輩。』以糊口謀衣對建功立業，則建功立業之非真可知。文中子云：『古之仕也，所以行道；今之仕也，所以逞欲。』如此便非清閒無事的人。可知果游戲之作也，又何必專尋清閒無事的人方托作者？明明寫出托他傳遍知道，奇而不奇。

把一個『道』字提出，欲人知道也。又云：『因想他必是閒人。』閒人者，賢人也。清則不濁，賢則非愚，能清能賢，自無塵擾，便是清閒無事的人。蓋道非賢不傳，必忠孝節義之君子，始可托之。然女修之中，何以又有煙花出身？此概有説也。前代往往忠義之家，遭此不幸，没入風塵者有之，或又有遭際不幸，流落於此中者有之，必其人非其素心，方能向道，必其材器能以負荷，真師方肯救拔，否則不可得聞，同於男子。《紅樓夢》果係小説，作者何須如此珍重！

古者男有師傅，女有師保，至後世失傳，縱有慕道的女子，無從得師，此比男子更難。是以後世女修，多從學空門，年深日久，只知有此一途。那知女修比男子似近，所以難者，材器耳。果有因緣，得遇真師口訣，便是無量之福。閨閣英雄，可不勉諸！

《紅樓夢》闢傍門處甚多，亦須稍爲一言梗概。然真道最難，與世間講論難説故也。不遇有緣，亦無益於聽，難於解悟，自無人聽也。三教高人都是一個渡盡衆生的心腸，究竟得渡者仍是衆生中之有緣，方能登舟得濟。有緣無緣，須人自省，不須問四鄰也。大道是人人有分的，何以故？不待他求，只在當人者是也。不是人人能會的，何以故？材器不同者是也。只此一乘，三教故能一家，餘者總能貌合，體不能合；外合，内亦不能合。譬如金與金合，難分何者爲誰家之金，若以他物投之，終不能符合。但此中還有須辨者。佛家有二乘，仙家有南宫。二乘出於佛門，南宫傳自仙門，亦與儒家有小學、大學之説相類。此處若不能解悟透澈，這個疑團終難打破。一乘之中，惟禪關機鋒與坐功，世人多有好之者，故《紅樓》中每言之。世俗多不留意傍門，三千六百爐火，七十二家，九十六種外道，各不相同，均不與《紅樓夢》所演之道相干。

佛家二乘，不必專待師傳，自讀自悟，即可解得。故仕宦之人退歸後多喜學之，所謂絢爛之極歸平淡，爲來生作地步耳。若認作佛即如是成就，便是自欺。其好處可以息奔競，消頑劣之氣。世間少一件惡事，即是多一善事；少一作孽之人，即是多一行善之人。蓮宗一派，乃是以毒攻毒，方便法門，於接引鈍根最便，故爲時尚。道家各般養生術，名曰修煉家，又曰功夫家，《萃虛吟》名爲安樂法，其中有必須師傳者，有不必師傳者。用之治疾，可以却病延年，使人强健，既能强健少疾，自能壽考。若認作神仙即如是成就，便是自欺，蓋有真假之殊，故《紅樓夢》闢之。

《紅樓夢》第二回有云：『可惜你們不知道這人來歷，大約政老前輩也錯以淫魔色鬼看待了。若非多讀書識字，加以致知格物之功，悟道參玄之力者，不能知也。』作者明明把一個『道』字置在句内，以提醒之。若不然，何不云『你們不知這人來歷』，豈不省事？噫！道豈易知耶？

《紅樓夢》演南北一家、滿漢一理之義。不必講南宗北派，亦不必論滿漢殊俗，總不出『君子得之固窮，小人得之輕命』的道理。世俗專在妝飾外貌上詳察，不向義理上留心，猪八戒吃人參果，不曉酸甜苦辣。

《紅樓夢》本難解，亦不能盡責於人。但世俗輕狂之輩爲可厭，每習一技一藝，必曰學着玩兒，習作玩兒，似乎必有大經綸、大學問，究竟亦止『玩兒』二字而已。若遇此等人談此等書，亦不過談着玩兒，聞之者安得不爲其所愚？《紅樓》第五回方歸到學必由師的正文，則第五即學之第一也。色欲二字乃人之第一關，但此中分别甚大，真假天淵，人民禽獸，聖賢仙佛，明師邪師，均出此中，故首先言之。陰功德行，又爲修行第一義，故緊接劉老老一進榮國府。

今世之人，最難説話。與之談儒，他便認作名利；與之談釋，他便擬爲機鋒；與之談道，他便猜是邪行。聖經賢傳，只尋辭華，佛典仙籍，但備詩料，不曰迂腐，便笑怪誕。此《紅樓夢》所以云『大無可如何之日』。

《紅樓夢》一名《石頭記》，一名《風月寶鑒》，一名《金陵十二釵》，一名《情僧録》，一書五名。即此五名，已將全書大旨合盤托出，奈世俗不察何！《風月寶鑒》者，先天大圓圖也。《金陵十二釵》者，一破爲二也。《紅樓夢》者，小人剥廬也。《石頭記》者，碩果不食也。《情僧録》者，性命必須雙修也。

僧道者，性命也。空空道人者，知行并用也。甄士隱、賈雨村者，真妄也。寧、榮二府者，東青西白，一主一賓也。賈母者，衆賈之母也。赦、政、邢、王者，刑德臨門藥象之也。鳳姐者，罪之魁，功之首也。寶玉、黛玉、寶釵、鳳姐者，四正也。李紈者，玩理也。宫裁者，公裁也。賈蘭者，同心之言，其臭如蘭也。太虚幻境者，如來藏也。

寶玉、鳳姐，一而二也。黛玉、寶釵，一而二也。故名金陵十二釵，其他亦可類推。黛玉爲外孫，對待生出一個幼婦，乃陰孤旁門妙玉是也。寶釵爲乾爲金，對待生出一個坤，爲釜，乃陽寡旁門湘雲是也。書中有時借用，不可執一而論，必先識其真，方能辨其假，否則一概不察，又與愚人何異？

甄府、賈府者，《悟真》云：『色空明暗本來齊，真妄休分兩體。』冷子興者，活子時也，故作古董行生意。這個古董，乃開天辟地以來第一大古董，第一真古董。

賈瑞者，徇於假，如睡夢也。賈天祥者，只知徇假，自戕其天也。徇假即是正照，故曰『賈天祥正照風月鑒』。

護官符者，所以明書旨也。大觀園者，所以括丹道也。憨湘雲、獃香菱、癡丫頭、懦小姐，所以譏旁門也。苦尤娘、酸鳳姐，非謂其命薄，非言其奇妒，炎上作苦，曲直作酸，尤娘即巧姐也。《西遊》有卯二姐，《紅樓》中柳二即是也。物壯則老，木絶於卯，尤三姐者，甲木二月榆莢落也。

葫蘆廟者，壺盧妙也。葫蘆僧者，真師也。要知山前路，須問過來人。僧家稱師得道高人，故爲壺盧僧所以能知真假源流。護官符必傳自門子手也。這個門子，在儒名曰道義之門，在釋名曰不二法門，在道名曰衆妙之門，所以與賈雨村爲舊相識也。櫳翠庵者，剽竊僞學也。櫳者掠也，翠與萃同音，萃者集也，翠者雌也，有翠無翡孤陰也。又山之旁處名翠薇庵者，安也，安於旁岐居之不疑也。姑子者，陰孤也。檻外人者，門外漢也。岫煙者墨，所以爲舊好也。邢者硯之名，所以爲邢岫煙也。

王熙鳳之婢平兒者，正也，已也，真爲假竊也。豐兒者，盈滿也。《海録碎事》云，射禮置豐於西階，古豐國之君以酒亡國，故以爲罰爵，圖其人形於下，寓戒也，治也，是他亂也，是他所以爲罪之魁、爲功之首也。

寶玉之婢襲人、晴雯、麝月、秋紋、碧痕者，五物也。若知其底藴，方知襲人爲衆婢之領袖，以假竊真，所以叫作無事忙。李紈之婢素雲、碧月，探春之婢侍書、翠墨。李紈爲大觀園之主腦，探春爲大觀園之眼目，互爲體用也。素雲者所云也，碧月者必閲也。必閲所云，公裁玩理也。侍書者視書也，翠即萃之借也，萃者聚也；墨者筆墨文字也。《禮・玉藻》『卜人定龜，史定墨』注云：凡卜必以墨畫龜，乃鑽之，觀所拆，以占吉凶。此言翠墨者有二義，一字中括六義爲言，一文中具動静之變。學人視書，當極深研幾，探討審辨也。書中每言做鞋者，歸着成就得一個篤行之能談不能行，仍是頑空。知之真，見之確，則行之當。大嫂子安知非大搜之寓言，三姑娘安知非三根救命毫毛之隱語？

《紅樓夢》第二十八回馮紫英請寶玉，席間薛蟠所説一令，讀者易於忽略者，稍解一斑。馮紫英者，馮爲馬傍有二；二爲陰，牝馬也。馬屬午，午乃丙火，牡馬也；則馮爲丁可知矣。故取地名之左馮翊，以象分野翼宿。紫者，紅黑兩合而成色。英者，華也。午左爲巳，合之爲丁巳，其爲王子騰之化身可知矣。已與申合，合中有刑。《陰符經》云：五賊在心。所以馮紫英爲主人，薛蟠之令現身説法，兼辟旁門之義，解出其爻中之義，有經文可證。其前兩句，女兒者，色身也；烏龜即薛蟠之原形，六壬中癸亥也；大馬猴即馮紫英之原形，六壬中丁巳騰蛇也。二象在色身，即是心腎兩臟。心爲丁火，腎爲癸水也。旁門不得真傳，罔識性命。幽元冒猜，冒作後兩句，即《西遊》之琵琶洞、蝎子精、倒馬毒樁。《悟真》云：『禍發總因斯害已。』所以衆人都『説該死該死』。『一個蚊子哼哼哼』者，蚊子利口之物，着空旁門機鋒持誦之類聲聞之倫。『兩個蒼蠅嗡嗡嗡』者，蒼蠅逐臭之物，着相旁門認心腎色身之類緣覺之倫。總而言之，聞聲逐臭小人，無不雷同，故名曰新鮮曲兒，叫做哼哼韻兒。

《紅樓夢》第三十八回菊花詩，正是《西遊》荆棘嶺、木仙庵之意，故以林黛玉三首爲魁。黛玉既無其人，則詩出作書者之手。《詠菊》、《問菊》、《菊夢》，以此三題醒閱者之目，故以此爲第一、第二、第三之次序。《詠菊》言其有名無實，《問菊》言其避世絶俗，《菊夢》言其一生醉夢。史湘雲乃旁門，《供菊》一首，正是孤寂守静頑空，十八公凌空子之流。後文《螃蟹咏》，正申前義，故詩皆出自寶玉、寶釵、黛玉之手，而寶釵詩末二句云：『於今落釜成何益，月浦空餘禾黍香。』此回含蓄無限，深意勸世，無非欲人歸正耳。批者不知出於何手乃批。吾則曰《問菊》第一，《供菊》第二云云，是批者知之，而作者反不知之也。至黛玉將詩撕了，命人燒去，則批云『燒了爲是真』，可發一笑。須知大隱居廛市，何必深山守静孤，此黛玉之所以爲魁也。

《紅樓夢》第四回言師有真假邪正。丹道非師不知，若不知辨别邪正，其誤事更大。總而言之，道須言語宣傳，既有言語，便有是非，所謂有一利即有一弊也。第五、六兩回，即指示慕道之士徑路。自寶玉倦怠欲睡，中覺起，至彼時寶玉迷迷惑惑，若有所失一段，止此一事三爻。賈寶玉神游太虚境，賈寶玉初試雲雨情。賈者假也，寶玉者道也，言假道乃旁門之假道也。警幻仙者真師也。此中若不能辨别清楚，必至被其夢話所瞞，私議妄猜，借真售假，學者不知個中底裏，冒聽冒作，只可謂之偷試一番，不可告之於人。馬自然真人云：『壓沙求油是等閒，鑽冰取火也不難，火裏生蓮全小事，正法慈尊得遇難。』《西遊》云『難難難，道最玄，莫把金丹作等閒。不遇至人傳妙訣，空教口困舌頭乾。』真師難遇，假師易遇，此《紅樓夢》之所以不得時，慕道者多被獅精阻路。

《紅樓夢》甄士隱、賈雨村，世俗多不解其故，所以猜想附會，竟認作《金瓶》、《西厢》之流，又見其中有男女幽情之象，遂謂世間情種宜然。吁！如此論之，雖不讀《紅樓夢》，恐胸中更有甚於《紅樓夢》者。所謂甄士隱、賈雨村者，《紅樓夢》一百二十回無非此二人，故以此二人始，仍以此二人終。其義本書第一回、第二回兩個書目詳解已透，并非作者不欲人知，奈世俗讀者不見！何他，如葫蘆廟即大觀園，葫蘆僧即警幻仙，此世俗難於知者。秦鍾即禽種，又名輪回種子。鍾上獸鈕名蒲牢，性畏鯨魚，撞鐘之椎，刻鯨象之，故字鯨卿，言其能鯨吞也。智能者，知能也，盡被其偷盜也。這個偷盜認作穢事，那就差了。尤氏即《西遊》積雷山玉面公主招贅之牛魔王，所以爲賈珍之繼室。賈蓉者，縱容也。《爾雅・釋器》：『容謂之防。』不設防，故曰賈蓉，總因賈珍以假爲珍，貞於一假，故爲賈珍所生之子。薛文起復惹放流刑一段，乃旁門中搬精補腦者。氣血結聚，腦癰患成，一朝潰爛，血水流溢，本欲長生，反致促死，因於酒者言其醉夢也。

《紅樓夢》依經旨演義，即緣起所云『其間離合悲歡、興衰際遇，俱是按迹尋蹤，不敢稍加穿鑿，至失其真』者是也。天地間有這道理，自然世界上便有這樣事來符合。昧其真，泥其迹，廿三史皆非時下人事；達其理，通其用，雖里巷俗言，亦可作度世金丹。況依經演道，無非日用平常，自然便有暗合者，又何勞妄猜？離合悲歡，興衰際遇，即吉凶悔吝之别名。

《紅樓夢》中有三個大節目：十八回『皇恩重元妃省父母，天倫樂寶玉逞才藻』；四十九回『琉璃世界白雪紅梅，脂粉香娃割腥啖膻』；七十六回『凸碧堂品笛感凄清，凹晶館聯詩悲寂寞』。此三元也。上元燈，下元雪，中元月。以次而言，非優劣之説，那個仙經述此？方參同大易，顯陰陽，須穹取，莫顛狂，會者名高道自昌。

元、迎、探、惜者，四德之别名。乾者健也，四德總於一健，四女總名爲春也。四婢以琴、棋、書、畫分配，由用中生出。抱琴者，虚心也。琴與勤諧聲，抱勤者實腹也。司棋者思齊也。惟迎春得初六一爻，六四又以柔應，過於柔弱。偏柔者寡斷，寡斷必疑，多疑必思。由是以思爲期，多思反惑，流入旁門。侍書前已説過。探春得六二一爻，得位得應。惜春得六三一爻，與上九相應，偏剛偏柔，孤高乖僻之所由來。惟得互卦之中與六四相接，故其婢爲入畫。入畫者，入化也。真化假，假化真，均在於此。

寶玉之婢蕙香者，匯香也。《悟真》云『一物含聞見覺知』，蓋諸塵境顯其機靈，常一物尚非有，四者憑何作，所依以用言，故名四兒也。芳官者，花街也。柳嫂者，柳巷也。二十八舍柳主酒食，故爲厨役。芳官爲色，柳嫂爲食，食色相親，本同一氣。柳五兒者，五欲也。春燕者，六塵也。

賈珍者，假貞也。小人剥廬，真者不貞矣。惜春者，保貞也。碩果不食，惜之保之，貞下自可起元，體同用異，故爲同胞，各居一府，然而只知一貞，不識有還原之道，未免真中有假。婦人吉，丈夫凶，枯寂守静，入於二乘頑空，所以終歸櫳翠庵作姑子。

多官者，食也。《通典》大官署於周官爲膳夫、庖人，肉食者鄙，故又名爲多渾蟲。多姑娘兒者，色也。食色一家，人人自具，故名曰多。但君子知戒知慎，庶民惟縱惟逞，有此不同耳。鮑二家的者，旁門認假，在女人身上想方法，人心上作活計，自送性命者也。鮑二即包兒。鮑者臭也，包兒者，皮囊也。《西遊》黄眉怪之後天袋子名曰搭包者是也。二爲人心合在一處言之，認人心色身爲道，所以多姑娘兒後歸鮑二，醉生夢死，同歸一轍。椿齡者，春零也，因元春而設。香菱爲寶釵而設，所以寧國府中丫頭有萬兒。

劉老老者，京師土俗讀姥姥作老老，故書中用土俗之語呼之爲老老。此寓《參同契》『留爲萬古丹經王』，故姓劉，其婿姓王也。古無煉丹之説，不死藥之名雖出於《歸藏》，而煉丹之説，實自《參同》始，故道家以《參同》爲丹經之祖，有名萬物之母。姥與母同呼之，爲老老者，外祖母也。金丹之名始於《參同》，傳於今日，其老爲何如？後世丹經，皆仿《參同》之意，各有著作傳世，故其外孫一名青兒，一名板兒。青者竹簡也，板與版同，册籍也。古書用竹簡木版書之。又青藤紙名也，今書用紙板刷印。

王太醫者，亦寓《參同》爲大醫王也，言其除人疾苦，救人性命，如佛典稱佛爲大醫王。張太醫者，尊《悟真篇》也。《參同》爲丹經之祖，《悟真》爲丹經之宗。《悟真》發《參同》之藴，互爲表裏，故凡言《悟真》、《參同》，即在其中；言《參同》、《悟真》，亦在其内，故曰張太醫論病細窮源。

子野陸真人云『正人行邪法，邪法悉歸正；邪人行正法，正法悉歸邪』。噫，金丹之道，大概如此。苟差之毫釐，則失之千里，此序《悟真篇》之言也。《參同》、《悟真》，尚有擬議爲邪行者，况《紅樓夢》乎！世無九方皋，難與相皮者爭辨也。史湘雲者，於以湘之，維錡及釜，取象烹調食物所結之氣，故曰湘雲。此正是差之毫釐，失之千里之説。其婢名翠縷，翠即萃，縷者思慮也。傍門妄猜私議，執相者名陽寡。金麒麟者，麒牡麟牝，合而言之，乃陽裏陰金。《爾雅注疏》：并州界有麟，大如鹿，非瑞麟也。

李紋、李綺者，『奇文共欣賞，疑義相與析』也。薛蝌者，蝌蚪也；蝌蚪者，文也。邢岫煙爲墨，故爲夫妻。寶蟾者，香菱之化相，故名爲寶，蟾，月中蟾蜍也，爲薛蟠之妾，與之俱化，變成妖蟆，故與桂爲婢，蝦蟆生於地也。妖蟆蝕月，故香菱因之遭棒，金桂因之自焚。其實寶蟾與夏金桂本是一體，自其本源而言，故設寶蟾一象。自其末流而言，故設夏金桂一象。夏者假也，假爲主人，即甄士隱、賈雨村之謂也。癸生於卯，甲生於亥，故有夏三舅爺。癸亥爲水，甲卯爲木，木老歸根，水流趨末。辰亥爲自刑，三爲甲數也。《陰符經》云『火生於木，禍發必克』。

賈芹者，假勤也。勤字是好的，務於邪，便是不好的了。世間出世間，都是在貞字上立脚方能言利。貞者，正也。正即真也，勤於真，方纔不落。賈芹之稱假勤，非一斑可盡，即如修行路上守些小法小道，以爲佳妙者，何嘗不勤？殊不悟不過乾没自己資糧，終歸鐵檻饅頭之空亡而已，有何益哉！

賈薔者，假强也。强字本是好的，務於假便是不好的了。聲色場中，般般皆假。這個强字，亦不一而足，惟是學者須即早打破此關，方能有進步之路，否則面墻而已，何以言學？

賈芸者，言假之多也。能知其假，急去其假，可以了性，可以了命。《道德經》云『夫物芸芸，各復歸其根。歸根曰静，是謂復命』。所以種松柏樹，送白海棠花，皆出自賈芸。又芸者除也，與小紅始終言之，此中義理，閨閣英雄留意。

《紅樓夢》一百二十回，演六十四卦三百八十四爻經義。余雖未敢妄解，已將卦爻分出，慕道君子，亦可與經文互證，則《紅樓夢》便可作《大易》注疏觀。但此道非得真師，口訣難悉，個中秘密，師既難遇，書從何處得解，仍不免於望洋空嘆。故不揣陋劣，將平日與室人妄談者，存之於紙，就正有道，雖未全備，亦可舉一以概百。後之讀《紅樓夢》者洗去從前傳誤浮談，换出新聞耳目，想亦以爲快，則作者一番度世婆心，似可借此稍慰。

余之説夢，并非注解《紅樓》，不過偶因一時感慨，又值冷署多暇，與家裏閒談，聽其讀誦，大家講論，隨記之於紙，既無次序，又無章法，言尚通俗，語不典雅，只可謂之夢癡説夢。奈此道知者實稀，學者又少，獨弦絶調，求友尚難，况師耶？朱文公好《參同契》三十餘年，恨不得其傳。王陽明訪仙道三十年未遇。雖然難尋，又不可謂世間必無真師，亦在求之者何如耳。師擇弟子之可否，弟子更須辨師之真假，此所以未曾求人，必先求己，故自參、求師，缺一不可。書必賴師口訣方明奥旨，師必賴書印正方曉是非，故《紅樓夢》第五回寫上房内間及《燃藜圖》云云，又有對聯『世事洞明皆學問，人情練達即文章』，此即指示後學，辨别師之真僞處。不識正路，投入邪門，同於夢夢。第一百九回賈母傳漢玉訣一段，是明此書得《參同》嫡傳，非師不知。第四回賈雨村看護官符，忽聞傳點報王老爺來拜，此正指《參同契》以示學人。《青龍歌》云：『《參同契》，説仙方，後漢真人魏伯陽，托《易》立言明大藥，留爲萬古丹中王。』蓋四書五經，雖是人人童而習之，不因師指實，不能得其中奥旨，況後世專務文藝，只爲求取功名計，視此爲迂。《易》道所包極廣，正恐呫嗶家執其常習，一時未至圓融，未免詫《紅樓夢》中所演爲怪誕，故此處置王老爺一句，不但文勢宜然，所以明此書是《參同契》之《易》理。《參同契》不能自解，《紅樓夢》豈能易知？是故必須有注解，方能分明假真，方能解悟，否則，變態百出，入陣不迷亦難矣。夢癡一知半解，無非拋磚引玉，先爲大雅清塵掃徑。雖然分卦分爻，未敢妄增臆説，若機緣凑合，自有同心，成此美事。

《紅樓夢》，丹書也。丹道即易道，仙道即聖道，非有二也。明體達用，一以貫之，儒釋道原是一家，昧其本而執其末，同室或致操戈，況三家耶？經曰：自天子以至於庶人，一是皆以修身爲本。仙家謂之修行者，即此，自孟子之後失傳。漢有道學、經學之分，宋有訓詁、章句、理學三家之異，至明遂有東林、姚江構訟，至於冤結不可解釋。道學二字爲世所諱，言好學者往往借二氏門楣，爲避囂之樂土。釋自六祖、五家之後失傳，南北分宗，宗、教、律各成一家，此緇衣也。黄衣者自傳於西北各土，與蒙古相依，亦非昔日可比。惟道家者流最雜。大約今之所謂神仙者，多是古之所謂方士者也。

世俗習聞其說，相浸已久，真者亦難湊入，况實難解悟者耶？有志者事竟成，必須詳辨，庶不致誤。案《周易》古本，經、傳分册，與今本不同。今本《彖傳》、《大象傳》、《小象傳》、《文言傳》，與經文附合，上下繫辭傳，説卦，傳序卦傳，雜卦傳，爲另册。《紅樓夢》所演者，古本也。丹書者，象言也。象言者，非直言，非明言，非空言，非異言，乃有物有則、有指有證、取象演真之言。自晉掃除，象數不傳，儒家無從得讀古書，山林之士口傳心授，非人不與，所以能長久寶守，而世俗習見習聞者所不能測識。護官符者，護觀符也。『賈不假，白玉爲堂金作馬』者，《坤》也。『阿房宫，三百里，住不下金陵一個史』者，《乾》也。『東海缺少白玉床，龍王來請金陵王』者，《未濟》也。『豐年好大雪，珍珠如土金如鐵』者，《既濟》也。《大象傳》曰：『君子以思患而豫防之。』合而言之，《乾》、《坤》、《既》、《未》四卦，《乾》、《坤》爲上經之始，《既》、《未》爲下經之終，舉其始終，以括六十四卦也。先儒云：上經天道也，下經人道也。上經《乾》、《坤》，即下經之《咸》、《恒》；下經《既》、《未》，即上經之《坎》、《離》。如此言之，便與《參同契》牝牡四卦以爲橐籥之旨相符，故曰王老爺來拜。來拜者，正明其所以相會也。今將書目卦爻書寫於後，以待大雅教正云。

曹雪芹先生《紅樓夢》目録

第一回　䷫姤

甄士隱夢幻識通靈　賈雨村風塵懷閨秀

第二回　䷗復彖辭
賈夫人仙逝揚州城　冷子興演說榮國府
第三回　六爻
托內兄如海薦西賓　接外孫賈母惜孤女
第四回　䷜坎
薄命女偏逢薄命郎　葫蘆僧判斷葫蘆案
第五回　䷝離彖辭初九、六二
賈寶玉神游太虛境　警幻仙曲演紅樓夢
第六回　九三、九四
賈寶玉初試雲雨情　劉老老一進榮國府
第七回　六五
送宮花賈璉戲熙鳳　寧國府寶玉會秦鍾
第八回　上九
賈寶玉奇緣識金鎖　薛寶釵巧合認通靈
第九回　䷔噬嗑彖辭初九、六二、六三
訓劣子李貴承申飭　嗔頑童茗煙鬧書房

第十回　九四六五上九
金寡婦貪利權受辱　張太醫論病細窮源
第十一回　䷢晉彖辭初六、六二、六三
慶壽辰寧府排家宴　見熙鳳賈瑞起淫心
第十二回　九四、六五、上九
王熙鳳毒設相思局　賈天祥正照風月鑒
第十三回　䷤家人彖辭初九、六二、九三
秦可卿死封龍禁尉　王熙鳳協理寧國府
第十四回　六四、九五、上九
林如海捐館揚州城　賈寶玉路謁北静王
第十五回　䷪夬彖辭初九、九二、九三
王鳳姐弄權鐵檻寺　秦鯨卿得趣饅頭庵
第十六回　九四、九五、上六
賈元春才選鳳藻宫　秦鯨卿夭逝黄泉路
第十七回　䷍大有彖辭
大觀園試才題對額　榮國府歸省慶元宵

第十八回　六爻
皇恩重元妃省父母　天倫樂寶玉逞才藻
第十九回　䷖剥
情切切良宵花解語　意綿綿静日玉生香
第二十回　䷠遯彖辭初六、六二
王熙鳳正言彈妬意　林黛玉俏語謔嬌音
第二十一回　九三
賢襲人嬌嗔箴寶玉　俏平兒軟語救賈璉
第二十二回　九四
聽曲文寶玉悟禪機　製燈謎賈政悲讖語
第二十三回　九五、上九
《西厢記》妙辭通戲語　《牡丹亭》艷曲警芳心
第二十四回　䷁坤彖辭
醉金剛輕財尚義俠　癡兒女遺帕惹相思
第二十五回　初六、六二
魘魔法叔嫂逢五鬼　通靈玉蒙蔽遇雙真

第二十六回　六三、六四
蜂腰橋設言傳心事　瀟湘館春困發幽情
第二十七回　六五
滴翠亭寶釵戲彩蝶　埋香冢黛玉泣殘紅
第二十八回　上六用六
蔣玉函情贈茜香羅　薛寶釵羞籠紅麝串
第二十九回　䷑蠱彖辭初六
享福人福深還禱福　惜情女情重愈斟情
第三十回　九二、九三
寶釵借扇機帶雙敲　椿齡畫薔癡及局外
第三十一回　六四、六五
撕扇子作千金一笑　因麒麟伏白首雙星
第三十二回　上九
訴肺腑心迷活寶玉　含恥辱情烈死金釧
第三十三回　䷆師
手足耽耽小動唇舌　不肖種種大受笞撻

第三十四回　䷞咸彖辭
情中情因情感妹妹　錯裏錯以錯勸哥哥
第三十五回　六爻
白玉釧親嘗蓮葉羹　黄金鶯巧結梅花絡
第三十六回　䷟恒彖辭初六
綉鴛鴦夢兆絳芸軒　識分定情悟梨香院
第三十七回　九二、九三
秋爽齋偶結海棠社　蘅蕪院夜擬菊花題
第三十八回　九四、六五
林瀟湘魁奪菊花詩　薛蘅蕪諷和螃蟹咏
第三十九回　上六
村老老是信口開河　情哥哥偏尋根究底
第四十回　䷱鼎
史太君兩宴大觀園　金鴛鴦三宣牙牌令
第四十一回　䷒臨彖辭
賈寶玉品茶櫳翠庵　劉老老醉卧怡紅院

第四十二回　六爻
蘅蕪君蘭言解癡癖　瀟湘子雅謔補餘音
第四十三回　䷿未濟彖辭
閒取樂偶攢金慶壽　不了情暫撮土爲香
第四十四回　初六、九二
變生不測鳳姐潑醋　喜出望外平兒理妝
第四十五回　六三、九四
金蘭契互剖金蘭語　風雨夕悶製風雨詞
第四十六回　六五
尷尬人難免尷尬事　鴛鴦女誓絶鴛鴦偶
第四十七回　上九
獃霸王調情遭苦打　冷郎君懼禍走他鄉
第四十八回　䷾既濟彖辭
濫情人情誤思游藝　慕雅女雅集苦吟詩
第四十九回　初九、六二、九三
琉璃世界白雪紅梅　脂粉香娃割腥啖膻

第五十回　六四、九五、上六
蘆雪亭争聯即景詩　暖香塢雅製春燈謎
第五十一回　䷘無妄彖辭初九、六二、六三
薛小妹新編懷古詩　胡庸醫亂用虎狼藥
第五十二回　九四、九五、上九
俏平兒情掩蝦鬚鐲　勇晴雯病補雀金裘
第五十三回　䷋否
寧國府除夕祭宗祠　榮國府元宵開夜宴
第五十四回　䷊泰
史太君破陳腐舊套　王熙鳳效戲彩斑衣
第五十五回　䷨損
辱親女愚妾争閒氣　欺幼主刁奴蓄險心
第五十六回　䷩益
敏探春興利除宿弊　賢寶釵小惠全大體
第五十七回　䷵歸妹
慧紫鵑情辭試莽玉　慈姨媽愛語慰癡顰

第五十八回　䷅訟彖辭
杏子陰假鳳泣虚凰　茜紗窗真情潑癡理
第五十九回　初六、九二
柳葉渚邊嗔鶯叱燕　絳芸軒裏召將飛符
第六十回　六三、九四
茉莉粉替去薔薇硝　玫瑰露引出茯苓霜
第六十一回　九五、上九
投鼠忌器寶玉瞞贓　判冤决獄平兒行權
第六十二回　䷬萃彖辭初六、六二、六三
憨湘雲醉眠芍藥裀　獃香菱情解石榴裙
第六十三回　九四、九五、上六
壽怡紅群芳開夜宴　死金丹獨艷理親喪
第六十四回　䷻節彖辭
幽淑女悲題五美吟　浪蕩子情遺九龍珮
第五十六回　六爻
賈二舍偷取尤二姨　尤三姐思嫁柳二郎

第六十六回　䷥睽彖辭初九、九二、六三
情小妹耻情歸地府　冷二郎心冷入空門

第六十七回　九四、六五、上九
見土儀顰卿思故里　聞秘事鳳姐訊家童

第六十八回　䷣明夷彖辭初九、六二、九三
苦尤娘賺入大觀園　酸鳳姐大鬧寧國府

第六十九回　六四、六五、上六
弄小巧用借劍殺人　覺大限吞生金自逝

第七十回　䷳艮
林黛玉重建桃花社　史湘雲偶填柳絮詞

第七十一回　䷄需
嫌隙人有心生嫌隙　鴛鴦女無意遇鴛鴦

第七十二回　䷉履
王熙鳳恃强羞説病　來旺婦倚勢霸成親

第七十三回　䷀乾彖辭
癡丫頭誤拾綉春囊　懦小姐不問累金鳳

第七十四回　初九、九二、九三
惑奸讒抄檢大觀園　避嫌隙杜絶寧國府
第七十五回　九四、九五、上九
開夜宴異兆發悲音　賞中秋新詞得佳讖
第七十六回　用九
凸碧堂品笛感凄清　凹晶館聯詩悲寂寞
第七十七回　䷼中孚彖辭初九、九二
俏丫鬟抱屈夭風流　美優伶斬情歸水月
第七十八回　六三
老學士閒徵《姽嫿詞》　癡公子杜撰《芙蓉誄》
第七十九回　六四
薛文起悔娶河東吼　賈迎春誤嫁中山狼
第八十回　九五、上九
美香菱屈受貪夫棒　王道士胡謅妒婦方
第八十一回　䷏豫彖辭
占旺相四美釣游魚　奉嚴詞兩番入家塾

第八十二回　初六、六二
老學究講義警頑心　病瀟湘癡魂驚惡夢
第八十三回　六三、九四
省宫闈賈元妃染恙　鬧閨閫薛寶釵吞聲
第八十四回　六五、上六
試文字寶玉始提親　探驚風賈環重結怨
第八十五回　䷭升
賈存周報升郎中任　薛文起復惹放流刑
第八十六回　䷐隨彖辭初九、六二、六三
受私賄老官番案牘　寄閒情淑女解琴書
第八十七回　九四、九五、上六
感秋聲撫琴悲往事　坐禪寂走火入邪魔
第八十八回　䷸巽
博庭歡寶玉贊孤兒　正家法賈珍鞭悍僕
第八十九回　䷺渙彖辭
人亡物在公子填詞　蛇影杯弓顰卿絶粒

第九十回　初六、九二

失綿衣貧女耐嗷嘈　送果品小郎驚叵測

第九十一回　六三、六四

縱淫心寶蟾工設計　布疑陣寶玉妄談禪

第九十二回　九五上九

評女傳巧姐慕賢良　玩母珠賈政參聚散

第九十三回　䷇比象辭

甄家僕投靠賈家門　水月庵掀翻水月案

第九十四回　六爻

宴海棠賈母賞花妖　失通靈寶玉知奇禍

第九十五回　䷃蒙

因訛成實元妃薨逝　以假混真寶玉瘋顛

第九十六回　䷂屯

瞞消息鳳姐設奇謀　泄機關顰兒迷本性

第九十七回　䷴漸

林黛玉焚稿斷癡情　薛寶釵出閨成大禮

第九十八回　䷎謙
苦絳珠魂歸離恨天　病神瑛淚灑相思地

第九十九回　䷚頤
守官箴惡奴同破例　閱邸報老舅自擔驚

第一百回　䷽小過
破好事香菱結深恨　悲遠嫁寶玉感離情

第一百一回　䷦蹇
大觀園月夜感幽魂　散花寺神籤占異兆

第一百二回　䷈小畜
寧國府骨肉病灾祲　大觀園符水驅妖孽

第一百三回　䷛大過
施毒計金桂自焚身　昧真禪雨村空遇舊

第一百四回　䷯井
醉金剛小鰍生大浪　癡公子餘痛觸前情

第一百五回　䷷旅
錦衣軍查抄寧國府　驄馬使彈劾平安州

第一百六回　䷮困
王熙鳳致禍抱羞慚　賈太君禱天消災患
第一百七回　䷡大壯
散餘資賈母明大義　復世職政老沐天恩
第一百八回　䷶豐
强歡笑蘅蕪慶生辰　死纏綿瀟湘聞鬼哭
第一百九回　䷕賁
候芳魂五兒承錯愛　還孽債迎女返真元
第一百十回　䷰革
史太君壽終歸地府　王鳳姐力詘失人心
第一百十一回　䷲震彖辭初九、六二、六三
鴛鴦女殉主登太虚　狗彘奴欺天招夥盗
第一百十二回　九四、六五、上六
活冤孽妙尼遭盗劫　死讎仇趙妾赴冥曹
第一百十三回　䷧解
懺宿冤鳳姐托村嫗　釋舊憾情婢感癡郎

第一百十四回　䷙大畜

王熙鳳歷劫返金陵　甄應嘉蒙恩還玉闕

第一百十五回　䷹兑

惑偏私惜春矢素志　證同類寶玉失相知

第一百十六回　䷌同人

得通靈幻境悟仙緣　送慈柩故鄉全孝道

第一百十七回　䷓觀彖辭初六

阻超凡佳人雙護玉　欣聚黨惡子獨承家

第一百十八回　六二、六三

記微嫌舅兄欺弱女　驚謎語妻妾諫癡人

第一百十九回　六四、九五

中鄉魁寶玉却塵緣　沐皇恩賈家延世澤

第一百二十回　上九

甄士隱詳説太虛情　賈雨村歸結紅摟夢

《紅樓夢》所演《大易》卦爻，案回分析如右，徑路昭明，人人皆可尋蹤覓迹，直造武陵桃源。然無緣者終不免雲迷洞口，悵望空回。有緣之士，勤求不怠，自有因緣相凑。噫，秘密之中，還有秘密；

精微之内，更有精微。自參求師缺一不可，有緣者自能識此。夢癡僻居鄉鎮，冬日燈下，與家裏博克都氏閒談此書，襄助誦讀，則溧水中山氏之善全書，校完時已漸熱，即以此編呈政有緣。時同治十年四月十二日，夢癡學人識。

跋

著書難，觀書亦不易。嘗嘆《西遊》一書，經數百年後，得悟一子之注而始知爲丹經。若《紅樓夢》者，行世亦歷年所矣，才士文人，視作淫詞艷曲，而青衿紅粉，沉溺於情天欲海之中，如魔如癡，競相賞識，以致當道懵懵，遂有焚板之事。不知第十二回中賈代儒燒風月寶鑑，固有前知之兆乎！予承夢癡學人指教，并示《夢癡説夢》一書，深幸舉世波靡，得此霹靂一聲，可作當頭棒喝，亟請其付梓，以速喚醒愚蒙，緣事羈遲，忽忽未果。今喜鋟板行世，我知讀之者如夢方覺，如醉方醒，當悔昔日作情書觀者，真矇瞽矣。爰喜書成而識數語於後。

黄山卧雲子謹跋。

夢癡説夢後編

夢癡説夢後序

大道不顯於世，由來已久，雖有三教聖人經書賢哲輔翼闡揚，而終不能不晦者，蓋識見不同之故耳。其不同之故有二：一者材器大小，二者緣分淺深。有此大小淺深之因，即具此不同之見，是故道本一真，而所見各别。由所見各别，而生千門萬户，各樹旗幟，假名稱尊，而真假混淆，不可復辨矣。因是各立一名，以别之曰異端，曰外道，曰旁門。然名雖分三，假則仍一。假者何也？小道云爾。是故真則不二，假則不一，只可以假名概之曰某某也。小道盛行，世所習聞習見，一唱百和，縱有闡揚大道之人，而誰能必信？其勢又不能不終晦也。《紅樓夢》書目并全書大旨已述於前編，今將所談各詩詞復述於後編。談雖出於同時，而抄存不得不稍分其類，以歸畫一。倘有同志者求真，則《紅樓夢》闡揚大道之婆心，或不至於終晦也。但不知世果有肯求真者否？惟姑妄言之而已。

光緒五年閏三月十四日　夢癡學人識

夢癡説夢

《紅樓夢》第一回

世人都曉神仙好，惟有功名忘不了。古今將相在何方？荒冢一堆草没了。（禄）世人都曉神仙好，只有金銀忘不了。終身只恨聚無多，及到多時眼閉了。（財）世人都曉神仙好，只有姣妻忘不了。君生日日説恩情，君死又隨人去了。（妻）世人都曉神仙好，只有兒孫忘不了。癡心父母古來多，孝順子孫誰見了。（子）

總之爲妻財子禄四字，世人所重在此。徒羡神仙二字之虚名，何嘗曉得神仙二字之真實？果知真實，妻財子禄，件件俱全，否則務假迷真，自成顛倒。

陋室空堂，當年笏滿床。

汾陽王富貴壽考，七子八婿，名利鄉中爲人臣之極。

衰草枯楊，曾爲歌舞場。蛛絲兒結滿雕梁，緑紗今又糊在蓬窗上。

連昌宫又爲聲色場中之最著，帝王事業尚且如是。

說什麽脂正濃粉正香，如何兩鬢又成霜？昨日黄土隴頭堆白骨，今宵紅綃帳底卧鴛鴦。

解『只有姣妻忘不了』一段。

金滿箱，銀滿箱，轉眼乞丐人皆謗。正嘆他人命不長，那知自己歸來喪。

解『只有金銀忘不了』一段。文用倒裝法。朱門生餓殍。心血用盡，何益之有？

訓有方，保不定日後作强梁，擇膏粱，誰承望流落在煙花巷。

解『只有兒孫忘不了』一段。英雄氣短，兒女情深，所以謂之爲癡心。

因嫌紗帽小，致使鎖枷扛。昨憐破襖寒，今嫌紫蟒長。

亂烘烘你方唱罷我登場，反認他鄉是故鄉。甚荒唐，到頭來，都是爲他人作嫁衣裳。

解『惟有功名忘不了』一段。

總結名利聲色，只在『反認他鄉是故鄉』一句，點明認客爲主，終日顛倒，夢想爲人作嫁。張三豐真人云：『迷時取之頭頭錯，悟後拈來處處神。』故云你果聽見『好了』二字，還算你明白呢！此話説來甚易，明白甚難。若不具大丈夫胸襟，不有大英雄力量，不遇明師指教，這個『好了』二字，真難索解，所以一聞師言，心中早已徹悟，可知這個事不是自己猜想得來的。噫，君不見，邯鄲枕中得如意，磨鏡未明人换世。又不見，槐安宫裏尚金枝，蟻戰功名黍一炊。遍界盡爲開眼夢，化工幻惑閒般弄。似寄懸絲傀儡棚，寧許暫如山不動。智也無涯生有涯，悠悠千古未還家。家園素有知何在？誰趁東風賞覺花。歸去來，宜早早，步步清凉除熱惱。頃刻光陰下手遲，莫待形容變枯槁。

案：《九府圜法》有『輪廓肉好』之名，《詩》有『窈窕淑女，君子好逑』、『妻子好合』之句，可知『好了』二字，不怪不異，泉布之義，在於流通普遍，則漢注解《周易》之『周』爲普遍之義，不得便謂之穿鑿。經書立名，豈同泛泛，顧名思義，意旨攸關。古昔三《易》，并掌於太卜，未嘗偏廢，夏易《連山》，商易《歸藏》，立名各有義旨。子曰：『周監於二代，鬱鬱乎文哉！』豈《周易》之名獨無義旨耶！

《紅樓夢》第五回《紅樓夢曲》

《紅樓夢》引子：『開辟鴻蒙，誰爲情種？都只爲風月情濃。奈何天，傷懷日，寂寥時，試遣愚衷。因此上演出這悲金悼玉的《紅樓夢》。』

前四回已將大道原因發露無餘，此回從壺蘆僧護官符接來《紅樓夢》引子，寫其得傳著書、接引後學之意。情種有二義：一爲道種，一指根器。風月有二義：一爲月窟天根，一則生門死户。所謂『民之生，動之死地，亦十有三』者是也。悲金者，悲金液也。悼玉者，悼玉液也。《紅樓夢》者，金玉滿堂，莫之能守，小人剥廬也。

《終身誤》：『都道金玉良緣，俺只念木石前盟。空對着山中高士晶瑩雪，終不忘世外仙姝寂寞林。嘆人間美中不足今方信，縱然是齊眉舉案，到底意難平。』

《終身誤》有二義：一者自暴自棄，迷不知返；一爲錯認金玉者功名富貴，木石者淡泊清閒，世緣重而道念輕也。山中高士，世外仙姝，演剥廬之象，即《葬花詩》所云：『願奴脅下生雙翼，隨花飛到天盡頭』之意。天盡頭，即山中之高士，晶瑩雪，只緣空對，所以剥廬。『嘆人間』以下云云，方説到人心難足，人欲難滿，騎着驢騾思駿馬，官居宰相望王侯，即便語之以齊眉舉案，家齊就是成仙作佛，亦難稱足他的心意，此所以爲終身誤也。吕祖云：『有人平却心頭棘，便把天機説與君。』

《枉凝眉》：『一個是閬苑仙葩，一個是美玉無瑕。若説没奇緣，今生偏又遇着他。若説有奇緣，如何心事終虚話。一個枉自嗟呀，一個空勞牽挂；一個是水中月，一個是鏡中花。想眼中能有多少淚珠兒，怎經得秋流到冬，春流到夏。』

《枉凝眉》承上文《終身誤》而言，世人終身誤，作書者枉凝眉而無可奈何也。蓋人身難得，聖道難遇。閬苑仙葩，美玉無瑕，水中月，鏡中花，在人名曰四正，即是秉彝之德。吕祖云：『了命如何是本元，先認坎離并四正。坎離即是真魚常，見者超凡須入聖。』世人既得此人身，即具此德，又幸遇此希有希聞之大道，如何説得没奇緣。然而人人同此身，人人同此德，流連荒亡，迷而不返，則又不可謂之有奇緣。仙佛婆心，枉自嗟呀，而醉夢正酣，空勞牽挂也。此書流傳天下後世，無有窮盡，即此悲淚，無有窮盡，但不知天下後世果有知音見此悲淚否？以上三段演出世間法，以下十一段演世間法，可以依文解義，無須蛇添。

《石頭記》是出世間之名，《紅樓夢》是世間之名，曲文十四段，説爲十二支，仍取金陵十二釵之義，故作者於此三段，特分界限，以醒閲者之目，而讀者竟如寶玉聽曲，可奈他何！

後十一段曲目：《恨無常》，《分骨肉》，《樂中悲》，《世難容》，《喜寃家》，《虚花悟》，《聰明累》，《留餘慶》，《晚韶華》，《好事終》，《飛鳥各投林》。

卷首圖像題辭石頭

石耶玉耶，頑耶靈耶，乾端川倪鑄爾形耶，癡海情天煉爾神耶？ 來無始，去無終耶，渺渺茫茫，吾安窮耶？

僧　道

我盜一隻牛，你偷一隻狗。 若無牛狗，大家撒手； 若有牛狗，大家一口。 到底是怎麽着？月華滿天，萬象來會，看妄會真，隨意點綴。

此《紅樓夢》圖像題辭。 石頭一圖，爲像之始； 僧道一圖，爲像之終。 題辭二首，個中義理，索人之解實難，不如撮要而言，似覺省事。前一首是性命原因，後一首是修持妙用，末二句乃明着書度世之意。蓋作者借假傳真，即所謂甄士隱去，賈雨村言，閱者能否看妄會真，作者無非隨意點綴，不暇計也。

惜春

漫道掃眉班馬。

莫泥文也。

休論傅粉荆關。

休執相也。

解識名園是畫。

解得畫是卦爻，自然識得園之名義。識得名園之義，自然可以類揮倒園中之景。

居然拾得、寒山。

悟即便名净土，更無天竺曹溪。誰言極樂在天西？了即彌陀出世。

黛　玉

人間天上總情癡。

天人之界，即是聖、狂分判之路。天上者，天真也。天真謂之情。人間者，人欲也。人欲爲妄。認妄爲真，故謂之癡。聖狂雖遠隔雲泥，究竟總不出真、妄二字。

湘館啼痕空染枝。

湘館即湘管，謂筆也。枝即紙，謂染紙也。此用六義中假借之法。紙爲竹造，聖賢仙佛，均是成己成物，自利利他爲懷，故道成後留書垂教，欲人去妄歸誠，仍還固有筆墨文字，盡出血淚慈悲，不憚煩難，無非欲人人得渡。奈此薄俗，知音者甚少，逐妄者甚多，視同空談，終歸無濟何！

鸚鵡不知儂意緒。

鸚鵡乃能言不能行之物。謝上蔡先生云：透得名利關，方是小歇處。今之士大夫何足道，真能言之鸚鵡也。世俗只務語言文字之學，安知作書者意之所在！

喃喃猶誦《葬花詩》。

《葬花詩》謂『儂今葬花人笑癡，他年葬儂知是誰』，縱不知作書之意，何妨將此一語稍一推敲，兩個『儂』字，一樣解否？噫，既不識義旨，又不解文字，惟口誦喃喃，以爲會悟，真辜負作者不少。

通靈玉

女媧煉石已荒唐，又向荒唐演大荒。

女媧煉石，乃古經象言，後世失傳，故不詳其出處。大道本無名，象有何言？說名言若寂，後學無以識其體而歸其真，是以聖人設教立言，以顯其道，故道因言而後顯，言因道而返忘。《西江月》

云：『未悟須憑言説，悟來言語成非。』故云『女媧煉石已荒唐』。此書從女媧煉石大荒山説起。山者，佛典喻身之辭，大荒者從獸，無厭謂之荒，流連忘反，所以爲大荒山。故云『又向荒唐演大荒』。

失去幽靈真境界，幻來新就臭皮囊。

山荒基敗，空宇無人。

好知運敗金五彩，堪嘆時乖玉不光。

基址失陽爲陰陷，故曰運敗。奴欺主，假竊其真，故曰時乖金無彩、玉不光。性亂命摇，兩不相顧，順其後天，往而不返。『好知』、『堪嘆』四字，正嘆其不知此理。然此理亦實不易知。

白骨如山忘姓氏，無非公子與紅妝。

公子紅妝，非世俗佳人才子之説。公子爲小男，紅妝爲小女。男慕富貴，故稱公子；女愛榮華，故稱紅妝。童觀用事，不知大觀，小人剥廬，自失其庇。故云『白骨如山忘姓氏，無非公子與紅妝』。

此詩乃作者自嘲自嘆。嘲者縱費盡婆心度人，奈世間都是逐名逐利之客，誰肯向此中追尋？未免惹非招謗，啓人疑猜。嘆者眼前有此返本還元大道，奈世人福薄緣淺，當面錯過，致使此身同於公子紅妝，生生滅滅，一日之間，不知幾多。書謂後人之嘲，乃作者提醒後人之意，蓋作者道不能行，嘲更甚於哭。

葬花詩

花謝花飛飛滿天，紅消香斷有誰憐。

此詩乃警世勸人之言，稍解梗概，見意而已。塵世榮華，草頭霜露，百年歲月，轉眼成空。白紫清真人云：滿眼且見生死俱，死生生死相循旋。花之謝飛消斷，即人之謝飛消斷也。當觸目於物，不知可有憐之惜之者否？

游絲軟繫飄春榭，落絮輕沾撲綉簾。

《悟真》云：『翻念凡夫迷執，盡被塵愛染習。只爲貪着情多，常生胎卵化濕。』既有所繫，即有所沾，如人晝有所思，夜有所夢。呂祖《漁父詞》云：『萬劫千生得個人，須知先世種來因。速醒悟出迷津，莫使輪回受苦辛。』世人宜早三思，莫自誤也。

閨中女兒惜春暮，愁緒滿懷無釋處。手把花鋤出綉簾，忍踏落花來復去。

閨中女兒者，嬰兒也。《參同》云：『真人潛深淵，浮游守規中。』喻得道高人。蓋作者不肯以有道自居，故托之於所得之道。天地間惟道爲尊，可以勸世警俗。黛玉者，道也。故作者以黛玉自喻高人，成己成物，以普渡爲懷，尺璧非寶，寸陰是競，不辭辛苦，往來化導，以期人人得超苦海，庶了大願。花鋤者，鎡基也。《論語》：『工欲善其事，必先利其器。』在釋門謂之柱杖，在道家謂之慧器。

柳絲榆莢自芳菲，不管桃飄與李飛。

《繫辭傳》云：『百姓日用而不知，故君子之道鮮矣。』

桃李明年能再發，明年閨中知有誰。

此闈中謂凡俗。《陰符經》云：『君子得之固窮，小人得之輕命。』此愚昧不知性命者也。

三月香巢已累成，梁間燕子太無情。明年花發雖可啄，却不道，人去梁空巢亦傾。

此逐妄謀虚，不顧性命者也。

一年三百六十日，風刀霜劍嚴相逼。明媚鮮妍能幾時，一朝飄泊難尋覓。

名利鄉中百憂感，其心萬事勞其形。殊不知，紅顔三春樹，流光一擲梭。《漁父詞》云：『貪貴貪榮逐利名，朝朝游宴戀歡情。年不永，代君驚，一報身終那裏生。』

花開易見落難尋。

《青龍歌》云：『須趁早，莫待自身鉛汞少，一年過了一年稀，水流花落人空老。』

階前悶殺葬花人。手把花鋤淚暗灑，灑上空枝見血痕。

葬花人即懷德抱道之人。葬者，藏也。花者，《傳燈録》：『釋迦佛在靈山會上，手拈一花示衆。』《敲爻歌》云：『時人不達花中理，一訣天機值萬金。』世人以苦爲樂，執迷膠固，爲無可如何。欲向人間留秘訣，未逢一個是知音。枝字作紙字解，六義假借也。

杜鵑無語正黄昏，荷鋤歸去掩重門。青燈照壁人初睡，冷雨敲窗被未温。

世人争名奪利，日夜不休，自謂壽數無窮，可以長享安樂，所以執迷，難於勸化，豈知俯仰之間，以爲陳迹，百年歲月，不過如斯。無語乃不達也，不達是在正黄昏時也。

怪奴底事倍傷神，半爲憐春半惱春。憐春忽至惱忽去，至又無言去不聞。

言人之生死無常，宜早回頭覓路。

昨宵庭外悲歌發，知是花魂與鳥魂。花魂鳥魂總難留，鳥自無言花自羞。願奴脅下生雙翼，隨花飛到天盡頭。

小人剥廬，白甄士隱去，賈雨村來，日復一日，年復一年，陽盡陰純，歸於大化。花魂鳥魂，喻凡俗無知。因其無知，所以不悟，到此地位，悔又何及，言亦無益。古真云：一毫陽氣，不盡不死；一毫陰氣，不盡不仙。天盡頭，正是剥之不盡不休也，哀哉！

天盡頭，何處有香丘？未若錦囊收艷骨，一抔净土掩風流。

碩果不食，君子得輿。凡俗只知順行造化，不知聖人有逆運造化之道。『天盡頭』，上九也。『何處有』者，不待他求也。庶民去之，君子存之，貞下起元也。《悟真》云：『震龍汞自出離鄉，兑虎鉛生在坎方。』二物總因兒産母，五行全要入中央。

質本潔來還潔去，强於污淖陷渠溝。

此道在儒謂之明善復初，在釋謂之摩訶般若波羅蜜，在道謂之玉液還丹。學者臻此地位，已然超凡，有何污淖渠溝之能陷哉！

爾今死去儂收葬，未卜儂身何日喪。儂今葬花人笑癡，他年葬儂知是誰。

此作者現身説法。爾今死去之效，由我收葬之功，所謂活中死，死復生者是也。兩上句兩個『儂』字，作吴儂解；兩下句兩個『儂』字，作渠儂解：語意自明。

試看春殘花漸落，便是紅顔老死時。一朝春盡紅顔老，花落人亡兩不知。

春者，陽也。紅顔者，青年少壯也。世俗見人學道，即嗤爲迂；聞人勸戒，即笑爲腐；以爲青年少壯，何慮於此。那知旦旦而伐之，逐漸而來，出於不知不覺，世俗亦曉油盡燈息之喻，但不悟油之何以盡，燈之何以息耳。若稍有知覺之人，聞此篇諄諄苦勸之言，能不哭倒於地者，真癡人也！

咏白海棠（十三元韻）

探春

斜陽寒草帶重門，苔翠盈鋪雨後盆。玉是精神難比潔，雪爲肌骨易消魂。芳心一點姣無力，倩影三更月有痕。莫謂縞仙能羽化，多情伴我咏黄昏。

寶釵

珍重芳姿晝掩門，自攜手瓮灌苔盆。胭脂洗出秋階影，冰雪招來露砌魂。淡極始知花更艷，愁多焉得玉無痕。欲償白帝宜清潔，不語婷婷日又昏。

寶　玉

秋容淺淡映重門，七節攢成雪滿盆。出浴太真冰作影，捧心西子玉爲魂。曉風不散愁千點，宿雨還添淚一痕。獨倚畫欄如有意，清砧怨笛送黄昏。

黛　玉

半捲湘簾半掩門，碾冰爲土玉爲盆。偷來梨蕊三分白，借得梅花一縷魂。月窟仙人縫縞袂，秋閨怨女拭啼痕。嬌羞默默同誰訴，倦倚西風夜已昏。

此回爲『秋爽齋偶結海棠社，蘅蕪院夜擬菊花題』兩個所在，一明一暗；兩個起社詩翁，一正一邪；故爲『偶結』，故爲『夜擬』。偶則非孤非寡，必偶始結。夜擬，非晝昏議，盲猜而已。白海棠一名女兒花，即美金華。《參同契箋注》云：『古記題龍虎黄帝美金華。』此乃爲聖爲賢之人，誰還喜聽？那知苦盡得甘，事事皆真，樂中生悲，般般皆假也。

菊花詩

憶　菊　　衡蕪君

悵望西風抱悶思，蓼紅葦白斷腸時。空籬舊圃秋無迹，冷月清霜夢有知。念念心隨歸雁遠，寥寥坐聽晚砧遲。誰憐我爲黃花瘦，慰語重陽會有期。（煉己待時）

訪　菊　　怡紅公子

閒趁霜晴試一游，酒杯藥盞莫淹流。霜前月下誰家種，檻外籬邊何處秋。蠟屐遠來情得得，冷吟不盡興悠悠。黃花若解憐詩客，休負今朝挂杖頭。（金木交併）

種　菊　　怡紅公子

攜鋤秋圃自移來，籬畔庭前處處栽。昨夜不期經雨活，今朝猶喜帶霜開。冷吟秋色詩千首，醉酹寒香酒一杯。泉溉泥封勤護惜，好和井徑絕塵埃。（鉛汞相投）

對　菊　　枕霞舊友

別圃移來貴比金，一叢淺淡一叢深。蕭疏籬畔科頭坐，清冷香中抱膝吟。數去更無君傲世，看來惟有我知音。秋光荏苒休辜負，相對原宜惜寸陰。（傍門）

供　菊　　枕霞舊友

彈琴酌酒喜堪儔，几案婷婷點綴幽。隔坐香分三徑露，拋書人對一枝秋。霜清紙帳來新

夢，圃冷斜陽憶舊游。傲世也因同氣味，春風桃李未淹留。（傍門）

詠　菊　　瀟湘妃子

無賴詩魔昏曉侵，繞籬欹石自沉音。毫端蘊秀臨霜寫，口角噙香對月吟。滿紙自憐題素怨，片言誰解訴秋心。一從陶令平章後，千古高風說到今。（辟傍門）

畫　菊　　蘅蕪君

詩餘戲筆不知狂，豈是丹青費較量。聚葉潑成千點墨，攢花染出幾痕霜。淡濃神會風前影，跳脫秋生腕底香。莫認東籬閒採掇，粘屏聊以慰重陽。（五行攢簇）

問　菊　　瀟湘妃子

欲訊秋情衆莫知，喃喃負手扣東籬。孤標傲世偕誰隱，一樣花開爲底遲。圃露庭霜何寂寞，雁歸蛩病可想思。莫言舉世無談者，解語何妨話片時。（辟傍門）

簪　菊　　蕉下客

瓶供籬栽日日忙，折來休認鏡中妝。長安公子因花癖，彭澤先生是酒狂。短鬢冷沾三徑露，葛巾香染九秋霜。高情不入時人眼，拍手憑他笑話傍。（辨别邪正）

菊　影　　枕霞舊友

秋光疊疊復重重，潛度偷移三徑中。窗隔疏燈描遠近，籬篩破月鎖玲瓏。寒芳留照魂應駐，霜印傳神夢也空。珍重暗香踏碎處，憑誰醉眼認朦朧。（傍門）

菊　夢　　　　瀟湘妃子

籬畔秋酣一覺清，和雲伴月不分明。登仙非慕莊生蝶，憶舊還尋陶令盟。睡去依依隨雁斷，驚回故故惱蛩鳴。醒時幽怨同誰訴，衰草寒煙無限情。（辟傍門）

殘　菊　　　　蕉下客

露凝霜重漸傾欹，宴賞纔過小雪時。蒂有餘香金淡泊，枝無全葉翠離披。半床落月蛩聲切，萬里寒雲雁陣遲。明歲秋分知再會，暫時分手莫相思。（勉勵後學）

菊花詩十二首，寓周天火候。菊一名黄華，亦美金花之義。前白海棠詩推寶釵第一，此菊花詩推黛玉爲魁。正如聯句詩有兩篇，各有各意，世俗所不能測度，而批書者只知論詩，豈知書旨不以詩爲主，以人爲主，固已説之於擬題時也。前之夜擬菊花者，湘雲也。傍門不知真道在於何處，擬想揣摹，避囂養静，認爲道在離塵絶俗，這個菊只可名爲隱士。花蓋有題而無詩。題者，名也。詩者，實也。有虚名而無實事也，故以湘雲爲主。此則有題有詩，是名實相符，乃大隱之事，所以林瀟湘爲魁。白海棠詩明貞下起元，所以限韻；菊花詩明火候，所以不限韻。

史太君兩宴大觀園　金鴛鴦三宣牙牌令

左邊是張天，頭上有青天。當中是個五合六，六橋梅花香徹骨。剩了一張六合么，一輪紅日出雲霄。凑成便是個蓬頭鬼，這鬼拖住鍾馗腿。

内藥還同外藥，内通外亦須通。丹頭和合類相同，温養兩般作用。内有天然真火，爐中赫赫長紅。外爐增減要勤功，妙絶無過真種。

左邊是個大長五，梅花朵朵風前舞。右邊是個大五長，十月梅花嶺上香。當中二五是雜七，織女牛郎會七夕。凑成二郎游五岳，世人不及神仙樂。

攢簇五行。

左邊長么兩點明，雙懸日月照乾坤。右邊長么兩點明，閒花落地聽無聲。中間還得么四來，日邊紅杏倚雲栽。凑成一個櫻桃九熟，御園却被鳥銜去。

陰二君而一民，小人之道也。既着空又執相，終歸空亡。此旁門外道，宜早審辨。

左邊是長三，雙雙燕子語梁間。右邊是三長，水荇牽風翠帶長。當中三六九點在，三山半落青天外。湊成鐵鎖練孤舟，處處風波處處愁。

三家相見。

左邊一個天，良辰美景奈何天。中間錦屏顔色俏，紗窗也没有紅娘報。剩了二六八點齊，雙瞻玉座引朝儀。湊成籃子好採花，仙杖香挑芍藥花。

和合四衆。

左邊四五成九花，桃花帶雨濃。

以上證同類。攢五行，辨邪正，三家相見，四象和合，置二語作贊，功效已見於此。與下文劉老老一令，總括全章。

左邊大四是個人，是個莊家人罷。

要知金液還丹法，須向家園下種栽。無根樹云産在坤方，坤是人。

中間三四緑配紅，大火燒了毛毛蟲。

鍛煉精華製魄魂。

右邊么四真好看，一個蘿蔔一個蒜。

陰陽得類歸交感，二八相當自合親。

凑成便是一枝花，花兒落了結個大倭瓜。

先把乾坤爲鼎器，次搏烏兔藥來烹。既驅二物歸黄道，争得金丹不解生。下士聞道大笑之，不笑不足以爲道。

以上不過十分之中稍解一二語，以明《紅樓夢》書中不置閒言散語。有緣之士着意探討，自能得之。即兩句書目，已包括全回丹法，兹不多贅。『大火燒了毛毛蟲』，乃北方鄉村俗語。正是：俗語常言合聖道，宜向其中細尋討。若將日用顛倒求，大地塵沙盡成寶。

此道至神至聖，憂君分薄難消。調和鉛汞不終朝，早睹元珠形兆。志士若能修煉，何妨在市居朝。工夫容易藥非遥，説破人須失笑。

大哥有角只八個，二哥有角只兩根。大哥只在床上坐，二哥愛在房上蹲。

此辟傍門，故太監説三爺所作這個不通。大哥、二哥者，即《西遊》獅駝嶺獅駝洞大大王、二大王。千妖萬妖，統屬於兩個魔王。大哥者，予聖自雄，妄自尊大，師心着空者也。二哥者，妄猜私議，搬弄皮囊，執相者也。角者，剛强之物，争斗之象，口角也。八個者，禪關機鋒，八面囫圇也。兩根者，爐火與閨丹也。『大哥只在床上坐』者，一切參禪打坐坐功之類是也。『二哥愛在房上蹲』者，房即色身，房上言房事上存身也。枕頭者，一名睡龍，瞌睡漢也。獸頭者，龍生九子不成龍，各有所好，其中有名嗆吻好吞，即獸頭也。是皆竊有龍名，實非真龍，好真龍者，當細辨之。賈環者，環即蠉。蠉乃井中小蟲，陰氣所生。趙陰氣也，故爲趙姨娘所生。《悟真》云：『此輩可傷可笑，空説積年學道，心高不肯問人，枉使一生虚老。』正所謂『井蛙應謂無龍窟，籬鷃安知有鳳巢』。明眼人傍觀，大發一笑而已。

猴子身輕跕樹稍。（荔枝）

猴好動之物，身輕則易動，樹者人身，跕樹稍者，在上不在下也。荔枝者，離枝也。枝屬地，《離》中一爻，具地二之火，火炎上也。

身自端方，體自堅硬，雖不能言，有言必應。（硯臺）

此四句只解硯臺便明，無須詳説。硯臺者，石也。石應星屬金，外黑内白。黑在外，水也；白在内，金也。金藏水中，在下不在上，水潤下順行之道也。要知個中底理，必須訪拜真師。悄語低言，口口相授，若自恃聰明，無非猜枚。

能使妖魔膽盡摧，身如束帛氣如雷。一聲震得人驚恐，回首相看已化灰。（爆竹）

此圍屏燈上第一首。書中燈謎，大都借物寓言，以言演道。是謎而實非謎，上文二謎，言離、坎二象，故此謎言先天變後天，坎、離用事，即甄士隱、賈雨村之緣由也。爆竹者，亦即書中所謂金陵十二釵者是也。

天運人功理不窮，有功無運也難通。因何鎮日紛紛亂，只爲陰陽數不同。（算盤）

上文言一本散爲萬殊，故此謎言河圖變洛書，金火易位，木金間隔也。算盤者，一二五相隔，五居内，十在外，三五一十五也。煙波釣叟歌云『縱横十五在其中』者是也。

階下兒童仰面時，清明妝點最堪宜。游絲一斷渾無力，莫向東風怨别離。（風箏）

上文言木金間隔，則性命不能合一矣，故此謎言命。風箏者，紙鳶也。清明掃墓，郭外放風箏，至今楚俗猶然。此謎爲探春作，教學人探討也。

朝罷誰攜兩袖裹，琴邊衾裹兩無緣。曉籌不用鷄人報，五夜無煩侍女添。焦首朝朝還暮暮，煎心日日復年年。光陰荏苒須當惜，風雨陰晴任變遷。（更香）

上文言命如紙鳶放綫，至危至險，宜早省察，故此謎言性，教人及早修復也。風雨陰晴，言貴賤窮通。更香者，日夜長燃之物，正是下手速修猶太遲。《四十二章經》：『佛言人隨情欲，求於聲名，聲名顯著，身已故矣。』貪世常名而不學道，枉功勞形，譬如燒香，雖人聞香，香之燼矣，危身之火，而在其後。此謎爲黛玉作，書中詩詞有勸勉後學之言，多出自黛玉，作者以黛玉自喻故也。

南面而坐，北面而朝，象憂亦憂，象喜亦喜。（鏡子）

上文各謎言順行之理，故此謎總結上文言逆運之道。古云『五行順行，法界火坑；五行顛倒，大地七寶』者是也。此謎四句，即以《悟真篇》解之：『取將坎位心中實，點化離宫腹内陰。從此變成乾健體，潛藏飛躍盡由心。』鏡子者，圓陀陀、光灼灼，在儒名曰至善，又曰至誠，又曰太極。在釋名曰真空，又曰法身，又曰圓覺。在道名曰嬰兒，又曰聖胎，又曰金丹。本來真性號金丹，四大爲爐煉作團。有志者，可不勉諸！

書中賈政道：『好好，我猜鏡子。妙極。』寶玉笑回道：『是好好者，子女合一也。』□□人始生之通名，女曰嬰，男曰兒，故《葬花詩》用閨中女兒也。妙極則妙至於極，豈是可猜的事？只可以鏡子猜擬之，所以答者曰是。賈政道：『這一個却無名字，是誰做的？』道本無名也。賈母道：『這個大約是寶玉做的。』無名天地之始，有名萬物之母，只可强名之爲寶玉作的而已。賈政就不言語。問他第一義何如，却道有言皆是謗。

有眼無珠腹内空，荷花出水喜相逢。梧桐葉落分離别，恩愛夫妻不到冬。（竹夫人）

此謎總結全回（第二十二回）。上文寶釵述曲文，借用成語，乃真禪也。寶玉剽切《南華》，無修無證，不由師傳，只務口頭三昧，乃假禪也。故此謎爲寶釵作，以真破假，明孤修之非也。余自幼不會猜枚打謎，只因不好，所以至今不會。曾記幼時聞時泉夫子説，此謎是竹夫人，故以竹夫人屬之。上文各謎演真者，只解其大義，未敢多言，惟恐解錯，所以不敢多説。辟傍門之謎，不妨多説，我即解錯，不過貽笑方家，不至誤人。有眼無珠，腹内空言，其無實學，不辨真假。『荷花出水喜相逢』，言寂滅無爲之學。或聞或見，不察真僞虚實，一遇便喜，以爲妙法，盡在於是。《埤雅》云：『荷，總名也。』華葉等名具衆義，故以不知爲問，謂之何也。《爾雅》云：『荷，芙蕖，其莖茄，其葉蕸，其本蔤，其花菡萏，其實蓮，其根藕，其中菂，菂中薏。』又《畫譜》：『芙蕖花，名蓮，未開含苞名菡萏，葉名荷。』此又通俗之稱，唐宋詩中，亦有之，如『留得殘荷聽雨聲』、『荷盡已無擎雨蓋』之類。此謎所以不云蓮花，而云荷花者，蓮有果，荷無果也。《圓覺經·因地法行注》云：『夫求果者，必觀於因。因若非真，果還是妄。』□山云：『有爲雖僞，棄之則功行不成；無爲雖真，趣之則聖果難證。』《仙佛同源》云：『佛教中有權法，有實法。權法無爲無事，一乘之空法也，不能貫穿諸經，人皆可以意會而知之。實法有爲有事，最上乘之圓法也。非得師傳，莫能曉悟。』《圓覺經注》云：『從來不達事，妄想不解脱。今還不了知，如何得解脱。』荷澤云：『知之一字，衆妙之門。』、『梧桐葉落分離别，恩愛夫妻不到冬』，冬者，終也。言其葉老歸秋，終落空亡也。故上文書中，寶釵説六祖一段公案，以明了悟真如是這邊事；若果了悟，即是成道。六祖既悟本來無一物，五祖半夜所傳者又何事？二乘空學，豈能知之？

以上各人各謎，人名物理，俱有深意，獨末後一謎，不説明何物，只寫賈政心内自忖一段情景，只是垂頭沉思。又云回至房中，只是思索，番來覆去，甚覺凄惋。此正是借賈政形容物象。文竹夫人，空虚之物。賈政乃迂腐不達之人，《西遊》猪八戒所説『斯文斯文，腹裏空空』者是也。文人涉獵内典，謂之文字禪，又曰逃禪，又有摘一言片語，番來覆去猜想，謂之參話頭，通俗謂之鑽黑漆桶子。末法年間，作此等言語，自誤誤人，更覺不祥，看來皆非福壽之輩。想到此處，又焉能不煩悶悲戚乎！道光禪師注《悟真篇・西江月》云：『此道正是我達磨祖師西來底意，祖師相傳，皆此道也。故六祖出曹溪一派。馬祖指爲西江水，無非此意。但後之人，無心行道，唯以口談佛祖，無可奈何，拄杖棒喝，百端譬喻，使上人者行其道，中器者悟其性，下根者誦其言，隨人所適。蓋於世人先存其性，然後修命。存性即玉液煉己之功，修命即金液還丹之道。愚者却謂我教禪宗，一言之下，頓悟成佛，此乃誑惑迷愚，安有是理哉！要知金丹即我教中最上一乘之妙。』讀者觀此言，亦可悟書中之意。

姽嫿詞

恒王好武兼好色，遂教美女習騎射。穠歌艷舞不成歡，列陣挽戈爲自得。眼前不見塵沙起，將軍俏影紅燈裏。叱咤時聞口舌香，霜矛雪劍嬌難舉。丁香結子芙蓉縧，不繫明珠繫寶刀。戰罷夜闌心力怯，脂痕粉漬污鮫綃。明年流寇走山東，强吞虎豹勢如蜂。王率天兵思剿滅，一戰再戰不成功。腥風吹折隴中麥，日照旌旗虎帳空。青山寂寂水澌澌，正是恒王戰死時。雨淋白骨血染草，月冷黄昏鬼守屍。紛紛將士只保身，青州眼見皆灰塵。不期忠義明閨閣，憤起恒王得意人。恒王得意數誰行？姽嫿將軍林四娘。號令秦姬驅趙女，濃桃艷李臨疆場。綉鞍有淚春愁重，鐵甲無聲夜氣凉。勝負自難先預定，誓盟生死報前王。賊勢猖獗不可敵，柳折花殘血凝碧。馬踐胭脂骨髓香，魂依城郭家鄉隔。星馳時報入京師，誰家兒女不傷悲？天子驚慌愁失守，此時文武皆垂首。何事文武立朝綱，不及閨中林四娘。我爲四娘長嘆息，歌成餘意尚徬徨。

案：六義假借，姽嫿詞即會畫辭。畫即爻，言會合。爻辭《中孚》四回，此回乃六三，故此篇以《中孚》六爻爲體，以《蒙》六爻爲用，讀者詳味玩文自解，不待夢癡妄談。恒王者，天常也。

桃花行

桃花簾外東風軟，桃花簾内晨妝懶。簾外桃花簾内人，人與桃花隔不遠。東風有意揭簾櫳，花欲窺人簾不捲。桃花簾外開仍舊，簾中人比桃花瘦。花解憐人花也愁，隔簾消息風吹透。風透簾櫳花滿庭，庭前春色倍傷情。閒苔院落門空掩，斜日欄杆人自憑。憑欄人向東風泣，茜裙偷傍桃花立。桃花桃葉亂紛紛，花綻新紅葉凝碧。樹樹煙封一萬株，烘照樓壁紅模糊。天機燒破鴛鴦錦，春酣欲醒移珊枕。侍女金盆進水來，香泉飲蘸胭脂冷。胭脂鮮艷何相類，花之顔色人之淚。若將人淚比桃花，淚自長流花自媚。淚眼觀花淚易乾，淚乾春盡花憔悴。憔悴花遮憔悴人，花飛人倦易黄昏。一聲杜宇春歸盡，寂寞簾櫳空月痕。

柳絮詞

桃花詩言性，柳絮詞言命，可以合觀。

如夢令　　湘雲

豈是綉絨纔吐，捲起半簾香霧。纖手自拈來，空使鵑啼燕妒。且住，且住，莫使春光别去。

南柯子　　探春　寶玉

空挂纖纖縷，徒垂絡絡絲。也難綰繫也難羈，一任東西南北各分離。　落去君休惜，飛來我自知。鶯愁蝶倦晚芳時，總是明春再見隔年期。

真個佛法，便是道一個孩兒兄妹抱。

唐多令　　黛玉

紛墮百花洲，香殘燕子樓。一團團逐隊成球。飄泊亦如人命薄，空繾綣，説風流。　草木也知愁，韶華竟白頭。嘆今生誰捨誰收？嫁與東風春不管，憑爾去，忍淹留。

西江月　　寶琴

漢苑零星有限，隋堤點綴無窮。三春事業付東風，明月梅花一夢。　幾處落紅庭院，誰家香雪簾櫳。江南江北一般同，偏是離人恨重。

臨江仙　　寶釵

白玉堂前春解舞，東風捲得均勻。蜂圍蝶陣亂紛紛。幾曾隨逝水，豈必委芳塵。　萬縷千絲終不改，任他隨聚隨分。韶華休笑本無根。好風憑借力，送我上青云。

《桃花詩》既未多贅，《柳絮詞》亦未便饒舌，只將調名稍解，其全首之意亦可稍見。大概《如夢令》言世事如夢，勸其及早勘破。又《文始經》云：『説道如説夢。』《南柯子》言瞌睡漢只顧貪眠，不慮日晏。《唐多令》言人不知，信自暴自棄也。五詞尤重在《唐多令》與《臨江仙》二闋。《唐多令》勸人回頭。執迷者只可由他，倘遇有緣，一時感悟，可以急訪明師，指示真鉛一味大藥。《西江月》言水中金也，一名真鉛。既得明師指示，得其一，萬事畢，便可返本還元。《臨江仙》言臨爐採取，真寶到手，而仙道成矣。

即景聯句五言排律（二蕭韻）

一夜北風緊，開門雪尚飄。入泥憐潔白，匝地惜瓊瑶。有意榮枯草，無心飾萎苗。價高村釀熟，年稔府粱饒。葭動灰飛琯，陽回斗轉杓。寒山已失翠，凍浦不生潮。易挂疏枝柳，難堆破葉蕉。麝煤融寶鼎，綺袖籠金貂。光奪窗前鏡，香粘壁上椒。斜風仍故故，清夢轉聊聊。何處梅花笛，誰家碧玉簫。鰲愁坤軸陷，龍鬥陣雲銷。野岸回孤棹，吟鞭指灞橋。賜裘憐撫戍，加絮念征徭。坳垤審夷險，枝柯怕動摇。皚皚輕趁步，剪剪舞隨腰。苦茗成新賞，孤松訂久要。泥鴻從印迹，林斧或聞樵。伏象千峰凸，盤蛇一徑遥。花緣經冷結，色豈畏霜凋。深院驚寒雀，空山泣老鴞。階墀隨上下，池水任浮漂。照耀臨清曉，繽紛入永宵。誠忘三尺冷，瑞釋九重焦。僵卧誰相問，狂游客喜招。天機斷縞帶，海市失鮫綃。寂寞封臺榭，清貧懷簞瓢。烹茶水漸沸，煮酒葉難燒。没帚山僧掃，埋琴稚子挑。石樓閒睡鶴，錦罽暖親猫。月窟翻銀浪，霞城隱赤標。
沁梅香可嚼，淋竹醉堪調。或濕鴛央帶，時凝翡翠翹。無風仍脈脈，不雨亦瀟瀟。欲志今朝樂，
憑詩祝舜堯。

限二蕭韻者，蕭字叶韻，讀作修音。一修即雙修。

前回書目『琉璃世界白雪紅梅，脂粉香娃割腥啖膻』。

此回即景，即此景也。即景聯句，五言排律，寓日月合璧，五星聯珠，白雪飛空，黄芽滿地之意。

故此詩總演上文火候，指示後學。鳳姐起首，李紈續之。結句却是李紋、李綺，篇中寶琴、寶釵、黛玉

戰湘雲，即此篇義旨。一舉一動，一笑一顰，均是天機，世俗只作一篇咏雪詩觀，便是湘雲所笑之假

清高，不免辜負作者。果識鼓琴招鳳之理，自然奇文共欣賞。

即景聯句五言排律（十三元韻）

三五中秋夜，清游擬上元。撒天箕斗燦，匝地管弦繁。幾處狂飛盞，誰家不啓軒。輕寒風
剪剪，長夜景暄暄。争餅嘲黄髮，分瓜笑緑媛。香新榮玉桂，色健茂金萱。蠟燭輝瓊宴，觥籌亂
綺園。分曹尊一令，射覆聽三宣。骰彩紅成點，傳花鼓濫喧。晴光摇院宇，素彩接乾坤。賞罰

無賓主，吟詩序仲昆。構思時倚檻，擬句或依門。酒盡情猶在，更殘樂已諼。漸聞語笑寂，空剩雪霜痕。階露團朝菌，庭煙斂夕棔。秋湍瀉石髓，風葉聚雲根。寶婺情孤潔，銀蟾氣吐吞。藥催靈兔搗，人向廣寒奔。犯斗邀牛女，乘槎訪帝孫。盈虚輪莫定，晦朔魄空存。壺漏聲將涸，窗燈焰已昏。寒塘渡鶴影，冷月葬詩魂。香象銷金鼎，冰脂膩玉盆。簫增嫠婦泣，衾倩侍兒温。空帳悲金鳳，閒屏投彩鴛。露濃苔更滑，霜重竹難捫。猶步縈紆沼，還登寂歷原。石奇神鬼縛，木怪虎狼蹲。贔屭朝光透，罘罳路曉屯。振林千樹鳥，啼谷一聲猿。岐熟焉忘徑，泉知不問源。鐘鳴櫳翠時，誰唱稻香村。有興悲何極，無愁意豈煩。芳情只自遣，雅趣向誰言。徹旦休云倦，烹茶更細論。

右中秋夜大觀園即景聯句三十五韻

此篇即景，即中秋月圓之景，與前篇即景聯句合而爲一也。故此回書云妙玉提筆一揮而就，後邊大書特書『右中秋夜大觀園即景聯句三十五韻』，此見鄭重之意。蓋此兩篇聯句，全括一部丹法。前篇二蕭韻，明雙修也。此篇十三元韻，明貞下起元也。總爲一事，分作前後兩篇者，有内外之别也。三十五，三五一十五，總是三五歸一，完成此一個月兒圓。二篇中湘雲、妙玉，乃借象演真，不作旁門解。前篇寶釵點頭贊湘雲之句好，即接聯云云。此篇妙玉止二人，不必再作，均是最要處。棔字説明是俗名，朝開夜合，此樹一名六道木，即相思子也。其子半紅半黑，南方藥店充作赤小豆者。蓋取象在子不在樹也。

集古詩

題曹雪芹先生《紅樓夢》

清鐘聲遠漏聲長，春靄行雲濕楚鄉。法雨故教新潤澤，婆心終是爲人忙。

天風吹我到江城，萬户無聲犬不驚。可惜許多平旦氣，都從夢裏誤平生。

甄士隱夢幻識通靈，賈雨村風塵懷閨秀

一氣分形本自然，圓明覺性合先天。誰知一落風塵後，萬劫千生墮業淵。

賈夫人仙逝揚州城，冷子興演說榮國府

赤龍黑虎各西東，四象交加戊己中。復姤自此能運用，金丹誰道不成功。

托內兄如海薦西賓，接外孫賈母惜孤女

金公本是東家子，送在西鄰寄體生。認得呼來歸舍養，配將姹女作親情。

薄命女偏逢薄命郎，葫蘆僧判斷葫蘆案

不識陽精及主賓，知他那個是疏親。房中空閉尾閭穴，誤殺閻浮多少人。

賈寶玉神游太虚境
休施巧僞爲功力，認取他家不死方。　壺内旋添延命酒，鼎中收取返魂漿。
警幻仙曲演《紅樓夢》
生平好善訪仙翁，十萬黄金撒手空。　深謝至人傳妙訣，出山尋侣助元功。
賈寶玉初試雲雨情
饒君聰慧過顔閔，不遇真師莫强猜。　只爲金丹無口訣，教君何處結靈胎。
劉老老一進榮國府
大藥修之有易難，也知由我亦由天。　若非修行積陰德，動有群魔作障緣。
送宫花賈璉戲熙鳳，寧國府寶玉會秦鍾
調和鉛汞要成丹，大小無傷兩國全。　若問真鉛是何物，蟾光終日照西川。
賈寶玉奇緣識金鎖，薛寶釵巧合認通靈
未煉還丹莫入山，山中内外盡非鉛。　此般至寶家家有，自是愚人識不全。

以上四卦，書目八回，集仙詩解仙書，聊明百餘年沉埋受謗之冤。　至於以詩解書，猶解而不解，不解而解，能解者自解，不能解仍不能解也。　故謂之説夢。

《紅樓夢》書旨湮没有年，今顯於世間，猶須預防邪魔假竊。　當年《參同契》、《悟真篇》、《西遊釋厄傳》，均被邪魔附會爲三峰採戰邪説，如《道言内外》、《注解悟真篇》之類是也。《紅樓夢》所演乃先天大道，辟邪説淫詞，凡後天小法小道皆所不取，况邪行耶？讀此書者，必先審明邪正，辨清真假，胸存正知正見，庶不致邪言浸入。否則甫脱離於世俗佳人才子之談，又陷溺於江湖左道之術，豈不更謬？讀者詳之。

光緒七年六月初七日　夢癡學人識

附答友人語二條

友人有以《夢癡説夢》猶未詳盡，恐讀者仍不能解悟，欲夢癡再加增説。夢癡乃告之云：減則有之，加則未能。吾非有意著作傳世，藉圖名譽，不過替古人代一呼之力，指人徑路認門，省得盲議瞎猜。彼不聾者，聞而生信，名曰有緣；彼聾不聞聲，其奈他何？便名無緣。余已將緣起、護官符、一百二十回書目解出，吾願已償，其餘各説，便是格外加增，可有可無，可多可少，故於篇中每言不是注解《紅樓夢》。蓋書中經旨正義，余固未敢妄加一説，所説皆在經外，所以不名注解。三教書籍，自古傳今，無不精美詳盡，世間不聾不瞽者，能有幾人？區區一《夢癡説夢》，欲世人不有此疾，是真夢癡矣。方今世俗專務假言，不求真事，積重難返，匪一朝夕，與其多生枝節，不如少言易見。且北人尚質，南人尚文，水土習染，猶如性成，若不具大觀法眼，焉能揀擇是非？不有豪傑襟懷，焉肯捨己從人？强聒不休，徒招誹謗，甚無益處。彼如實能信入門，自見個中，富有佳妙，何勞他人多言。彼若不信，不入其門，自任意識，情計棄取從他，於我有何干涉？

某友欲修飾《夢癡説夢》，因其中語句文字駁雜不純，難入大雅之目。又謂末頁可以無須寫出姓氏，教夢癡易换佳者。夢癡笑曰：若有佳者，不待今日而後易，實無佳者。不通文墨，是吾鄉本來面目，且相距時光，已十餘年，精力非昔。彼時閒暇，燈下與家人説夢，日積月累，隨時書記，湊集而成。著《紅樓夢》者，吾鄉人也。説《紅樓夢》者，彼鄉人也。彼之志未宣於世，吾代宣之；彼之意未明於世，吾代明之；彼以儒釋道一家之法警夢，吾以滿蒙漢一家之言説夢；彼灑眼淚報師恩，吾出姓氏存實迹。果能由此振發聾聵，有補有益，則吾志快意舒。霾霧既開，自有繼而爲之者，於中必有佳文妙墨可供大雅之觀，此編説夢，作爲廢紙，亦未爲不可。方今開荒創始，必欲每人而悦之，其勢恐有所不能。康節先生云：『志快不須求事顯，書成當自有人知。』我遵此意，未審得當否。

光緒九年夏，友人擬欲印施，後因事不果，重陽日補記。

古今學術不同，知見各異，是以古書每遭後世錯亂，如《周易》讀本，經、傳混而不分；《學》、《庸》、《論》、《孟》，古今紛紛聚訟；《參同契》雜亂，三家經注混淆，若無舊傳秘笈，實難窺測真原。又如後世注家，每將古書注壞，如是則不如無注解之爲妙也。大抵學有大小，師有明暗。學之大者，古之學也。有授受，有根源，有體用，有内外，所以能識古書之密秘，所以能見小道之虛實，由得明師故也。遇之難，明之難，行之難，得之難也。若世所常見常聞者一見便知，一聞即會，多係認小爲大之流。小者何？小體也，二本也。在仙門名方士，在禪宗名二乘。此等皆由於盲傳盲受，安能窺測大學之根源？不識根源，趨入支流曲徑。又有聰明文士，涉獵雜學，喜談方外，本無授受師承，不過人云亦云，戲弄筆墨而已。如此者流，惟願其不施注解之爲妙。學人自幼尋訪，至於今日，乃知真正大學之道，果爲世間稀有。光緒甲申冬治裝回籍，乙酉春由漢乘輪到京口，住六吉園。京口者，古潤州也。五十年前舊游之地，暫作勾留，復嘗江東風味，不免有今昔之感。春仲抵都門，故鄉依舊，人物則非。端陽來析津時，與滬友晤談，因緣相凑，完此公案，刷印百部，施送有緣。時在丁亥二月驚蟄前三日也。

跋

甚矣，人心習俗之澆漓而不可返也。《紅樓夢》一書，其開卷明説真事隱去，假語村言。又詩云：『滿紙荒唐言，一把辛酸淚。都云作者癡，誰解其中味？』乃作書者寓真於假，而讀書者以假爲真，不向真中求實理，反從假處弄虛文，由是《續紅樓》、《補紅樓》諸書，抽秘思，騁妍辭，一往情深，紛紛著述。曾不思彼則何故作此荒唐言？又何必落此辛酸淚？癡爲何？癡味爲何味？此中義旨，一概抹煞，專向男女私情處，侔色揣稱，一説再説，刺刺不休。噫嘻，病狂耶？夢囈耶？使作者有知，當更不知若何太息而痛哭者也！夢癡學人有慨於此，發聲振聵，作爲是書。今而後讀《紅樓夢》者，其亦廢然思返乎？則未始非夢癡學人之夙願，抑亦作者所愜心而滿志者已。歲在著雍困敦病月，卧雲子又識。

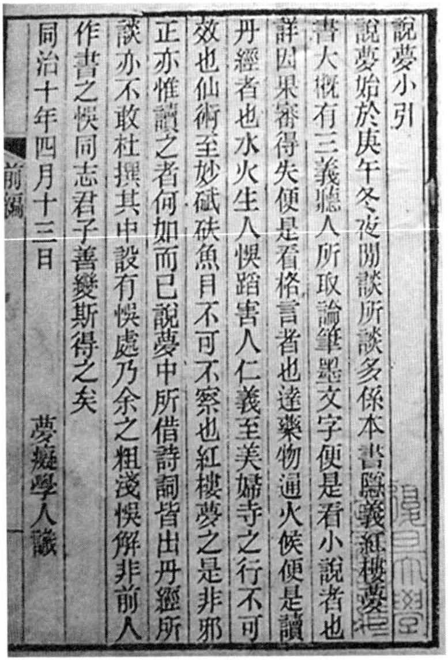
說夢小引
說夢始於庚午冬夜閒談所談多係本書隱義紅樓夢書大概有三義聽人所取論筆墨文字便是看小說者也詳因果審得失便是看格言者也達藥物通火候便是讀丹經者也水火生人悞蹈害人仁義至美婦寺之行不可效也仙術至妙碱砆魚目不可不察也紅樓夢之是非邪正亦惟讀之者何如而已說夢中所借詩詞皆出丹經所談亦不敢杜撰其中設有悞處乃余之粗淺悞解非前人作書之悞同志君子善變斯得之矣
同治十年四月十三日　　夢癡學人識

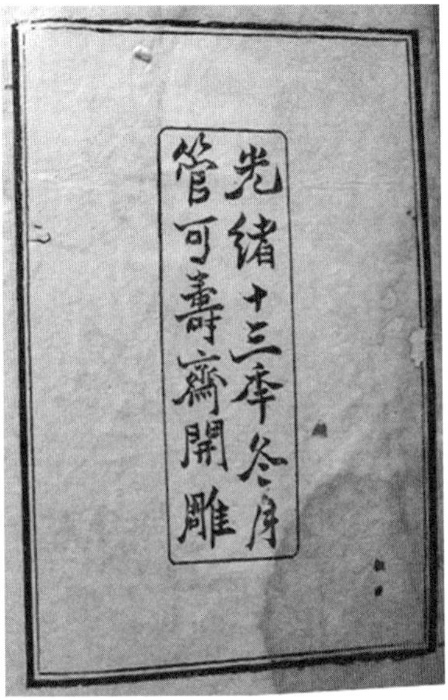
光緒十三年冬月
管可壽齋開雕

客雲廬小説話

邱煒萲　撰

載於《晚清文學叢鈔·小説戲曲研究卷》。作者邱煒萲（一八七四—一九四一），字菽樊，號菽園、仮員、星洲寓公、嘯紅生等。福建海澄（今龍海縣海澄鎮）人，光緒十九年中舉，入貲爲道員。後僑居新加坡經商，同情戊戌變法，曾資助流亡中的康有爲。一八九八年創辦《天南新報》，一九〇〇年被康有爲推舉爲英屬各邦保皇分會會長。邱氏工詩文、喜小説，著述甚多。一九〇七年，他爲香港《新小説叢》第一期撰寫《新小説品》百則，後阿英將其《菽園贅談》（一八九七）、《五百石洞天揮麈》（一八九九）、《揮麈拾遺》（一九〇一）中有關小説的述評輯出，以時間先後爲序，勒成此《客雲廬小説話》五卷，載《晚清文學叢鈔·小説戲曲研究卷》。邱煒萲雖未完全擺脱舊的小説觀念，把『紀實研理，足資考證』之作視爲『正宗』，但實際上由於他受了新思潮的影響，也認識到小説在開發民智方面有『絶大隱力』和小説『傾於美的』特點，對於那些『談狐説鬼』類的作品如《聊齋志異》、《閲微草堂筆記》、《子不語》、《諧鐸》、《夜談隨録》、《西青散記》、《蘭苕館外史》、《右臺仙館筆記》、《夜雨秋燈録》，以及『言情道俗』類的作品如《水滸傳》、《金瓶梅》、《紅樓夢》、《儒林外史》、《野叟曝言》、《品花寶鑒》、《燕山外史》、《花月痕》、《兒女英雄傳》、《蕩寇志》等多有較深的體會和中肯的批評。作者對於金聖歎及其『小説而有批評』的重視，説明了他頗具小説批評家的眼光。《新小説品》品評百篇新小説的風貌，也令人歎爲觀止。至於有些故實的記述，也可資參考。

卷一　菽園贅談

偶閲紅樓夢有咏　東門女士作

斑斑哀怨至今存，日夕瀟湘見淚痕。莫訝芳名僭妃子，湘君何必定王孫。（黛玉）

繡到鴛鴦種夙因，撲來蛺蝶見精神。此中倘有傳神手，千古肥環是替人。（寶釵）

一刹人間事渺茫，前生幻境認仙鄉。如何盡領芙蓉號，不斷情緣反斷腸！（晴雯）

柳條穿織囀黄鶯，結絡餘閒説小名。偏是飛瓊人未識，翻從夢裏唤分明。（鶯兒）

十種傳奇

國初，金華人李笠翁（漁），工詞曲，所著十種傳奇，一時盛行，聲大而遠。或有議其科諢純是市井氣，不知作者命意，正惟雅俗共賞，使人易於觀聽。有自題詩云：『邇來節義頗荒唐，盡把宣淫罪戲場。思借戲場維節義，繫鈴人授解鈴方。』苦口婆心，昭然若揭。

崔鶯鶯

雙文才貌，今之婦孺皆知，然往往樂道其含垢一事，播之管弦，形爲歌詠，何其誣也。此其故由於元微之《會真記》推其波，王實甫、關漢卿《西厢記》助其瀾。文人筆孽，莫此爲甚。今按崔鶯鶯碑，即鄭府君碑，在河南滎陽縣，爲古淇澳地。明成化間，淇水横溢，土齧碑出。碑爲秦給事貫所撰，略言『府君諱恒，字伯常，夫人博陵崔氏，四德咸備，卒年七十六。以大中十二年二月，合祔於先塋之側。女一人，子六。』據此，則世之所以誣雙文者，當可一掃而空之。或云『碑只氏崔，而不名鶯鶯，碑所稱者，似别爲一人』，則未免好辯之過矣。

荆釵記

《荆釵記》卞蓮者，王梅谿先生十朋之女也。孫汝權，宋進士，與梅谿爲同年生，敦尚古誼。史浩主和議，先生劾其誤國八大罪，汝權實慫恿焉。史氏銜恨，遂令門下客作傳奇，謬其事以蔑之。前人之辨有然，幾疑玉蓮與崔鶯同一受誣矣。乃番禺陳曇《鄺齋雜記》引莊相伯言『湖郡城内，有石牌坊一座，大書湖州協副將孫汝權同妻錢玉蓮建』，則孫又爲武人，而玉蓮其室也。茫茫千古，此案何時白耶？

祝英臺

詞曲中有《祝英臺近》，牌名亦曰《祝英臺》，後人遂附會祝英臺爲良家子，僞爲男服，出外游學，與同硯生梁山伯共枕席者三年，雖心悦之，終以禮自持，能以智自衛，故梁不知其爲女。他日歸，以實告，且約梁速來家求婚。梁逾期至，父母已許字他姓，梁懊恨成疾死。及婚，路過梁墓，感舊傷情，一慟而絶。或演爲傳奇，或歌爲下里，文皆少異，事實從同。惟不見記載，殊不足徵。有人言：『曾過舒城縣梅心驛，道旁石碣上大書曰「梁山伯祝英臺之墓」。近村居民百餘家，半是祝姓。』豈即當年所營鴛冢耶？不可知矣。

長生殿

詠古詩雖以議論見長，然有意求新，亦是一病，昔人論之屢矣。昔有作《長生殿》題者，恒誇『如何夜半無人語，却被鴻都道士知』二語爲獨得之秘，而不知其尖酸已甚也。江右曾賓谷都轉亦有是題，句云：『世緣安得如牛女，萬古今宵會河渚。生生世世比肩人，牛女在天聞此語。可憐私語人不知，臨邛道士爲傳之。』如此措辭，何等含蓄！

詩人之言，率多不檢，興會所至，應手即書，足爲典要。袁簡齋先生詠馬嵬詩有云：『石壕村裏夫妻別，淚比長生殿上多。』其實妃子并不死於長生殿也。當日曾有訾之者，先生答以『白香山作《長恨歌》，亦有「峨眉山下少人行」之句，其實明皇幸蜀，并不到峨眉也，而香山在當時則竟用之』。難者語塞。大約此等詩盡在興趣，如必著迹以求，無當也。

普救寺

傳奇小説，言多不經，然亦有本，其牽連附會處，則不可以不辨。元人著《西廂》傳奇，實本元稹之《會真記》。謂其不經可也，謂其無所本不可也。獨至折中所稱引事實、地名，牽連附會，不一而足。即如河中普救寺，據蒲之舊志云：『本名永清院。院僧與郭威約，城克之日，不戮一人，因改名曰普救。』蓋五代時事。《西廂》傳奇乃附會爲唐武曌敕建，意欲影借白馬解圍，張嘗有恩於崔耳。此其所以不經也。說者謂張本無其人，特作者假名立義，幻出一篇空靈跳脱文字，自娱娱人，讀者玩其文可也，何必深考？不知張雖無其人，而崔與鄭則確爲夫婦。秦給事貫嘗稱，鄭恒配崔夫人四德咸備，當日無含垢之事可知。作者欲爲空靈跳脱之文，何題不可爲，何必於崔、鄭二人加以惡聲？豈有懷未遂，乃爲是誣人自誣之智耶？果爾，微特《西厢》傳奇爲不足憑，即所本之《會真記》，先已出於無本，則亦同爲不經而已矣。

小說

本朝小説，何止數百家。紀實研理者，當以馮班《鈍吟雜録》、王士禎《居易録》、阮葵生《茶餘客話》、王應奎《柳南隨筆》、法式善《槐廳載筆》、《清秘述聞》、童翼駒《墨海人名録》、梁紹壬《兩般秋雨盦隨筆》爲優。談狐説鬼者，自以紀昀《閲微草堂五種》爲第一，蒲松齡《聊齋志異》次之，沈起鳳《諧鐸》又次之。言情道俗者，則以《紅樓夢》爲最，此外若《兒女英雄傳》、《花月痕》等作，皆能自出機杼，不依傍他人籬下。

小説家言，必以紀實研理，足資考核爲正宗，其餘談狐説鬼，言情道俗，不過取備消閒，猶賢博弈而已，固未可與紀實研理者絜長而較短也。以其爲小説之支流，遂亦贅述於後。

水滸傳

元人施耐庵，賣弄才情，希名後世，與他人窮愁抑塞，發憤著書者不同，金聖歎嘗言之矣。耐庵何題不可著書，何必取群盜而鋪張之？蓋因史有宋江三十六人一句，以三十六人之多，然後足供揮灑也。此亦聖歎之言也。相傳耐庵撰《水滸傳》時，憑空畫三十六人於壁，老少男女，不一其狀，每日對之吮毫，務求刻畫盡致，故能一人有一人之精神，脈絡貫通，形神俱化。惟小説家言，信筆揮灑，不無失檢。聖歎從而潤色，托之耐庵古本，遂覺洋洋大觀。何物羅貫中强起干預，妄行續貂，七十回以前，被其竄亂者亦復不少，實《水滸》一大厄也。至毅然以忠義之名褒群盜，更爲耐庵所不及料。後人不譏貫中而譏耐庵，曷不取聖歎所批之本而觀之？此雖事之小者，然實關係於人心風俗之大，余故不能已於言（又羅貫中後人三世皆啞，俗指爲耐庵事，亦誤）。

梁山泊

詩文雖小道，小説蓋小之又小者也。然自有章法，有主腦在。否則，滿屋散錢，從何串起，讀者亦覺茫無頭緒，未終卷而思睡矣。即如《紅樓夢》以絳珠還淚爲主腦，故黛玉之死，寶玉一癡而不醒，從此出家收場，無事《紅樓後夢》也。《西廂記》以白馬解圍爲主腦，故夫人拷艷，紅娘直認而不諱，從此名義已定，無事再續《西廂》也。《水滸》主腦在於收結三十六人，故以梁山泊驚惡夢，戛然而止，意在於著書，故可止而止，不在於群盜。故憑空而起者，亦無端而息，所謂以不了了之也。此是著書體例，非示人以破綻，後之不察，紛紛蛇足，幾何不令讀者齒冷！

梁山泊辨

梁山泊不知在何處，談者津津，堅稱世間確有其地。及問其地之在何處，則又東稱西指，莫定主名。大抵人情好怪，不稽事理，隨聲附和，往往而然，不爲喝破，反增疑竇，使無識者日馳情於無何有之鄉，則當世之惑，而人心之害大矣。今按《宋史》，并無梁山泊，而有梁山濼。梁山濼雖爲盜藪，究與宋江無涉。宋江事見《徽宗本紀》、《侯蒙傳》、《張叔夜傳》者大略相同。三十六人除宋江外，皆不著姓名，更何有於梁山泊？其屬杜撰可知。若梁山濼事，見諸《蒲宗孟傳》，言梁山濼多盜，宗孟痛治之，雖小偷必斷其足，盜雖衰止，而所殺甚多云云。微論與江無涉，且宗孟爲神宗朝人，其去徽宗朝亦越數十年也。作者隨手扭捏一梁山泊地名，亦猶《三國演義》之落鳳坡，本無心於牽合，談者求其地以實之不得，或遂指梁山濼爲梁山泊，如今時四川之有落鳳坡者，究未可知。要爲齊東野人之言，非大雅所宜出也。

小説閒評七則

《紅樓夢》一書，不著作者姓名，或以爲曹雪芹作，想亦臆度之辭。若因篇末有曹雪芹姓名，則此書舊爲抄本，只八十回，倪云癯曾見刻本，亦八十回，後四十回乃後來聯綴成文者，究未足爲據。或以前八十回爲國初人之舊，而後之四十回即雪芹所增入，觀其一氣銜接，脈絡貫通，就舉全書筆墨，歸功雪芹，亦不爲過。

《兒女英雄傳》自是有意與《紅樓夢》争勝，看他請出忠孝廉節一個大題目來，搬演許多，無非想將《紅樓》壓住。直如項莊舞劍，意在沛公，才多者天且忌，名高者矢之鵠，不意小説中亦難免此。然非作《紅樓夢》者先爲創局，巧度金針，《兒女英雄》究安得陰宗其長，而顯攻其短？攻之雖不克，而彼之長已爲吾所竊取以鳴世，又安知《兒女英雄》顯而攻之者，不從而陰爲感耶！《紅樓夢》得此大弟子，可謂風騷有正聲矣。

文章争起句，亦争結句。於二者而權其輕重，則結句尤重於起句。試觀今人應試之文，結句或有不佳，起句無不佳者。古人傳世之文，起句無不佳者，結句往往佳於起句，其精神貫注之處，優劣分而難易見，難易見而輕重得矣。小説亦然。《紅樓夢》徹首徹尾竟無一筆可議，所以獨高一代。《兒女英雄傳》不及《紅樓》，正坐後半不佳。

《兒女英雄傳》前半寫十三妹，生龍活虎，不可捉摸，令人作天際真人想，分貼諸人，亦各色舞眉飛，恰如分兩，讀者幾欲一一遇之紙中，而可數其主名也。中權寫却婚贈奩，細針密縷，尚見慘淡經營。入後文筆懈怠，可議之處，不勝枚舉。尤陋者，寫安學海爲四子解圍引侍坐章，翻入長姐兒之金釧鬆却，用《西厢記》脱胎，醜態百作，有類兒戲，直至不堪寓目，豈江郎亦有才盡之時耶？抑畫鬼魅易而畫人物難耶？此書結而未結，尚是待續之書，後有作者，吾知不急於續，而勇於改。

《花月痕》一書，亦從熟讀《紅樓夢》得來。其精到處，與《兒女英雄傳》相馳逐於藝圃，正不知誰爲趙、漢。若以視《紅樓》，則自謝不敏，亦緣後勁失力故也。就使後勁，要亦未到《紅樓》地位。

《花月痕》命意，見自序兩篇中，大抵有寄托而無指摘者近是。人見其所言多咸、同間事，意以爲必有指摘，過矣。亦猶《紅樓夢》一書，談者紛紛，或以爲指摘滿洲某權貴、某大臣而作，及取其事按之，則皆依稀影響，不實不盡。要知作者假名立義，因文生情，本是空中樓閣，特患閲歷既多，瞑想遐思，皆成實境。偶借鑒於古人，竟畢肖於今人；窮形於魍魎，遂驅及於蛇龍。天地之大，何所不有；七情之發，何境不生。文字之暗合有然，事物之相值何獨不然。得一有心者爲之吹毛求疵，而作者危矣；得一有心人爲之平情論事，而觀者諒矣。

或曰：『《紅樓夢》、《花月痕》無所指摘，則吾既得聞命矣。然則《琵琶》、《西廂》、《荆釵》之率爾拈毫，亦在可原之例乎？』余曰：『否，否，不同年而語矣。《西廂》之非，非無可掩，余前故直誅其心。《荆釵》之寃，界乎疑似，又安忍以爲美談？獨至《琵琶》一記，世有謂爲譏王四而作，李笠翁曾暢辯之。不過言著書者當知自愛，當不爲小人影射之智，究無解於中郎之辱，然其先已有言之者。宋甫里陸游，爲一代宗工，其詩乃云：「身後是非誰管得，滿村聽唱蔡中郎。」爲中郎地者不亦至乎！罪有真疑，定以文之虚實。《紅樓夢》、《花月痕》二書，所謂疑也；《琵琶》、《西廂》、《荆釵》等作，已明明道出崔、蔡、孫、王，故不可同年而語也。』

三笑傳奇非唐伯虎事

才子多風流，風流未必才子，蓋『風流』二字，亦正有别也。如俗所傳《三笑傳奇》，唐解元乃一狂且耳，是直以狂且爲才子也，烏乎可？不知六如居士，固以節操聞者。初，宸濠知其賢，有時望，思羅而致之幕下，博禮士名，乃以千金爲聘。聘居府中者半載，六如憂之，佯狂自廢，得放還。以賣畫自給，平居翛然物外，足遠城市，何來苟且之事？若《三笑傳奇》所云，意者别有傳訛，亦未可知。後閱《懷珠閣卮言》（近人元和江標著）始釋然也。《卮言》實本王行甫《耳談》，謂竊婢非六如事，婢名秋香，竊者爲元和陳元超。

宋江以下三十六人

宋周密《癸辛雜識》中，載龔聖與作宋江等三十六人贊，今爲據録其名號如左：呼保義宋江、智多星吴學究、玉麒麟盧俊義、大刀關勝、活閻羅阮小七、尺八腿劉唐、没羽箭張清、浪子燕青、病尉遲孫立、浪里白條張順、船火兒張横、短命二郎阮小二、花和尚魯智深、行者武松、鐵鞭呼延灼、混江龍李俊、九紋龍史進、小李廣花榮、霹靂火秦明、黑旋風李逵、小旋風柴進、插翼虎雷横、神行太保戴宗、先鋒索超、立地太歲阮小五、青面獸楊志、賽關索楊雄、一直撞董平、兩頭蛇解珍、美髯公朱仝、没遮攔穆横、拚命三郎石秀、雙尾蝎解寶、鐵天王晁蓋、金槍班徐寧、撲天鵬李應。以上次序與元人施耐庵《水滸傳》所傳微異，即名號亦有出入。今并録《水滸》原列者於後，以廣異聞焉：天魁星呼保義宋江、天罡星玉麒麟盧俊義、天機星智多星吴用、天閒星入雲龍公孫勝、天勇星大刀關勝、天雄星豹子頭林冲、天猛星霹靂火秦明、天威星雙鞭呼延灼、天英星小李廣花榮、天貴星小旋風柴進、天富星撲天雕李應、天滿星美髯公朱仝、天孤星花和尚魯智深、天傷星行者武松、天立星雙槍將董平、天捷星没羽箭張清、天暗星青面獸楊志、天佑星金槍手徐寧、天空星急先鋒索超、天衡星神行太保戴宗、天異星赤發鬼劉唐、天殺星黑旋風李逵、天微星九紋龍史進、天究星没遮攔穆弘、天退星插翅虎雷横、天壽星混江龍李俊、天劍星立地太歲阮小二、天平星船火兒張横、天罪星短命二郎阮小五、天損星浪里白條張順、天敗星活閻羅阮小七、天牢星病關索楊雄、天慧星拚命三郎石秀、天暴星兩頭蛇解珍、天哭星雙尾蝎解寶、天巧星浪子燕青。

說部不必妄續

詞客稗官家每見前人有書盛行於世，即襲其名而著爲後書副之，取其易行，竟成習套。有後以續前者，有後以證前者，甚至後與前絶不相類者，亦有狗尾續貂者。四大奇書，如《三國演義》名《三國志》，竊取陳壽史書之名；《東西晋演義》亦名《續三國志》，與前絶不相侔。如《西遊記》，乃有《後西遊記》、《續西遊記》，《後西遊》雖不能媲美於前，然嬉笑怒駡，皆成文章；若《續西遊》，則誠狗尾矣；更有《東游記》、《南游記》、《北游記》，真堪噴飯耳。如《前水滸》一書，《後水滸》二書，一爲李俊立國海島，花榮、徐寧之子共佐成業，應高宗『却上金鰲背上行』之讖，猶不失忠君愛國之旨； 一爲宋江轉世，楊么、盧俊義轉世王魔，一片邪淫之談，文詞乖謬，尚狗尾之不若也。《金瓶梅》亦有續書，每回首載《太上感應篇》，道學不成道學，稗官不成稗官，且多背謬妄語，顛倒失倫，大傷風化，况有前書壓卷，而妄思續之，亦不自揣之甚矣。外而《禪真逸史》一書，《禪真後史》二書，一爲三教覺世，一爲薛舉托生瞿家，皆大部文字，各有各趣，但終不脱稗官口吻耳。再有《前七國》、《後七國》。而傳奇各種，《西厢》有《後西厢》，《尋親》有《後尋親》，《浣紗》有《後浣紗》，《白兔》有《後白兔》，《千金》有《翻千金》，《精忠》有《翻精忠》，亦名《如是觀》，凡此不勝枚舉，姑以人所習見習聞者筆而志之。總之，作書命意，創始者倍極精神，後此縱佳，自有崖岸，不獨不能加於其上，即求媲美并觀，亦不可得。况續以狗尾，自出下下耶！

右説載遼海劉廷璣《在園雜志》。愚按此論甚善，足正好事之非。近來滬上侔利書賈，取時賢所著説部，改易名目，以期速售，如《後聊齋志異》、《續閱微草堂筆記》之類，正坐不知此失。《後聊齋志》有二：其一不知誰氏創稿，筆墨庸劣，令人欲嘔； 其一爲長洲王廣文（韜）手筆，遺詞旖旎，亦自成家，惟名《淞隱漫録》，其曰《後聊齋志異》者，乃書賈翻印更名，非廣文本意也。而世不察，以爲大詬，人之多言，亦可畏已。至於《閲微草堂五種》，論者以爲我朝第一，超出《聊齋志異》之上，安在其能續，亦正不必續耳。

金聖歎批小説説十則

人觀聖歎所批過小説，莫不服其畸才，詫爲靈鬼轉世。其實聖歎所批過之小説，恰是有限，今最流傳者，一部施耐庵七十回《水滸傳》，一部王實甫、關漢卿正續《西厢記》，此外無有也。人見聖歎嘗題《水滸傳》爲『第五才子書』，《西厢記》爲『第六才子書』，可巧又遇見聖歎之取茂苑毛氏所批《三國志演義》一種，題曰『第一才子書』，遂恍惚誤以《三國志演義》亦謂爲聖歎所批矣。不但將原書各卷毛氏題名看不明白，連簡端之聖歎序文，所以傾倒於毛子者，亦未及一爲寓目矣，豈不可笑！抑知聖歎所自稱其品定之才子書六者：一《莊子》也，二《屈騷》也，三司馬《史記》也，四杜律詩也，而五之以施《水滸》，六以王《西厢》，與《三國志演義》初并不相關涉。後見毛氏批了一部現成好筆墨，訝爲突出己上，愛之羡之，至不忍釋，遂暫捨其平日首選《莊子》之正論，而急急以『第一才子書』之嘉名徑相轉贈，此見於聖歎撰《三國志演義序》中者，明明可考，殆一時興到語也，豈真《騷》、《史》、杜詩反不若小小説部演義，而甘爲之下哉！後來坊間因仍《三國志演義》爲『第一才子書』，而凑出《好逑傳》、《平山冷燕》、《白圭志》、《花箋記》各下乘陋劣小説，硬加分貼爲『第二才子書』、『第三才子書』，以下除却五才《水滸》，六才《西厢》，還依聖歎舊號外，一直排下，至第十才子，無理取鬧。設聖歎見之，當自悔不該爲作俑之始，使毛、施、關、王四位真才子共起『何曾比余於是』之嘆也。

《東周列國演義》，薈萃《左傳》、《國策》、《史記》原文而成，故詞華古茂，足供儉腹之掇拾。《三國志演義》多本陳壽志書、裴松之補注、習鑿齒《春秋》而出，故書法微顯，頗與世道爲關係。《三國志演義》尤好縱談兵略，不壓權謀，筆致雪亮，引針伏綫，起落分明，以視《東周列國演義》文尚繁縟奇倔，宜於學子，不宜於武夫商人之披尋者，迥不侔矣。按國朝康熙朝，嘗有詔飭印《三國志演義》一千部，頒賜滿洲、蒙古諸路統兵將帥，以當兵書。又聞日本國前未明治維新變法之時，亦嘗以爲兵書。究之，此兩大部小説，均不知撰人名氏，是一憾事，只知有評者之人而已。《列國》是白下蔡元放手批，《三國》是茂苑毛序始手批。同一批評小説，金聖歎之名，則里巷皆知，蔡、毛兩君反無知者，徒於紙角一露姓名而已，何有幸有不幸耶！

嘗謂天苟假聖歎以百歲之壽，將《西遊記》、《紅樓夢》、《牡丹亭》三部妙文一一加以批評，如《水滸》、《西廂》例然，豈非一大快事！

施耐庵苦心孤詣，前無古人，撰出一部七十回《水滸傳》，須歷元朝至國初，良久良久，而後獲聖歎其人，爲之批竅道竅，有盛必傳，且於原有語病處，則諉爲今本之訛，別托爲『見諸古本』云云，以修削之。聖歎真解愛才，耐庵堪當知己矣。《西廂》雖同出元人，究係何家手筆，迄無定論。而總之，言王實甫、關漢卿兩者爲多。聖歎則指爲王實父作，必有所考，後人因此遂疑續後四齣爲關漢卿所作。《水滸》亦有續後，別名《征四寇》，乃羅貫中作，聖歎毅然刪之，不少顧惜。《西廂》續後，固明知其陋，獨不刪離，惟於批評語中示軒輊而已。聖歎論文，細入毫芒，一刪一否，而豈妄哉！

聖歎通徹三教書，無所用心，至托小説以見意，句評節評，多聰明解事語，總評全序，多妙悟見道語；又是詞章慣家，故出語輒沁人心脾。此才何可多得！古之賀季真、林和靖、徐文長、鄺湛若一流人物也！

聖歎屢稱其友王斲山，而王斲山傳，此聖歎之多情篤舊也。姜西溟太史恒言：『吾輩人人有集，宜互相附見姓名於其集中，他日一友堪傳，而衆友幸傳矣。』旨哉言乎！即如尤西堂太史全集中之湯子卿謀其人，苟非西堂盡力爲之收拾，徹底表彰，他人之才過卿謀，而寂寂無稱者，不知凡幾輩耳。吾今更有觸及聖歎一事。夫西堂之才，孰與聖歎妙？即至阿好，當不敢謂西堂優於聖歎。西堂才子，聖歎才子；西堂名士，聖歎名士；西堂勝代遺逸，聖歎勝代遺逸；西堂以諸生譽滿國門，聖歎以諸生稱遍天下。而其後西堂以戲作《西厢》八股，便傳禁中，天子宣取其全集；偶然下第，懷憤譜《鈞天樂》曲本，聖顔喜怒，且爲轉移。真才子，老名士，親受兩朝玉音寵錫。以一窮走朔方，老就丞倅之人，忽而廷推剡薦，上試明光，膺録館職，與修《明史》，繼李西涯之後，成前朝新樂府，爲一代作家，其遭際亦極文士之隆矣。北轍南轅，揚鑣分道，後此之聖歎，長年困青氈，對佛火，參禪揮麈，領略道人況味。達官貴人，同學交舊，遠見而却避曰：『是狂生，不可近。』徵辟無聞，出游無貲。積年成世，嘔心耗血，所評贊選輯之《莊》、《騷》、馬、杜各手稿，無力自鋟，塵封連屋，身後隨風散滅；惟五、六兩才子小説，以其可以銷售漁利，始得書賈出貲任刊，然壟斷者他人，著書者作嫁，取辦救貧之一策而已。餘外則兩三篇社課八股文，亦爲揣摩家作福，於自己正經學問名譽上，不曾增得些須榮光。苟非順治辛丑歲，爲邑人公義，上訐墨吏，激昂就死，無識者不幾何以一輕薄文士了之耶！越今蓋棺二百數十年矣，《尤西堂全集》，編藏書目録者，久共列入詞章專家； 而聖歎遺書，不幸無傳，傳者只此小説批評，均以無用置之，小技鄙之，經史子集，無類可從。 一得一失，何相去之遠甚乎！ 抑吾又聞南皮張香濤（之洞）輯《輶軒語》、《書目答問》，以詔諸生學者，論及聖歎金氏，尤肆詆諆，誚爲粗人，譏其不學，視之若烏頭、巴豆，誤服必病，務禁人不可近而後已。 審其意，則無非曰：『凡爲聖歎一派習氣，皆小説批評語一派氣習也。 小説批評語，不可以爲考據，不可以爲詞章，不可以爲義理。 君子出辭，須遠鄙倍，甚至不可以爲立談，凡惡之避之是也。』余謂張説其間亦有不盡然者。 今夫考據、詞章、小説三者，本不相師，稍知學問門徑者自能言之。 若詞章中之古文，尤最忌小説語氣。 有志爲學者溝之洫之，胸中自有經界，本無煩於告語。 若其天資特拔，意理深造，每因相反之道，而得相成，則亦有之矣。 方將放其才力，以縱横出入於雜家之文，而匯川涵海吾學，雖日讀小説，庸何傷？ 彼又胡然而禁之耶？ 若夫義理所宗，見仁見智，就淺就深，更不限以文言。《詩》稱三百，樂道性情，必取士風，遠不具論，宋人講學，濂、洛大儒，語録陳陳，方言日給，何哉其所謂鄙倍？ 然自頃云云，猶悉就通俗小説立論，因聖歎之批評演義小説，遂爲其溯源耳。 大抵宋、元時始有演義小説之書，昉於取便雅俗，即古者傳奇中科白一體，演而長之，其義通俗，其名或又稱『平話』，後人目平話爲大書，而判傳奇爲小書，所以濟文言之窮，即説即喻，捷於駟舌矣。 其初當無一創念須加以評之批之者。 明末山人名士，得有鍾伯敬、李卓吾輩，競爲批評小説之舉，而其時即有説平話大書之柳敬亭一流人物，傳聲摹神，獨開生面，千古小説之靈機，至是乃大暢焉。 蓋説平話大書之人，既自置其身於小説之中，隨意調侃，旁若無人，借杯在手，積塊在胸，東方曼倩爲不死矣。於是小說中之能事極暢，小說中之舊套亦窮。於此而有善讀小說之人出焉。物外生情，人外有我，非空非色，衆妙之門，小說之當有批者一。部居充棟，雜然目炫，提要鈎玄，取便來者，小說之當有批者二。談之津津，其甘如肉，此稱彼贊，清言亦留，小說之當有批者三。頂禮龍經，迦音贊嘆，好色惡臭，人之恒情，小說之當有批者四。僂指計之，更僕難終，其詳雖無可考，要惟古無而今有。蓋以小說之有批評，誠起於明季之年，時當小說風尚爲極盛，一倡於好事者之爲，而正合於人心之不容已。是天地間一種詼諧至趣文字，雖曰小道，不可廢也，特聖歎集其大成耳。前乎聖歎者，不能壓其才，後乎聖歎者，不能掩其美。批小說之文原不自聖歎創，批小說之派，却又自聖歎開也。聖歎顧何負其才，聖歎復何負於衆，而張氏反以小說批評一派小之耶！不知此乃聖歎之絶技令能，後世才人傾心服善者以此。

世之刊《左傳》、《國語》、《國策》、秦、漢、唐、宋古文讀本，皆有評語，凡文章之筋節處，得批評而愈妙，衆人習見之矣。聖歎自述其所批《莊》、《騷》、馬、杜、《水滸》、《西廂》六種才子書，俱用一副手眼讀來批出，知音者咸加首肯，獨奈何於專評古文者不譏，而兼評小說者遂譏之乎！小說言縱俚質，然爲中人以下説法，使之家喻户曉，非小説不行，詩書六藝之外，所不可少者，其惟小説乎！且天地間有那一種文字，便有那一種評贊，劉勰《雕龍》，陸機《文賦》，鍾嶸、司空圖之品詩，韓愈、歐陽修之論文，宋、明人之詩話、四六話，本朝人之詞話、楹聯話，下至試帖、制藝，共仿叢話之刻，大卷白折，亦有干禄之書，小說而有批評，傳奇而標讀法，金聖歎之志，殆猶夫人之志耳，乃竟以此名家，則聖歎之才過人，信也。

吾友卅十六梅花館主人嘗與愚言：『《西厢》之妙未過《牡丹亭》、《桃花扇》、《長生殿》，若其謬處，吾弗信也。』愚驟聆之，不得其解，繼而釋然。蓋《西厢》之謬，全在有此副好筆墨，何題不可爲，何必於崔、鄭二人已爲枯骨夫妻，爰復重翻舊案，加以惡聲耶？若《牡丹亭》賓白雖不及《西厢》之跳脱變换，而詞曲之清新韶麗，殆不歉之。《桃花扇》則取其情節確實，描寫淋漓，語語沉著，爲一代興亡所繫，詞曲稍涉鋪排，要不没其風骨。《長生殿》意存敦厚，力據上游，已是可取；其數十折中，只摘其最纏綿懇摯者誦之，輒令人欲唤奈何，一往情深而不可遏。故與其進也，苟以《桃花》、《長生》之真情，儷之《牡丹》之艷曲，何必《西厢》始爲知音乎？惜也聖歎不存，未能一進而請益之。

聖歎批《西厢》，只講文情，不講曲譜，原本詞曲，經其點竄删改，就已範圍，偶爲注出者，十不一二。聖歎亦自云，只許文人詠讀，不許狂且演扮。誠能如是，凡讀者自皆聰明解事人，玩賞王、關妙文，不泥崔、張成案，宜爲聖歎之所樂許。吾人所見小説，自以曹雪芹《紅樓夢》位置爲『第一才子書』爲最的論。此書在聖歎時尚未出世，故聖歎不得見之，否則，何有於《三國志演義》？彼《三國志演義》者，《西遊記》其伯仲之間者也。

續小説閒評二十二則

余於《贅談》卷四爲《小説閒評》，臚列《紅樓夢》、《兒女英雄傳》、《花月痕》三書優劣，而未及其他。暇復續有論列，以閒日爲閒評，詹詹小言，無當大雅，然以增滿《贅談》部頭則得矣。凡所論者，曰《諧鐸》也、《西青散記》也、《子不語》也、《夜談隨録》也、《蘭苕館外史》也、《嘯亭雜録》也、《右臺仙館筆記》也、《夜雨秋燈録》也。以上皆筆記體。曰《覺後禪》也、《蕩寇志》也、《品花寶鑒》也、《儒林外史》也、《野叟曝言》也、《燕山外史》也、《蟫史》也、《女仙外史》也、《金瓶梅》也、《青樓夢》也、《鏡花緣》也。以上皆演義體。

沈氏起鳳自以爲廣文先生有司鐸之職，莊語之不如諧語之，因著《諧鐸》問世。靈心四照，妙語雙關，其書亦誠諧矣。凡所運用字眼，皆可取供典料。此君自是詞賦之專門名家。五年前，余在村居，竊欲獨效吕氏湛恩注《聊齋志異》例，爲之箋釋一過。見每篇中典故，非不於已了了，惟至搜討原書出處，甚費搬演，伏案三月，未卒一卷，輒復廢然思返耳。

雍正間，江南名士史氏震林著《西青散記》一種，至光緒初年王紫詮廣文爲之校刊，大行於世，極負重名。其書本不當以小説論，惟中特筆傳綃山農家婦雙卿女史數十條，夾叙夾議，纖悉必到，是蓋以小説體行文者。嗟乎雙卿，是耶非耶！其人都在想像有無間，而《散記》之筆墨，則已極飄飄欲仙之致矣。蒲氏松齡生後，才人能握寸管作筆記小説而不爲《聊齋志異》所掩者，沈之《諧鐸》，史之《散記》是已。《諧鐸》得《聊齋》之設想空靈，造句纖巧，《散記》得《聊齋》之叙事婉摯，出語清新，而古艷盤硬，皆未之及。所妙者，沈、史著書，均能自存面目，未嘗有意依傍《聊齋》，拾其一顰一笑。

《子不語》別名《新齊諧》、《連續新齊諧》，部頭頗大，篇中真得諧處却又甚少，只見無理之事，無情之文，累累不絶耳。袁子才先生初撰此書時，自以多閲漢、唐小説，典料本多，一旦附會傳聞，稍事塗澤，便可驚人壓衆，故其意頗自負。迨書出而不滿閲者之口，雖屬在人意中，實出先生料外。大抵小説一道，雖甚小慧，無關學問，苟求必傳，而非萃全力爲之不可。今日人皆知《聊齋志異》膾炙人口，聞蒲氏爲此書時，實積二十年採訪鈎索之功，即目録編次，亦經數番調動而後定也。吾以此律《新齊諧》，或將以兩書體例不同爲言，則曷不觀紀曉嵐先生之《閲微草堂五種》乎？叙事説理，何等明净，每有至繁至雜之處，括以十數行字句，其中層累曲折，令人耳得成聲，目遇成色，取給雅俗，警起聵聾，彼《新齊諧》者能之否？

《齊諧》攻宋儒，每每肆意作謔，殊不足服理學家之心；《五種》攻宋儒，處處架空設難，實足以平道學家之氣。至紀氏素持議論，謂『儒者只可著書行世，不當聚徒講學』，此等摧抑士氣之言，其視袁氏風流自賞，佚蕩範圍，而流弊所暨，遂以放蕩人之廉隅者，其罪則誠同等耳。

《控鶴監秘記》兩則，羼見《新齊諧》中。無論原本出於誰何，要其筆墨必經袁氏所改定者。刻劃床第間事，濃到爾許，閲者目迷於鏡殿風流，不暇責其山谷綺語矣。近時坊間盛行《覺後禪》一書，乃將《肉蒲團》改名者，全書用章回體筆墨，疏蕩跌宕，自成一子，或云出李笠翁著，筆頗近之，叙述狂褻，令人不忍注目。苟撇去此事而玩文義，於常語外所發妙悟甚多，宜分別觀之。此外則《金瓶梅》部頭甚富，名亦遠駕其上，文章之警，殊不逮也。批語尤覺牽强無謂。要之，袁氏恒言婦女以膚如凝脂爲珍，以身材其頎，天然素足爲好（見《隨園尺牘》、《詩話》等種）；李氏恒言婦女之媚在眉眼之慧，在齒牙之秀，而出衆者，尤在纖指與皓腕（見笠翁《閒情偶寄》等種）。此等體貼，可謂獨得要領。而《覺後禪》復於穠姿粹質者有取焉。千古評贊美人之訣，合觀以上數語，亦略備而允矣。而冶容者無不放誕，尤物之生，不妖其身，必妖其家，《金瓶》、《覺後》，言之最切。苟乘權藉勢，爲蛟爲螭，爲鴞爲鵰，如《控鶴監》所記云云，是有天下國家者所宜遠之於早也。

曹雪芹撰《紅樓夢》，花雨繽紛，灑遍大千世界，錦繡肝腸，普天之下誰不競呼爲才子？而説者乃以林、薛以下諸美人皆不纏足，謂爲隱刺滿洲巨族某相國府中陰事，以蒙、滿婦女均素足故也。傳疑傳信，莫知其始。滿洲巨族聞及此書，輒形切齒，毁禁者屢矣。不知中國文字，歷來傳美人者，原不稱及雙彎。《雜事秘辛》，古艷濃香，千古絶調，特寫素足，豈以此亦爲滿洲婦女乎？文字寫美人纏足，古雖有之，除一窅娘外，并不指定誰何。至元時《西厢記》，始以專譽雙文，而原本《會真記》無有也。《西厢》僞事，何足據爲典實，今於《紅樓夢》不纏足美人，遂疑曹氏爲有意影射，恨其事而并怒其文，不已冤耶！燕北閒人特著《兒女英雄傳》，極寫義俠以稱滿人，將藉此以平局外之氣，用心可爲厚矣。至思奪雪芹一席，而阻《紅樓》行世，尚屬未能。今無論其是否刺滿相國之作，即是矣，《琵琶》中郎，《荆釵》十朋，人自鑒别，書自流傳，亦何能阻？况劣筆如《後紅樓夢》、《續紅樓夢》、《紅樓後夢》、《紅樓續夢》、《紅樓幻夢》、《紅樓圓夢》之數種者，本無盛名，猶未能一掃而空，而《紅樓夢》原書騰焰難滅，更可知矣。必不得已，再著一書，以匡古人之失，如《蕩寇志》名爲《結水滸》，以反正第五才子書《水滸傳》可也。余觀滿洲人，非無擅長説部之才，乾隆間，有某知縣著《夜談隨録》，其筆意純從《聊齋志異》脱化而出；咸豐間，余小汀相國之子桂全著《品花寶鑒》，獨開生面：皆能語妙一時，而名後世。他如《嘯亭雜録》，多記名人軼事，國家勤政，聞爲道光朝禮親王昭槤所輯編，以説部而兼史稿。天潢宗派，强識勄學，更爲難得。於此有人焉，苟縱其才力之所至，十年伏案，棄稿三樓，以專成一種必傳之作，與《紅樓》争勝，是天地間又增一大部空靈奇妙文字，與後世才人同聲贊嘆，何快如耶！

《蘭苕館外史》，許氏著；《夜雨秋燈録》，梅氏著。許之筆墨頗近《夜談隨録》，惟事多徵實，野史自尊，其用心視《隨録》更進矣。梅之筆墨，頗近《諧鐸》，意翻空而易奇，纖新雋永，有清談之風，觀者善之（梅氏原著《夜雨秋燈録》，印於滬上，用鉛字并仿聚珍版式。近日書坊別印石版，并續之以二集、三集，雜凑淺率，非梅氏原作也。他如許氏《外史》，亦嘗被別書偷竊）。

《右臺仙館筆記》，俞氏樾著。老手頹唐，精神不屬，故有意學《閱微草堂》，而究之相去甚遠。

昔人評畫家，謂『畫鬼魅易，畫人物難』。余謂『作小説者，亦復寫人謀難，寫仙術易』。施耐庵《水滸》專以寫人謀見長，俞仲華以《蕩寇志》結《水滸》一書，其寫仙術處，未免過於鋪張矣。然其用意，則較羅貫中以《征四寇》續《水滸》爲優。

《西廂記》寫紅娘不識字，愈顯得其聰明機警；《蕩寇志》寫陳麗卿不識字，不纏足，愈顯得其嬌憨俊雅。陶淵明有琴不弦，相賞原在風塵外也。俗本寫才子必和新詩，佳人必顯纖趾，反添出許多斧鑿痕。

《水滸傳》寫武松直是天人，《蕩寇志》偏以文同年行刺一段，醜詆武二哥，何耶？俞仲華又以耐庵出色寫一關勝，直同雲長變相，譏爲惡札不堪，遂因而改關勝爲冠勝。不知《水滸傳》之三十六天罡，自宋江以下，各人名姓綽號，均見宋人周密所著《癸辛雜識》一書中；且聞《宣和遺事》亦嘗著録及之矣。關勝姓關，非耐庵之臆稱，耐庵見此偶然姓關之人，聊借蜀漢雲長傳爲藍本，儒將風流，亦何溢美？仲華生於本朝，只知自明以來，關侯廟食，祀典崇隆，不敢褻玩。耐庵時在元朝，宜其未喻及此乎？一笑。至削『關』爲『冠』，更失其真。天下之大，豈有限定某姓不準人姓之理！如此貢媚，誠哉其拙。

嘗論羅貫中《續水滸》全没分曉，以忠義稱盜賊，隱釀誨盜之害，偶然而身後子孫三代皆啞，或遂歸咎爲筆孽之報。若俞仲華者，憎惡梁山，不寬一個，筆筆皆反貫中之道而行之，生前未食文章之報，乃其死後絶嗣，秋墳鬼餒，待祭於侄，是抑亦微詞遺行有弗檢者乎？不則，何其酷耶！或曰：『仲華筆下不問首從，盡殺《水滸傳》中一百單八人，殘虐以逞，方自爲功，倘其得行威福，處人家國，一日斲喪元氣，正不在漢廷酷吏之下。所謂嗜殺人者，幸不自殺其軀，終必自殺其後也。』理或然歟！

《品花寶鑒》追紀乾隆全盛之時，描繢京師梨園人物，細膩熨貼，得未曾有，固評話小説之别開生面者。其托名田春航以寫靈巖山人，自得名士風流；特用侯石公以影倉山居士，直是無賴佻㒓，皮裏陽秋，知非苟作。《兒女英雄傳》書隨後出，横空插入一段，以蛇腰之相公，呼肚香之闊客，謔而近虐，煞風景矣。

京師狎優之風冠絶天下，朝貴名公，不相避忌，互成慣俗。其優伶之善修容飾貌，眉聽目語者，亦非外省所能學步。是故梨園座滿，客之來者，不僅爲聆音賞技已也。憶乙未春在都，陳劍門孝廉招雛伶瑶卿糾觴，葉梅珊編修促席指示余曰：『此花榜狀元也，與吴肅堂殿撰爲同年。』余乍聞之，不覺破顔。彼中人得列花榜高選者，必更聲價十倍，而非色藝兼擅，頗知自愛之伶，必不可得。花榜體裁，隨人意擬，大約如《品花寶鑒》所載者是。此後詞人游戲之作，有所謂《金臺殘淚記》、《燕蘭小譜》，辭旨芊綿，風懷淡蕩，尤爲盛稱於世。然皆弄花掬月，流水行雲，不失雅人深致；至若《寶鑒》中之奚十、蓉官一流，風斯爲下。夫訪艷尋春，男女狂浪，選勝者輒侈美談，猶人情耳，忽而爲兩雄相悦，私贈、餘桃之事，閲《寶鑒》者於此，見其滿紙醜態，齷齪無聊，都難爲他彩筆才人，細寫市兒俗事也。

《花月痕》更晚出於《品花寶鑒》。《寶鑒》定雛伶花榜，費盡錦心，而孤芳絶俗，幽艷離群之琴言，竟以書中第一人不入花榜。《花月痕》亦然，十行金釵，初擬潘碧桃爲首選，及待翻訂，終列劉秋痕於狀頭，可謂慎重其事矣。乃杜采秋以遠阻隔江，未叨榜列，而采秋實秋痕之替人，荷生又采秋之知己也。兩小説撰者，既幻出花榜一段因緣，偏故遺琴言、采秋而不顧，行文宜曲，本當如是。且以見古今來見遺之士，未必盡非知己。子安文云：屈賈誼於長沙，竄梁鴻於海曲，理所必無，事容或有。然哉然哉！

通體用四六偶句爲一大部小説者，尋盡坊間，只有《燕山外史》一種耳。此書駢文體格本甚卑靡，而叙事周摯，前伏後補，中間連絡頗見運思之工。以言其事，則可歌可泣；以觀其筆，則亦熟亦流。子弟初學作文之日，得此讀之，猶强於無所用心多多矣。近有爲之箋注者，於原文亦略有删節（又鉛版《蟫史》全用駢體，甚博，乃道、咸時屠姓撰）。

《儒林外史》一書，意在警世，頗得主文譎諫之義。其描寫炎凉世態，純從閱歷上得來。警世小説，而能不涉腐氣，斷推此種。

《野叟曝言》，乃康熙時一常州人夏姓著。萃數十年精力，成百數十回大書，借王文成公擒宸濠舊事，以爲影子，其宗旨全在誅鋤僧道，收羅技武，苦心組織，獨出新裁，直欲前無古人。又念俗情聞雅樂而卧，聞鄭聲而悦，中間撰出許多褻語褻事，識者譏之，要於小説體裁，未足深責也。其短處，盡在全書筆墨過於糾纏，叙至文素臣功成名立之日，已可收科，以後絮絮叨叨，連子及孫，講之不了，未免畫蛇添足。

國初吴人吕熊撰《女仙外史》，語多荒唐如《封神傳》，本無足觀。其特許唐賽兒，要爲深貶燕王棣耳。永樂武功之盛，别有《三寶開港》小説，爲之附會。其始篡位之日，殺戮之慘，有心人聞而同憤。惜《女仙外史》筆墨平庸，未能大快鋤凶奸於既死之心也。

《青樓夢》出近時蘇州一俞姓者手筆，即此小説中所叙之金挹香其人，而鄒拜林即其好友鄒翰飛，嘗著《三借廬贅談》者也。此書專爲自己寫照，事實半從附會，只圖説得熱鬧，以饜食看者，并無宗旨，并無寄托。因説青樓軼事，遂以《青樓夢》名編，并非敢與《紅樓夢》作上下雲龍，互相追逐。或見其命名如此，處處執《紅樓夢》相繩，則疵累多矣。《諧鐸》耽爲集句之詩，《花月痕》妙在自作之詩，皆驚才絶艷，令人嘆服。《品花寶鑒》之《金縷曲》詞一闋，亦情摯語，不可多得。

講駢體文，還算《花月痕》作者優於《紅樓夢》作者；若論小説本色，則《紅樓夢》其聖矣。《花月痕》況又後半部不佳，其最不在行處，尤屬墜《鏡花緣》窠臼，演戰鬥上情節。國初有李姓其人，著《鏡花緣》一書，琴棋書藝，嘲詼謔浪，都能入妙。以百花神貼切百才女，一人一傳，楚楚名家，來至收場，無聊極思，遂以兵事爲題，幻出酒財氣色四陣，敷衍成文，一何可厭（撰《鏡花緣》之李姓其人，或謂即金華李笠翁漁也）。

卷二一　五百石洞天揮麈

閩鄉戲齣

閩鄉戲齣，有百里奚不認妻，蔡伯喈不孝父母之目，觀者代抱不平，幾於目眥盡裂。愚謂撰戲之人與二公有何仇恨，而必横被惡名，千年猶臭？然又安知伊時之非爲顯貴豪惡，氣焰方張，言之不恤，殺之不能，借古人假面具，寫此輩真聲容，以紓我之孤憤耶！要之，往哲聲名，直道斯存，天壤間自有不滅者在，豈真一二三優孟粉墨模糊，便能顛倒一世，雖被惡名，容何傷乎！吾請爲之進一解曰：『藺相如、司馬相如，名相如實不相如。』

金瓶梅

余嘗以《金瓶梅》一書名滿天下，疑雖淫媟蕩志，有干例禁，其文筆之斐亹，神情之酣暢，當有并駕《秘辛》，超乘《外傳》者。輾轉向友人假得一部，開函讀之，三日而畢。究於其中筆墨妙處，毫不見得。尚疑鹵莽忽過，再三展閲，仍屬不見其妙。且文筆拖沓懈怠，空靈變幻不及《紅樓》，刻畫淋漓不及《寶鑒》，不知何以負此重名。豈各處銷毁，傳本日少，人情浮動，以耳爲目，遂有享敝帚於枕中，珍漏脯爲席上者耶？

聊齋志目燈謎

去冬閲上洋報刊，有《聊齋志目燈謎》若干條，頓觸夙好，録存篋笥，時資談笑。繼念此類殊少專書，檢其尤者凡十二則，附見於此，藉不没其巧思。至作者之爲誰氏，原報未登，不及詳矣。○合肥爵相鈞諭：《李伯言》○大夫倍上士、上士倍中士、中士倍下士：《禄數》○青眼迷離不相識：《柳生》○太陽高照：《向杲》○十里消魂路：《長亭》○老太太：《宦娘》○長生母：《恒娘》○瞞藏：《曹操塚》○尋夢：《續黄粱》○筆硯精良人生一樂（用捲簾格）：《房文淑》（以上俱打志目一）○相如完璧歸趙：《保住》、《連城》○才了蠶桑又插田：《促織》、《念秧》（以上俱打志目二）。

粤謳二則

去臘余嘗以《粤謳》題後，徵星洲社友卷，作者寥寥，且多不詳其出處。今按《粤謳》傳本，爲道光舉人南海招銘山（子庸）作。又按賴虚舟《雪廬詩話》云：『粤之《摸魚歌》，蓋盲詞之類，其爲調也長，一變而解心，其爲聲也短，皆廣州土風也。』其時盛行《解心》，珠娘恒歌之以道意。馮子良先生以其詞多俚鄙，間出新意點正，復變爲謳。雙鬟之稍慧者，隨口授，即可合拍上弦。於是同調諸子，互相則效，競爲新詞，以張佳作。薰花浴月，即景生情，杯酒未終，新歌又起。或并舫中流，互爲嘲謔，此歌彼和，繁響回波。谷埠游船以百數，皆倚櫂停橈，環而屬耳，此亦旗亭畫壁外，别翻一段公案也。好事者採其銷魂蕩魄，一唱三嘆之章，集而刊之曰《粤謳》。招銘山大令奮其捷足，成百數十闋，冀與先生相上下。然謳中凡善轉相關合者，悉本先生也。

子良先生自著《粤謳》，刻本余無從得見，惟明珊居士本猶傳於世。其《吊秋喜》一闋，尤情至文生，凄惻動人。酒闌燈罷，跂脚胡床，一再哦之，輒覺古之傷心，誰不如我。聞粤人言，秋喜以傾心居士，故不見俗客，負債累累，無可爲計，意欲一死，以報所歡，獨登船頭，蹈大江東去。居士驚惋，不知所措。此闋即作於其時者，是以沉痛獨絶，非他人所能强托。後得漁舟救獲，重慶生還，歸身居士，而此作已遍傳珠江，删無可删矣。可見《粤謳》在當日殊甚盛行。今則歌者無人，聽者亦無人，殆如昆腔之降爲梆簧，而霓裳雅咏於焉絶響也。

小説三種

《聊齋志異》，妙在人情、物理、世態上體會入微，各具面目，無一篇一筆重複。即偶爾詼諧，亦是古雅入化。微不足者，筆近纖巧耳。王韜《後聊齋》，篇篇一律，自是無味。此外，《閲微五種》，體例較嚴，略於叙事，而議論之宏拓平實，自成一家，亦小説之魁矣。嘗謂蒲松齡不著《聊齋》，自然泯没無傳；紀昀不著《閲微》，而一生精力在《四庫提要》者，固不磨也。

紅樓夢分詠

亡室王孺人，曩有《紅樓夢分詠》若干首，殁後，余爲理之，共存四首，即今刻入拙著《贅談》者是也。乙未之冬，鄉居無俚，因亡室之舊作，發吊古之閒情，忍俊不禁，未能免俗，隨意分詠，旬而得詩百絶句，庋置敝簏，聊以自娱，初非欲示人也。今歲冬，徇同學之請，爰删其無關旨趣者半，實二十五人，人二絶句，以授之校。同學輩遽刊布啓，遍徵題詞，固不令余知也，及覺，而郵筒已絡繹於道。念事既成，未便尼沮，先後得題者若干人（已寄到者爲嘉應温慕柳太史仲和、張琴柯别駕驤、黎香蓀鹺尹經、鍾笙陔茂才鳴謙、張藥秋上舍漢祥、閩中邱中閬工部逢甲、喆弟叔崧茂才樹甲、許允伯進士南英、康硯秋上舍彝、番禺潘蘭史典簿飛聲、東莞梁蕓仲布衣育才、南海譚炳軒太守彪、霍鳳喬布衣濟川、上海朱理庵刺史兆基、程棣華布衣聯芳、慈谿李芷汀布衣東沅、閩縣林筠臺太守祇曾、李汝衍少尉季琛、龍溪曾墨農秀才宗藻、日本永井甃石完久廿一人。其許而未到者，尚虚左待也）。擬彙爲大卷，弁於拙作之首。吁！余以一處士投荒遠島，塵埃堆裏，稱説詩書，此等經生面孔，市人見者，將吐棄我之不遑，乃以少日無聊游戲之筆墨，亦竟得海内同道之稱，毋亦有如古所云『愛之至者，誘之以至於道』耶！倘余竟因是附驥而傳，又確爲始念之不料者矣。

傳奇小説

天下最足移易人心者，其惟傳奇小説乎！自有《西厢記》出，而世慕爲偷情苟合之才子佳人者多；自有《水滸傳》出，而世慕爲殺人尋仇之英雄好漢者多；自有《三國演義》出，而世慕爲拜盟歃血之兄弟、占星排陣之軍師者多。邯鄲學步，至死不顧，人哀其愚，彼適其願。蓋胸中有一先入者爲主，猶如佛未出世，人亦何曾見過地獄影響？佛既出世，世之死去復蘇者，咸隱隱若或一遇牛頭馬面、刀山劍樹來也。故欲轉移風俗，法語巽語，毋寧廣爲傳奇小説語。

卷三　揮麈拾遺

再談粵謳二則

粵東招銘山大令（子庸），又號名珊居士，南海縣舉人。工詩善畫，風流跌蕩。居官頗多善政，解組後，與張南山、馮子良輩結爲吟侶，珠江花舫，文宴無虛日。時慶蕉園爲總制，名相尹文端之子也，愛才好事，頗有家風。銘山本其門下士，極被容接，以故豪舉雅游，提倡風氣，盡足舒其志意。綺樓珠館，李鏡陳屏，苟非得招先生畫幅，無爲貴也。尤工寫蟹，醉餘潑墨，逸致横生。一畫之值，紙高六尺，可换三千。所入悉供纏頭之費，良用快然。歿後，《南海縣志》爲之作傳，并稱其著作中之《粵謳》一種，或者疑焉。余嘗見其原書，乃琵琶曲譜，各調皆有新創，而參以粵東俗字方言，雖不免鄰於諧俗之爲，然元詞北曲，盛傳後世，其間早有俗字，而大雅不譏，亦以其爲《國風》、《離騷》『只』、『些』諸調之濫觴耳，今乃於銘山《粵謳》而過繩之乎？况凄音緊韻，同於秦聲而無其鄙；哀思逸趣，媲於昆曲而節其勞。雅志未忘，鄭聲不亂，識者方以元詞北曲而後能開一代生面推之，此言允矣。銘山之友有爲之序者，文云：『戊子之秋，八月既望，蟋蟀在户，凉風振幃，明珊居士惠然詣我，悄然不樂曰：「此秋聲也，增人忉怛，請爲吾子解之。」余曰：「唯唯。」居士曰：「子不攬夫珠江乎？素馨爲田，紫檀作屋，香海十里，珠户千家。每當白日西逝，紅燈夕張，衣聲綷縩，雜以珮環，花氣氤氲，蕩爲煙霧，穠纖異致，儀態萬方，珠女珠兒，雅善趙瑟，酒酣耳熱，遂變秦聲，於子樂乎？」余曰：「豪則豪矣，非余所願聞也。」居士曰：「龍户潮落，鼉更夜生，游舫漸疏，凉月已静，於是雛鬟雪藕，纖手分橙，蕩滌滯懷，抒發妍唱，吴歈甫奏，明燈轉華，楚竹乍吹，人聲忽定，於子樂乎？」余曰：「麗則麗矣，非余所心許也。」居士曰：「三星在天，萬籟如水，華妝已解，薌澤微聞，撫冉冉之流年，惜厭厭之長夜，事往追昔，情來感今，乃復舒彼南音，寫伊孤緒，引吭按節，欲往仍回，幽咽含怨，將斷復續。時則海月欲墮，江雲不流，輒唤奈何，誰能遣此？」余曰：「南謳感人，聲則然矣，詞可得而徵乎？」居士乃出所録，曼聲長哦，其音悲以柔，其詞婉而摯，此繁欽所謂凄人肝脾，哀感頑艷者，不待《河滿》一聲，固已青衫盡濕矣。』（原署石道人序）復有題詞者，句云：「當筵誰是心如鐵，忍聽低頭唱一聲。』（梅花老農作）『兩行紅袖燒銀燭，倚醉尊前數越謳。』（前村漁隱作）『怪底此歌能解恨，有人偷付雪兒歌。』（瓣香居士作）『似唱江州腸斷句，人人争學抱琵琶。』（瑶仙作）『新簧初炙鶯喉滑，欲把瑶笙媚此聲。』（鹿野作）觀此而謳詞之凄惻動人可知，當日之傳遍旗亭，家畫放翁，又更可知。全書四集，共爲一册，凡九十九題，得詞一百二十一首。其《吊秋喜》一首，膾炙人口，歷久常新。而余又賞其《分别淚》前後兩首，尤覺清曲可味，今特録之（《分别淚》前首）：

分别淚，莫灑向離人，離愁未講，已自難禁。邊一個唔知道行路咁艱難，須要謹慎。總係臨行個一種説話，要先兩日向枕畔囑咐殷勤。若係臨時提起，就會撩人恨。不若强爲歡笑，等渠去得安心。

自願去後大大哭過一場，或者消嚇怨恨。哭到個一點氣難番，又向夢裏尋。夢裏見着個個多情，就要安慰渠一陣，細把行蹤問。首先唔，好向渠講到半句苦楚時文（此題本有中間一首，余以其未甚警切，遂越之而録後首）。

分別淚，轉眼又番場。君呀，捨得你學我眼淚咁易回頭，使乜我咁慘傷。今日別期未了，就把歸期望想。想到一自自孤寒，叫我怎不斷腸！意欲忍淚暫歡，同你細講。虧我淚流不斷，好似九曲湘江。點得眼淚送君，好似河水一樣。水送得到個方時，我淚亦到得個方。君呀，你見水好似見奴心，莫異向。須念嚇我地枕邊流淚到天光，我雙淚盡地落到君前，你便爲我分吓苦况。就俾你共我分開流淚，都係見淒凉。唉，心想愴，別後心難放。總係你學我望郎咁心事望我，就不會掉轉心腸。

按：賴虚舟《雪廬詩話》謂《粤謳》轉合闔捩，由馮子良手自創定，而招銘山本之，别樹一幟焉。今傳者僅銘山作耳。抑煒菱聞子良爲粤中詩豪，晚歲編集，將少時綺語一切毀棄，其旨雖别有在，然未始非見對銘山有讓出一頭之意云。

秋喜者，珠江花艇上歌妓也。得招郎《粤謳》一闋，遂令後之好事詩人，舉與明末葬白雲坳之名妓張喬同稱。喬在當時號麗人，通解詞翰，有《蓮香集》行世。秋喜則除招郎哭吊之外，他逸事無可見。説者謂秋喜傳名，誠有幸也。初，秋喜昵於招郎，兩心相印，願卜雙棲，而素昔服用奢，負珠市中值甚巨，鴇母必欲令其自償各逋，始得遣行，朝謀脱籍，夕即債主雁序於門，以是阻議者屢矣。秋喜憤甚，然不忍告招郎知。一日，偶應客召過船，聞鵲首湍聲，憮然曰：『此儂死所矣！』奮身一擲，隨波而下，睹者高呼令救，迅已無蹤。銘山驟聞大悼，援筆成闋，爲《吊秋喜》云：『聽見你話死，實在見思疑，何苦輕生得咁癡！你係爲人客死，心唔怪得你。死因錢債，叫我怎不傷悲！你平日當我係知心，亦該同我講句，做乜交情三兩個月，都冇句言詞！往日個種恩情，丢了落水，縱有金銀燒盡，帶不到陰司。可惜飄泊在青樓，辜負你一世。煙花場上，有日開眉。你名叫秋喜，只望等到秋來，還有喜意，做乜才過冬至後，就被雪霜欺！今日無力春風，唔共你争得啖氣，落花無主，敢就葬此春泥。此後情思有夢，你便頻須寄，或者盡我呢點窮心，慰吓故知。泉路茫茫，你雙脚又咁細。黄泉無客店，問你向乜誰棲？青山白骨唔知，憑誰祭？哀楊殘月，空聽個只杜鵑啼。未必有個知心，來共你擲紙，清明空恨個頁紙錢飛。罷咯不，若當作你係義妻，來送你入寺，等你孤魂無主，仗吓佛力扶持。你便哀懇個位慈雲，施吓佛偈，等你轉過來生，誓不做客妻。若係冤債未償，再罰你落花粉地，你便揀過一個多情，早早見機。我若共你未斷情緣，重有相會日子。須緊記，念吓前恩義，講到銷魂兩個字，共你死過都唔遲。』此詞既傳於外，咸增嘆惋，而秋喜幸終遇打漁船援起不死，送回艇上，後得侍招郎以隱焉。

茶花女遺事

大小仲馬者，法國巴黎京城之擅名小説手也，而小仲馬筆尤駕其父大仲馬上。所著凡十餘種，風行歐洲，不脛而走。有《茶花女遺事》一册，情書也。中紀名妓馬克與律學生亞猛影事。則皆馬克死後，亞猛追念前塵，不能自遣，口述於小仲馬而請之記者，故其事尤詳。馬克生時，喜捻茶花，故稱馬克爲茶花女也。末附茶花女臨歿扶病日記數頁，時與亞猛判别久矣，凄惻之情，不忍久讀。而小仲馬鋪叙合離，溯回前後，傳神繪影，如遇兩人於紙上，能令人之意也消。中國近有譯者，署名冷紅生筆，以華文之典料，寫歐人之性情，曲曲以赴，煞費匠心，好語穿珠，哀感頑艷，讀者但見馬克之花魂，亞猛之淚漬，小仲馬之文心，冷紅生之筆意，一時都活，爲之欲嘆觀止。黄献臣爲余言，此書實出吾閩林琴南先生所手譯，其題曰『冷紅生』者，蓋不欲人知其名，而托爲别號以掩真，猶夫前日撰《閩中新樂府》，署名『畏廬子』之意也。余既知譯者之爲先生，宜其有是靈妙之筆，自負夙所傾倒者不虚矣。

先生閩縣人，原名群玉，早舉賢書，時名藉甚，與陳弢庵閣學（寶琛）、謝枚如閣讀（章鋌）、張燮鈞京卿（亨嘉）、鄭蘇龕觀察（孝胥）諸公以詞章古學相切礪，屢試春闈不第，嘗呈禮部改名紓。最後講時務經濟之學，盡購中國所有東西洋譯本讀之，提要鈎元而會其通，爲省中各後起英儁所矜式。吾閩講西學者，有嚴又陵觀察（復），譯著英儒赫胥黎氏《天演論》，稱中國第一手。然嚴先生幼通西文，從西師，專西籍且數十年，無怪其登峰造極。若林先生固於西文未嘗從事，惟玩索譯本，默印心中，暇復昵近省中船政學堂學生及西儒之諳華語者，與之質西書疑義，而其所得力，以視泛涉西文輩，高出萬萬。觀此，并可愧膠庠舊學者之故步自封者矣。間出緒餘，直抒胸臆，如《閩中新樂府》一書，養蒙者所宜奉爲金科玉律。余已爲之翻印，贈貽島客，復採其專闢鄉里陋俗之數題，載入《五百石洞天揮塵》。又聞先生宿昔持論，謂欲開中國之民智，道在多譯有關政治思想之小説始，故嘗與通譯友人魏君、王君，取法皇拿破侖第一、德相俾士麥克全傳屬稿，草創未定，而《茶花女遺事》反於無意中得先成書，非先生志也（按魏、王兩君通法文，以上所言拿破侖、俾士麥克、《茶花女》之原書，則皆法文云）。然余曩曾得見《時務報》譯《滑震筆記》、《長生術》，皆冗沓無味；而《求是報》、《菊花》小説有味矣，惜報中輟，小説亦未完。開卷惘惘，無以慰饞眼。年來忽獲《茶花女遺事》，如饑得食，讀之數反，淚瑩然凝闌干。每於高樓獨立，昂首四顧，覺情世界鑄出情人，而天地無情，偏令好兒女以有情老，獨令遺此情根，引起普天下各鍾情種，不知情生文耶，文生情耶？直如成連先生刺舟竟去時之善移我情矣。甚矣，言情小説之亦不易爲也（按唐時方言，呼女之美者爲茶，故元遺山句：『學念新詩似小茶。』附志於此，以當詩料）。

長生殿

《長生殿傳奇》，漁洋山人弟子錢塘洪稗畦太學昇撰，搬演明皇、太真遺事，悉本白香山《長恨歌》，詞旨忠厚，情致纏綿，而又諧於音律，故盛行一時。《納書楹曲譜》曾爲收入，極許其前半部之典雅宜人。余謂後半部雖多憑空虛造，然層折幽渺，凄心動魄，亦自可傳。才子之筆，能令死者復生，固不歉於鴻都異術也。湘陰李文恭（星沅）撫蘇時，召優人演《長生殿》，至《埋玉》一齣，注視良久，愴然涕下，即事賦詩二章云：『戈馬匆匆起范陽，猛聞鈴語喚郎當。憑肩有誓同牛女，掩面無端作帝王。自倚翠華甘謝錯，可憐黄土忍埋香。金釵鈿盒須臾改，莫再含情問上皇。』、『羅襪凄凉墮劫灰，洗兒錢枉售疑猜。誰傳宫禁司籌事，幾見賓王草檄來？一死功能扶社稷，他生籍已注蓬萊。聽歌暗灑青蓮淚，曾醉沉香舊酒杯。』極意爲楊妃出脱，自是詞章家公理。末二語引入自己身上，大有子野聞歌，輒唤奈何之感。文恭號石梧，少即耽詩，與其婦郭笙愉夫人（潤玉）倡和甚歡，刻有《梧笙合集》，及開府吴中，名士風流，宜多韻事。

紅樓夢分詠絶句之二

余著《紅樓夢分詠絶句》一册，諸友題詞，日積日多，先時付刊之作，自番禺潘蘭史典簿（飛聲）以下凡二十人，其名復别載於《五百石洞天揮麈》中矣，此不重贅。惟己亥三月續有匯刊之作，謹補叙其爵里於此，悉以詩之先後至者次焉：嘉應王曉滄廣文（恩翔，七絶三首）、汀州王漢卿農部（宗海，七絶三首）、臺灣謝頌臣茂才（道隆，七絶四首）、嘉應王玉田布衣（以字行，七絶兩首）、天津謝静希布衣（兆珊，七古一首，附《紅樓夢歌》七古一首）、晋江許綸亭布衣（筠，五律一首）、臺灣王詠裳明經（漢秋，七絶兩首）、閩清黄苐丞孝廉（乃裳，七絶一首）、臺灣陳焕燿茂才（日光，七絶一首）、侯官葉頌垣編修（芾棠，五絶兩首）、海陽邱芝田歲貢（潄芳，七絶兩首）、新會林芷儔茂才（鴻蓀，七律四首）、嘉應王翰珊大令（肇嵩，七絶四首）、海陽謝安臣孝廉（錫勛，七絶四首）、上杭邱果園孝廉（馥，集句七絶六首）。而龍溪曾墨農茂才（宗藻）於前日題詞外，并加長跋。最後得黟縣黄穆甫山人（士陵）篆書署簽，南海葉少雲二尹（芬）駢文弁序，全書體例，始告美備云。

日人論水滸

余嘗見日本人北村三郎近著《世界百傑傳》，收及全地球古今人物，其例與《無雙譜》爲近，而其稱吾中國小説家，獨取施耐庵一人，謂爲所撰《水滸傳》有自由意境，此則金聖歎所未及知者矣。

花月痕題詩

初未得《卓峰詩鈔》，僅見先生酬錢塘施可齋秀才（鴻保）七律四首於《閩雜記》卷端，而《花月痕》説部亦載有先生題詞七律二首，鎔鑄唐、宋，氣骨高邁，心焉好之。迨後友人以原刻詩鈔見貽，卷帙雖缺有間，而昔之取備一臠，今已快讀千首，未始非眼福之奢者。前見五章，并得如漁父之再入桃源，蘇子之重游赤壁。其題《花月痕》作，尤情韻不匱，未能釋之於懷，惟已易題『無題』二字。詩云：『倚欄同看白芙渠，想煞風流放誕初。犀作靈心翻誤汝，蝶尋殘夢轉愁予。徒勞越客千絲網，多感蕭娘一紙書。秦樹嵩雲空夕照，索居誰問病相如？』、『紅板橋南白板門，沉沉風雨幾黄昏？直從隔世疑情事，安得長河注淚痕。滿地落花來少女，極天芳草阻王孫。當初枉費明珠贈，惆悵他生更莫論。』《花月痕》一書，亦是詞賦好手，晚近小説殆無其比，正少不得先生此詩爲之弁簡。

小說與民智關係

同年閩清黄黻臣孝廉（乃裳），手所自譯《大美國史略》（原書爲美國蔚利高著）贈余，余既服其留心異國之政體民志，有足爲吾華他山之助者。然士夫一變，即可至道，琴瑟不調，更張而理，有其質也。所難俟者，風氣未通，苟有設施，未免群起沮滯，所謂非常之原，黎民懼焉。故謀開凡民智慧，比轉移士夫觀聽，須加什佰力量。其要領一在多譯淺白讀本，以資各州縣城鄉小館塾，一在多譯政治小說，以引彼農工商販新思想，如東瀛柴四郎氏（前任農商部侍郎）、矢野文雄氏（前任出使中國大臣）近著《佳人奇遇》、《經國美談》兩小說之類，皆於政治界上新思想極有關涉，而詞意尤淺白易曉。吾華旅東文士，已有譯出，余尚恨其已譯者之只此而足，未能大集同志，廣譯多類，以速吾國人求新之程度耳。夫小說有絶大隱力焉，即以吾華舊俗論，余向謂自《西廂記》出，而世慕爲偷情私合之才子佳人多；自《水滸傳》出，而世慕爲殺人尋仇之英雄好漢多；自《三國演義》出，而世慕爲拜盟歃血之兄弟、斬木揭竿之軍師多。是以對下等人説法，法語巽語，毋寧廣爲傳奇小說語。巍巍武廟，奕奕文昌，稽其出典，多沿小說，而黎民信之，士夫忽之，祀典從之，朝庭信之，肇端甚微，終成鐵案。若今年庚子五六月拳黨之事，牽動國政，及於外交，其始舉國騷然，神怪之說，支離莫究，尤《西遊記》、《封神傳》絶大隱力之發見矣，而其弊足以毒害吾國家，可不慎哉！吾聞東西洋諸國之視小說，與吾華異。吾華通人素輕此學，而外國非通人不敢著小說，故一種小說，即有一種之宗旨，能與政體民志息息相通；次則開學智，祛弊俗；又次亦不失爲記實歷，洽舊聞，而毋爲虚憍浮僞之習，附會不經之談可必也。其聲價亦視吾華相去千倍。英國有皮根氏者（舊任内閣），小説名家也，嘗著某秩（今日本人有譯之，題以漢文，即名爲燕代鳴翁者是也），紙貴一時，其原稿之值實由一大報館以一萬金鎊向之購得（外國書坊有出版專利，不許他處翻印之法律也）。其他名家類此者，亦時而有。尋常新著小説，每國年以數千種計云。觀此而外國民智之盛，已可想見，吾華縱未驟幾乎此，然欲謀開吾民之智慧，誠不可不於此加之意也。

茶花女遺事題詞

一日，諸友在座，共嘆冷紅生手譯法國巴黎城之《茶花女遺事》，其情甚屬哀艷可傳。東莞黎俊民茂才（樹勳）凄然成詠云（八首録三）：『珠沉滄海玉成煙，傳贊無雙意惘然。鈿盒鏡臺尋淚迹，巴黎城内落花天。』、『粉痕狼藉相思史（馬克氏有小説一册，爲小仲馬所購得），淚點斕斑訣絶書。日暮天寒人倚竹，秋風扶病女相如。』、『高唐無復夢行雲，姹紫嫣紅送夕曛。惟有情苗芟不盡，茶花紅上美人墳。』

詠明季説書人柳敬亭二首

秦淮嗚咽又年年，逋客離愁柳色牽。誰信善鳴今有我，別開生面本無前。詞人寄恨《桃花扇》，狎客争翻《燕子箋》。盡付詼諧尊酒裏，南朝遺老覺凄然。

漁竿老去付東流，湖海豪情未肯休。觀取高譚鈴閣夜，豈宜重問秣陵秋。過江名士多如許，南郡新書不用求。輸與龜年能解恨，皤皤霜雪奈盈頭。

聊齋志異題後

非仙非佛非狂，亦隱亦諧亦莊。寄托美人香草，源流山鬼國殤。

夫惟大雅以立，奄有諸家之長。想見先生當日，窮愁落寞何妨。

粤謳之三

國初番禺王蒲衣（隼），當時詩稱嶺南名家，即選定陳、屈、梁三子集者，嘗著有《琵琶楔子》一種，余未之見。其後道光時，有南海人招名珊（子庸）能以新意運用土風入琵琶曲本，號稱《粤謳》，數十年來，流風未沫，亦詞場之佳話也。

卷四　新小説品

凡例九則

一、新出小説，花樣甚多，騁秘抽妍，俱傾於美的方面，足爲文界異彩，因仿昔賢品詩之例，而爲此品。

一、時下雖多新版，然只翻印舊本，并非出自新譯新著者，不入此品。

一、凡非目擊瀏覽其全，未敢妄品。

一、凡雖目擊，無所可否，亦未敢妄品。

一、新出之佳本，或流布尚未及遠，或鄙人囿未得見，當俟續品。

一、此品有褒無貶，凡以張皇同道爲志。故抑揚輕重之詞，在浮薄者每自喜爲善諷，而鄙人輒下筆矜慎，概不使此話頭羼入此品。

一、著者才學既自無窮，閲者見識亦俱日進，徐有新得，爰添新品。

一、凡所品列，隨憶隨書，但求評語愜心，不失撰述真面。知此旨者，方可與讀此品。

一、凡所位置，先後從心，無拘次第，見仁見智，樂水樂山，是在不設成心者之善讀此品。

《茶花女遺事》，如初寫《黄庭》，恰到好處。

英國詩人《吟邊燕語》，如夏雲奇峰，閒處作態。

足本《迦茵小傳》，如雁陣驚寒，聲聲斷續。

《懺情記》，如抽刀斷水，不斷復流。

《漫郎攝實戈》，如摩登伽女，色相示人。

《天方夜譚》，如吴剛修月，七寶合成。

《佳人奇遇》，如清商度曲，子夜聞歌。

《銀山女王》，如師摯《關雎》，洋洋盈耳。

《世界末日記》，如長康畫人，傳神阿堵。

《愛河潮》，如屈刀作鏡，時露鋒鋩。

《案中案》，如雲傍馬頭，峰回路轉。

《美人煙草》，如盆中種蓮，葉細如錢。

《洪罕女郎傳》，如調譜清平，遲聲取媚。

《美洲童子萬里尋親記》，如咀嚼哀梨，爽脆可口。

《二十年目睹之怪現狀》，如牛渚燃犀，怪無遁影。

《電術奇談》，如白舍人詩，老嫗能解。

《孽海花》，如列子御風，憑虚浩浩。
《撒克遜劫後英雄略》，如快馬斫陣，鋭不可當。
《無名之英雄》，如僧繇畫龍，點睛飛去。
《埃及金塔剖屍記》，如公孫劍器，天地低昂。
《露漱格蘭小傳》，如間關鶯語，幽咽泉流。
《極樂世界》，如新人織縑，日盈一匹。
《斐洲煙水愁城録》，如觀王維畫，吾無間然。
《鬼山狼俠傳》，如蘇子長嘯，風起水涌。
《曇花夢》，如緑毛么鳳，倒掛身輕。
《俠戀記》，如楊少師書，純用險筆。
《李覺出身傳》，如處女劍術，忽自有之。
《莫愛雙麗傳》，如將軍盤馬，彎弓不發。
《金十字》，如飢鷹側翅，一擊即逝。
《拊掌録》，如釋尊拈花，迦葉微笑。
《地心旅行》，如拳石盆魚，案頭清供。
《環遊月球》，如織女金梭，非人間巧。

《魯濱孫飄流記》，如背水陣法，死而復生。
《魯濱孫飄流續記》，如短兵巷戰，殺人如草。
《美人髮》，如白練澄江，餘霞散綺。
《黑奴籲天録》，如石鐘山下，奇石搏人。
《東歐女豪傑》，如《聶隱娘傳》，字挾霜鋒。
《英孝子火山報仇録》，如巨匡旋石，不達不止。
《秘密使者》，如醫師之良，兼收并蓄。
《滑震筆記》，偵探案，如屠牛坦刃，解十二牛。
《福爾摩斯再生後探案》一至十三，如竹肉競爽，漸近自然。
《屍櫝記》，如穴洞失炬，時曜水光。
《花富盧奇案》，如宜僚弄丸，神閒志定。
《新劍俠》，如兔起鶻落，不可方倪。
《紅茶花》，如蟻穿九曲，因難見巧。
《花因》，如十丈遊絲，隨風裊漾。
《金風鐵雨録》，如看劍引杯，雄心忽逗。
《旅行述異》，如古傷心人，別有懷抱。

《海底旅行》，如倒啖甘蔗，漸入佳境。
《官場現形記》，如道子丹青，地獄變相。
《影之花》，如翠羽啁啾，師雄夢醒。
《蘇格蘭獨立記》，如楓葉霜紅，停車愛晚。
《竊賊俱樂部》，如調冰雪藕，明净玲瓏。
《妬之花》，如兒女喁喁，恩怨爾汝。
《宜春苑》，如流觴曲水，暢叙幽情。
《俠女碎琴緣》，如溢浦江頭，楓荻瑟瑟。
《海上繁華録》，如秦鏡照膽，洞一方人。
《彼得警長》，如枯木寒巖，庵主入定。
《新舞臺》，如李代郭軍，旌旗變色。
《新舞臺》中卷，如勾踐報吴，焦思嘗膽。
《江房記》，如老樹著花，生氣遠出。
《蠻荒誌異》，如一朵晴雲，隨心舒捲。
《蠻荒誌異》下半部，如竹外一枝，横斜更好。
《黄繡毬》，如佳人熨貼，滅盡針痕。

《痛史》，如宋儒爲詩，號擊壤派。

《女媧石》，如讀《鏡花緣》，每闢異境。

《劇盜遺囑》，如鼓鑄洪爐，克肖物狀。

《新法螺》，如稷下説士，炙輠不窮。

《新法螺續譚》，如大將登壇，指揮如意。

《雙孝子噀血酬恩記》，如李廣射虎，没石飲羽。

《妖怪百談》，如江楓漁火，夜半鐘聲。

《新羅馬傳奇》，如鐵板銅琵，大漢高唱。

《反聊齋》，如滿園春色，紅杏出墻。

《暖香樓傳奇》，如花瓶茗盞，位置妥帖。

《情俠傳》，如正平撾鼓，作金石鳴。

《啞旅行》，如髯參短簿，能喜能怒。

《生死自由》，如蘇論漢高，木强而止。

《李鴻章》，如東方曼倩，雅善滑稽。

《思綺室花史》，如維摩説法，天花着身。

《新中國未來記》，如七札强弩，開滿十分。

《夢游二十一世紀》，如屠門大嚼，亦足快意。
《九命奇冤》，如董其昌書，圓熟姿媚。
《母夜叉》，如孤舟簑笠，獨釣寒江。
《長生術》，如印度眩人，一味善幻。
《百合花》，如卓氏文君，遠山眉嫵。
《俄皇宫中之人鬼》，如清笳畫角，獨奏城頭。
《雙公使》，如斷橋流水，掩映夕陽。
《雙碑記》，如人影在地，木葉微脱。
批茶女士《五月花》，如雙柑斗酒，獨聽黄鸝。
《離魂病》，如寒蛩砌畔，唧唧通宵。
《日本劍》，如半畝方塘，一間茅屋。
《空中飛艇》，如挾彈少年，意氣自許。
《逃緣》，如滕王寫生，栩栩然蝶。
《美人手》，如柳岸曉風，其葉湑湑。
《美人黄鶴》，如曹霸畫馬，骨肉停匀。
《毒蛇圈》，如子猷看竹，不問主人。

《指環黨》，如山肴野簌，共話漁樵。

《回天綺談》，如盧仝七碗，兩腋生風。

《十五小豪傑》，如火樹吐花，星橋燦彩。

《經國美談》，如清風故人，翩然入座。

右小說品百則。

卷五　客雲廬小說話

唐以後，文人始有詩話，宋、元而還，詞話、四六話代有踵興，豈唐以前文人，知文不知話耶？陸機《文賦》，劉勰《雕龍》，尤話之至精者。其時釋教語録猶未盛行，文人啓口，率重才語，不比唐以後人見禪宗語録，風靡一世，知話之易入人，因競智角立，别開話之一門。夫既以文言行文，則話之名宜不歸彼而歸於此。近代吾鄉梁茝林先生，復創爲楹聯話、製藝話等書，由是各種文體幾於盡皆有話。向者吾師曾廉亭先生，獨慨嘆古文一道，歷來無話，發憤編纂，屬稿未定，便歸道山，絶業無成，殊深吊悼。不佞樗櫟之材，於吾師無能爲役，惟惡舊喜新，願彌古作之闕，而開今體之幕，竊有同心。志之所存，嘗在小說。況邇日正應香江新小說叢社之邀，擔任撰述之文，居易行素，當無多讓。因以餘墨日草《小說話》數則，郵付印刷人補白。或莊或諧，隨得隨書，集薈中西，論徵今古，雖未必能愜人人之眼簾，而發表己意，於言論所有權固無咎焉耳。

時太歲丁未小除夕，買醉歸來，剪燈漫書於新嘉坡島上之客雲廬。

窮愁著書二則

虞卿窮愁著書，此語千古被人嚼爛。究之虞卿所著何書，并無人見，雖極博覽者亦莫能知。《戰國策》有載虞卿議論，洋洋長篇，然《策》是僞書，半由附會所成，并非當時實録。是故虞卿號曰著書，原來不著一字，有著之名，無著之實。豈以書本不佳而不傳歟？抑觸犯時忌不敢示人歟？抑後王惡其害己而去其籍，學子與之争名，嘗取投圊歟？今姑勿論。惟想當然，虞卿此著必定佳本。何以知之？以其窮愁始著知之。韓昌黎《送孟東野序》，歷引天地萬物，以及古來善鳴諸家，皆以不平後著，爲之佐證。『不平』即『窮愁』之代名耳。小説亦然，必有窮愁不平之心，因不得已而後著，其著乃堪傳世而行遠。《琵琶記》以譏時人著，《西厢記》以懷彼美著，《水滸傳》以慕自由著，《三國志》以振漢聲著，《金瓶梅》以刺傖父著，《紅樓夢》以思勝國著。不但中土有然，即外國亦然。美洲名士有華盛頓歐文者，傷心人也，其遺著甚多，吾未遍觀而盡識也。惟幸得讀其《拊掌録》、《旅行述異》二書，抑亦不平之善鳴者也。觀其體會物情，妙藴名理，杜老詩云『毫髮無遺憾，波瀾獨老成』者近是。雖窮於愁，而不窮於筆，且能自闢境界，築厚壘以障愁，誰云歐文氏無如愁何？吾只覺愁無如歐文氏何耳。

太史遷發憤著書，恐人不諒，故《自序》篇中，請了許多陪客，以明己意。或有疑請錯陪客者，動引『不韋遷蜀，世傳《吕覽》』二語爲詬病。前明方孝孺亦有此説，以不韋得罪徙蜀，歲餘即飲鴆死，何有賓客，何暇著書，何得懸書於咸陽市，氣矜之隆使人不敢增損一字？菽園按：遷序不錯，方説自錯。序蓋明言『不韋遷蜀，世傳《吕覽》』，并不言『不韋遷蜀，乃著《吕覽》』也。讀古人書，尤宜逐字體會，苟涉大意，便失其旨。遷非不知《吕覽》成於咸陽當國之日，觀遷别爲《不韋列傳》，何嘗不記得明明白白？今乃云然，意謂《吕覽》信是妙文，然經一番挫折之後，令人憑弔窮荒，益寶遺墨耳。此『世傳』二字着眼處也。即遷所爲《史記》，本承父司馬談太史故業，向有底稿，非下蠶室始作。考遷《報任少卿書》，亦以屬稿方中，忽被詔獄，故忍死須臾，冀完舊著。而後人稱遷《史》，動以腐遷名之，與邱明《春秋傳》稱盲左，并峙千古，豈不以其慘遭腐刑，動世哀感，愈足光大其絶業乎？此節非論小説，因與上節窮愁不平諸義相莫逆，附書於此，爲發憤著書及世傳發憤著書者道也。凡有發憤而著小説者，盍興乎來，作如是觀。

小説始於史遷

史遷寫留侯事，頗多怪迹：倉海、黄石、赤松、四皓，後之論者，均斷定都無此人，不過遷性好奇，特點綴神異，以爲行文之别派。按此實爲後世小説濫觴。唐人《虬髯》、《紅拂》蓋本此義，以爲無中生有者。又程嬰、杵臼存趙氏孤兒事，《史記》以前古書今有存者，皆無傳焉。或意當時漢臣世家中，必有陰謀隱事，類此所記者，遷不便明言，因托晉卿以影射之，特留一重公案，動異時感弔耳。菽園按：此段更奇，果如或之意擬，千古小説祖庭，應歸司馬，以中國歷來文網之密，直道難容，彼傷心人凡有所著，大抵依托古名，發揮今事爲多也。不知者目眩空華，誤執幻有，元人《琵琶記》實諷王四，而蔡中郎遂横被不顧父母之養之名矣，噫！

琵琶記 二則

桓、靈以後之人才，蔡邕、鄭玄堪稱雙絶。彼其二人相同之點甚多，姑捨精神而談形式，亦一最佳比較之小説料也。鄭儀觀俊偉，蔡亦儒雅風流。鄭擅海量，飲三百杯不醉；蔡尤沉湎，至横街倒卧，人稱酒龍。鄭家婢子咸解《毛詩》，對答靈妙；蔡復有女文姬，辨琴審音，能别爲塞外新聲流傳中國。鄭令聞所播，早懾黄巾，群向鄭公卿羅拜而去；蔡以時望爲董卓所重，偶有僭制之事，得其一言立撤。乃没世而後，雖同流播，遺墨所留亦均不朽，而鄭則身名俱泰，久更論定，從祀尼山，享聖廡特豚之奉，極儒學之至榮；蔡既無福修史，生伏歐刀，身後之名，徒供玩謔，爲傳奇家借作資料，甚且代人受過焉，何天淵之相去耶！說者每歸咎於高則誠借演《琵琶記》一書，致蔡横被誣蔑，極口代蔡辨誣呼冤。辨之誠是已，然高只是元人，其先有陸游者，在南宋時曾爲詩云：『身後是非誰管得？沿村聽唱蔡中郎。』可知中郎之名，前此已被盲翁嚼爛，不自《琵琶》作俑，亦猶宋江三十六人，其姓名綽號，已先於宋人《癸辛雜識》中臚列靡遺，元人施耐庵後起，幸假借之以成《水滸傳》也。或問：『宋時流傳蔡邕，是好是歹？』若據放翁原作『身後是非誰管得』之句，言下有慨焉，必是傳蔡短處爲多。平心論之，蔡之行事自有可議，惟不如俗説棄妻重婚，不顧父母諸節之甚耳。玩王船山《讀通鑒論》之論蔡邕者觀之，靡恕詞焉。菽園以其非論小説範圍所應有，故不述。

或問：『《琵琶記》刺王四，何必借名蔡邕？』則以王四少賤，嘗爲賣菜傭之故。蔡邕諧聲作菜傭，原不自高則誠始開輕薄。又問：『刺王四，最顯處何在？』則以《琵琶》兩文中實嵌有四『王』字也。《唐代叢書》一小説曾載，一俗吏供應上官，求工陳設，無微不至，妄謂前人既有於茶竈祀陸羽爲茶神，酒室祀杜康爲酒神，因別牽連蔡邕供位於行厨之次，祀之爲菜神。上官見之，鄙其不學，傳作笑柄。可知菜諧蔡，唐時俗語已然耳。小説家例喜假託，無中生有，尚且不妨自我作古，況此天然替身，從古叫慣，高則誠安得不急攫之以爲鐵板注脚乎？潛雖伏矣，亦孔之昭，其志蓋以微而顯云。

小説存三代之直

拿翁云：『有一家報館反對，勝過三千枝快槍。』此真閲歷有得，辦過大事者之言也。近日報館記者每喜述之，以爲自豪。亦惟反對得勍子，方配此言；否則掉轉槍頭，不能傷人，只見害己，視李斯所譏爲齎寇資盜者，尤有甚矣。吾華報紙出世雖早，發達却遲，近世以前，烏睹有批評時事，主持清議之日札，所賴以月旦人倫者，惟在一二三私家著述，然尚不免有明哲保身、投鼠忌器諸長慮。獨小説衆卑視之，不足以得大名，不足以稱盛業，凡小説家每發於不容已而後作，故稱心以談，猶存三代之直。報紙未通行時，先不可無此種矣。試爲比例：《琵琶記》一書，方稱王四之反對快槍，他若魏泰、梅聖俞撰《碧雲騢》以譏歐陽修，不但無損歐實，且反增益歐名，魏泰之僞，終不可掩，快槍傷自己者也，呵呵。

金聖歎與西厢水滸二則

僞小説亦有甚深微妙者，唐李德裕門客僞牛僧孺撰《周秦行記》，明楊慎僞漢人殘本《雜事秘辛》，宜其傳誦至今，奇文共賞也。《雜事秘辛》尤文情穠郁，色澤醇茂，良由楊升庵多讀古書，熟精選理，選詞雅麗，精心結撰而成。近代金人瑞師其故智，變通用之，每有點竄《西厢》、《水滸》，必托之别見古本，既投時人崇古之心，且欲一世被其瞞過。文人狡獪，亦善游戲三昧者也。

聖歎改《西厢》，算是改文，并非改曲。若以曲律繩之，則聖歎錯改之處甚多，另有世傳校本以發其覆，非此範圍，故不贅録。聖歎既自改而復自批之，其批也，亦是側歸批文一邊，聖歎之意若云：『經我手眼批過，便是聖歎之《西厢》，而非王實父之《西厢》；閲者善喻此義，便是閲者之《西厢》，非復聖歎之《西厢》。』斯言真正老實，并非欺人，以閲者但閲其文章之竅妙耳。苟識其妙，原是借書於手，何妨得意忘言！言之且忘，又何理會到誰之窠臼哉！

水滸傳得自由意境

《水滸傳》得自由意境，《西厢記》脱果報範圍，此書在中國集部可謂别開生面，不徒占小説界優勝地位也。西歐學説，嘗稱小説家文字實傾於美的方面，有同符焉。龔定庵詩云：『諸師自有真，未肯附儒術。』可以移贈此兩書之秉筆者。

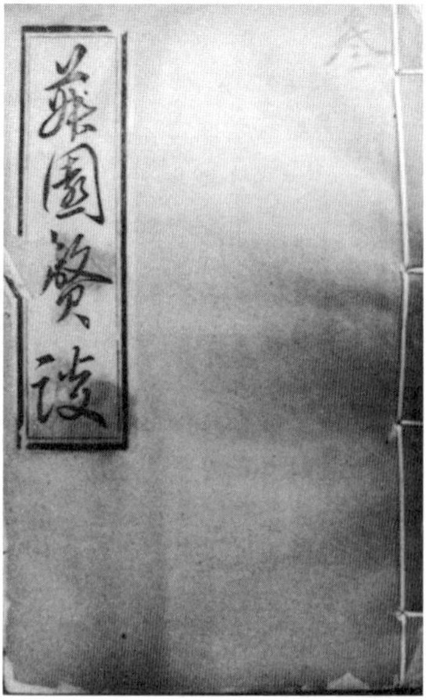

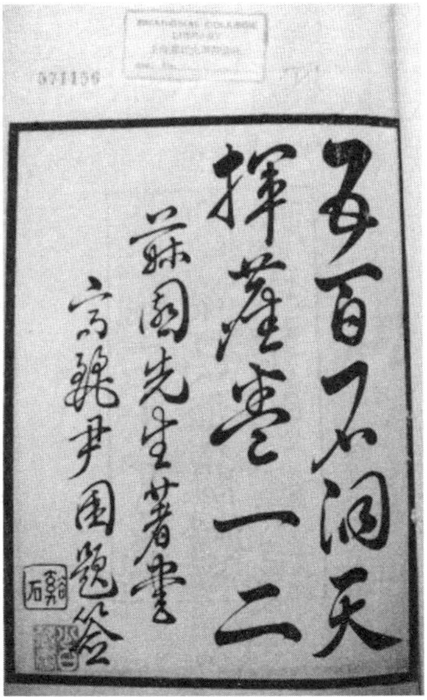

第二期
新小說叢

小説書録

徐維則　撰

載於光緒二十五年（一八九九）石印本《東西學書録》。阿英在《晚清文學叢鈔·小説戲曲研究卷》小説話一欄中，曾將《東西學書録》中有關小説的著録輯成一帙，題名爲《小説書録》。徐維則（一八六六——一九二二），字仲咫，號以孫等，浙江會稽（今紹興）人。光緒十五年（一八八九）舉人。曾任江西侯補知縣、北京大學國史編纂處編纂。藏書頗豐，編著也多。《東西學書録》一書尤有影響，被人贊爲十九世紀『中國所譯西書最全的目録』。其書共著録譯書五三七種，二年後，與顧燮光（見一九二七年《小説經眼録》提要）一起增補三百餘種，出增訂本。《小説書録》所列九種，其中有五種爲顧燮光在『增版』時所補。此書所著録的品種雖然不多，但在當時頗有影響。在著録時，不但對一書的内容有所概括，且對其藝術表現也有點評，如《茶花女遺事》一書著録曰：『林紓譯。記法國名妓馬格尼事，刻摯可埒《紅樓夢》，且亦藉以見法國風俗之一斑。』

《黑奴籲天録》四卷　林譯本

〔泰西〕斯士活著，林紓、魏易合譯，原名《湯姆》。叙當日南美洲凌虐黑奴之狀，慘暴之無人理，而情文凄惋，聞者酸鼻。讀斯書可以悚然懼矣。（顧補）

《奉俄皇命記》一卷　《中國旬報》本

〔泰西〕乞頓約瑟著，中國旬報館譯。斯書詳言俄國政治苛刻，猶太人被俄國窘迫之情狀。蓋冀世知亡國之慘，有以感悟儆醒，使之振奮勉勵以保國也。（顧補）

《累卵東洋》一卷　明治三十四年日本排印本一册

〔日本〕大橋乙羽著，大房元太郎譯，愚公譯。言英人蠶食印度種種酷虐情形。有智度其人者，欲雪此耻，游歷亞洲，以冀借助外人，重興印度，皆寓言也。（顧補）

《昕昔閒談》四册　申報館本

不著撰人名氏。亦名《英國小説》。讀之可以見彼土風俗，惜僅譯上半部。

《百年一覺》一卷　廣學會本一册

美畢拉宓著，英李提摩泰譯。言美國百年以後事，亦説部之屬。泰西人亦有此種書，甚可觀，惜此本未全耳。書中多叙養就新法，原名《回頭看》。

《長生術》一卷　《時務報》本

英解佳著，曾廣銓譯。叙述中亞非利加洲荒古蠻野之形狀，托言親身游歷所述，文情離奇怪誕，頗堪悦目。

東亞書局譯有《長命術》、《催眠術》，均未出，《昌言報》印有美勞立志撰、曾廣銓譯《西伯利亞避虐記》，未成。

《茶花女遺事》一卷　《昌言報》本

林紓譯。記法國名妓馬格尼事，刻摯可埒《紅樓夢》，且亦藉以見法國風俗之一斑。（徐補）

《金剛鑽小説》一卷　《工商雜志》本

桴湘生譯，天倪子筆述。（顧補）

迦因小傳一卷　《勵學編》本

蟠溪子譯。此書西名《迦因嘉托來》。所譯係下半部，纏綿悱惻，甚可觀。（顧補）

增版

東西學書録

徐鈺

林紓譯述法國名妓馬格尼事刻摯可埒紅樓夢且亦藉以見法國風俗之一斑（徐補）

金剛鑽小説一卷 上商務志本

梓湘生譯天倪子筆述（顧補）

迦因小傳一卷 勵學譯編本

蟠溪子譯此書西名迦因嘉托來所譯係下半部綴縟悱惻甚可觀（顧補）

以上小説

西法食譜一册

（　）

造洋飯書一册 美華書館印本

泰西高夫人著皆作西菜之法録之以養庭人書彙編二有摩製器一篇

以上瑣録

小説之勢力

衡南劫火仙　撰

載於一九〇一年《清議報》第六十八册。作者衡南劫火仙，即蔡鍔（一八八二—一九一六），原名艮寅，字松坡，湖南寶慶（即今邵陽市）人。他因響應辛亥革命，發動反對袁世凱洪憲帝制的護國戰争而聞名於世，其遺著被編爲《蔡松坡集》。他於一八九九至一九〇四年間在日本留學，曾用筆名奮翮生、蔡奮、擊椎生、孟博、劫火仙、衡南劫火仙等在《清議報》、《新民叢報》上主持專欄，發表文章。此文通過中西小説的比較，强調小説立意當『益國利民，使勃勃欲騰之生氣，常涵養於人間世而已』，反對『立意在消閒』。這一思想與他早年在長沙時務學堂的老師、當時在主持《清議報》、《新民叢報》報務的梁啓超完全一致。梁啓超不久也在竭力推崇泰西小說的同時，說中國古代的小說是『群治腐敗之總根源』。他們徹底否定小說的『消閒』性，是有其片面的一面，但在當時强調小說成爲『醒齊民之耳目，勵衆庶之心志』時，自有其積極意義。

已故前英國内閣皮根之《燕代鳴翁》（小説名）一集，其原稿之值，獲一萬鎊。法國《朝露樓》報，發行之數，殆及百萬册，然其發行之流滯，則恒視其所刊登之小説爲如何。此亦足以驗泰西誦讀小説之風盛於時矣。夫以《封神》、《西遊》之離奇逼人，《三國傳》之荒謬無據，尚足使百世之下，作歷史觀之，推崇其人，膾炙其事；且不獨孚信於人民，即朝廷亦著爲典則，以崇祀之；不獨國内如之，即旅居異域者亦如之。吁！亦奇矣。小説家勢力之牢固雄大，蓋無足以擬之者已。

歐美之小説，多係公卿碩儒，察天下之大勢，洞人類之賾理，潛推往古，豫揣將來，然後抒一已之見，著而爲書，用以醒齊民之耳目，勵衆庶之心志。或對人群之積弊而下砭，或爲國家之危險而立鑒，然其立意，則莫不在益國利民，使勃勃欲騰之生氣，常涵養於人間世而已。至吾邦之小説，則大反其是。其立意則在消閒，故含政治之思想者稀如麟角，甚至遍卷淫詞羅列，視之刺目者。蓋著者多係市井無賴輩，固無足怪焉耳。小説界之腐壞，至今日而極矣。夫小説爲振民智之一鉅端，立意既歧，則爲害深，是不可不知也。

蔡　鍔

孔子二千四百五十一年
光緒二十六年歲次庚子
十一月十一日
清議報
第六十八册
THE CHINA DISCUSSION
ISSUED THREE TIMES PER MONTH.
No. 253 YOKOHAMA, P. O. Box. 255.

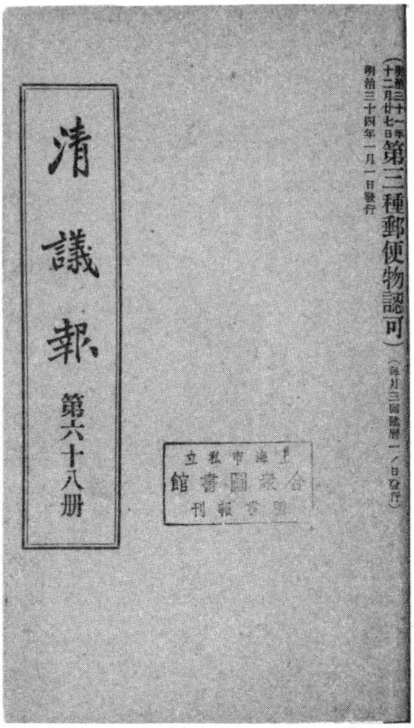

瀛海縱談

膨脹力之出口

自蘇彝士河鑿通以後。而歐亞之大勢頓變。此十九世紀後半期四十餘年内之陳事也。今俄之築西伯利亞鐵道。美之開尼加拉卦運河。皆鋭意竭力以經營之。竣功之期。可計日而待。將來二十世紀世界之大勢其因斯二大工程而生意外之變幻也必矣以上三大工程。驟視之不過世界交通之具實按之則白皙人膨脹力之出口而侵亞之孔道也

小説之勢力

已故前英國内閣皮根之「燕代鳴翁」（小説名）一集。其原稿之值。獲一萬磅。法國「朝露樓」一報。發行之數。殆及百萬册。然其發行之流滯。則恆視其所刊登之小説爲如何。此亦足以驗泰西誦讀小説之風盛於時矣夫以封神西遊之離奇逼人三國傳之荒謬無據尚足使百世之下作歷史觀之推崇其人膾炙其事且不獨孚信於人民即朝廷亦著爲典則以崇祀之不獨國内如之即旅居異域者亦如之吁、亦奇矣小説家勢力之牢固雄大蓋無足以擬之者已

紅樓夢廣義

青山山農　撰

光緒二十八年(一九〇二)味青齋校刊本，二册。據卷首硯園世農序，書成於同治辛未十年(一八七一)。作者青山山農，姓黄，曾官睢陽。此文前有《紅樓夢紀略》一篇，鈎勒故事大概，正文實如人物論，認爲『黛玉聰明機警，爲群釵冠』，『襲人善事寶玉，寶釵善結襲人，同惡相濟，以售其奸』，以此可見一斑。其論人多與歷史人物相比附，如論黛玉與屈原、賈誼同爲『血淚中人』，寶釵與王莽之『謙恭』如出一轍，『香菱，香國之陳涉也』，『襲人，賈府之秦檜也』，如此等等，也具特色。

序

覆物者人知其爲天也，載物者人知其爲地也，廣大者人知其爲山也，不測者人知其爲水也，及示以昭昭撮土拳石一勺之微，又懵然不知爲何物，是豈真知有天耶地耶？山與水耶？蓋亦耳之所熟，目之所習，幼而聞焉，長而述焉，人所謂天則曰天而已矣，人所謂地則曰地而已矣，人所謂山與水則曰山與水而已矣，狃於其大而不能通於其小，徒襲稱夫天地山水之名，究未悉夫天地山水之實，即謂之不知有天與地與山水也亦宜。夫於覆物見天之高，何如於昭昭亦能見天之高爲真知天也；於載物見地之厚，何如於撮土見地之厚爲真知地也；於廣大不測見山與水之崇之深，何如於拳石一勺，亦能見山與水之崇之深爲真知山與水也。《紅樓夢》一書，有以爲兒女之綺語者矣，有以爲感慨之豪詞者矣，且有以爲仙佛之寓言者矣，驟而語之曰：『此可借以發明經傳之精蘊也，兼可因以尚論古今之人物也。』未有不瞠目咋舌噤其聲不敢出一語也。噫，是何異於不知昭昭撮土拳石一勺之即爲天地山水哉！辛未春，幕於陽夏，得青山山農是書之廣義而讀焉，經經緯史，上下千古，言者無罪，聞者足戒，非所謂須彌芥子中現大千世界者與！乃知覆物之天，固可於昭昭見其高；載物之地，固可於撮土見其厚；廣大不測之山與水，又奚不可於拳石一勺見其崇與深也。夫出人意外者，實即在人意中。人知有天地山水，而不知昭昭撮土拳石一勺之莫非天地山水。師此意以讀書，又何經傳之精藴不可發明，古今之人物不可尚論也耶！爰書之以志傾倒之忱云爾。是爲序。

硯園世農拜讀

序

不圖於《紅樓夢》一書見有若大見解，若大議論，是真能於一莖草化丈六金身者。非十三經、廿二史皆爛熟於胸中，何能如是信手拈來，皆成妙諦？先生之學問經綸於此可窺見一斑。至其筆鋒之犀利，筆情之瀏亮，筆陣之縱横，亦良史才也。作《紅樓夢》者有知，當必五體投地，深敬先生之善讀其書也。雖然，先生善讀《紅樓》，固不自善讀《紅樓》始。古人謂讀一書，不獨讀一書，吾於先生益信。其急付之手民，以公同好，不脛而走，又何疑哉！

詩漁叟拜讀

題詞

東香山人

書成字字挾風雷，如此文章信起衰。宋玉低頭曹植避，巫山洛水遜清才。

絶代文章不諱癡，千言萬語寫相思。十年勘破揚州夢，君是前身杜牧之。

禹鼎温犀鬼董狐，珠璣字字萬褒誅。《漢書》兩部分明在，莫問江東長柄壺。

訟庭晝永作詩清，兩造紛紜盡得情。羡煞生花三寸管，揮完鳳誥寫傾城。

紅顔只合一生顰，况屬千愁萬恨身。若過瀟湘吊妃子，美人即是屈靈均。

珍重渾如作史評，陽秋皮裏最分明。若教聖歎今猶在，定道前賢讓後生。

六絶意尚未盡再作五言古詩長句二首以志傾倒

吾生無款洽，晨星數交友。一自罷官來，轍迹絶瓮牖。最後睢陽行，始識黄子久。黄君操治述，善政在民口。豈徒德與言，立功期不朽。閒或爲文章，腕底蛟螭走。一行司民牧，斯事廢八九。偶於聽政餘，揮筆渾如帚。頃刻數千言，丹鉛染兩手。吃吃笑不休，唯唯而否否。有客突見之，笑問作誰某。掩卷不容窺，奇如秘二酉。譬如先施美，金錢未肯偶。彼傖苦不知，必至覆醬瓿。君嘗爲吾言，愛我忘其醜。謂爲《紅樓夢》，甘心作墨守。吾乃卒讀之，清風生腋肘。如餐防風粥，口香日日有。妙義一齊闡，微言無不剖。吾知瀟湘子，陰空定頫首。應令作書人，置酒爲君壽。

我昔讀《紅樓》，自謂王伯輿，閒嘗評騭之，頗似注蟲魚。顧如得石田，未敢忘耕畬。又如啖螃蜮，空螯無膏腴。我書將及半，始得見君書。君書亦何異，筆底風雷驅。語語如我出，我筆未能抒。君意無他奇，似我心爬梳。曠觀三代上，讀破萬卷餘。倘非具此才，揮灑何自如。作史具三長，君其無愧歟。古人如可作，相視心怡愉。始知才高下，相去何懸殊。譬見西子鄰，有貌應憎余。君苗焚筆硯，藏拙勿徐徐。我書可不作，束之高閣儲。行當竊君句，鶴聲飛天衢。用以冠我集，銅質黄金塗。譬彼薄笨車，懸此照乘珠。君其許我不，一笑休揶揄。

詩漁叟

次公善政遍睢陽，退食評書寄慨長。偶借酒杯消塊壘，好將笑罵作文章。小中見大新知進，忙裏偷閒舊學彰。豈似癡人空説夢，南華秋水擬蒙莊。

青橋逸徒

金身粒粟證如來，蕉鹿應疑覺夢猜。萬卷羅胸精耿耿，一篇信手刃恢恢。苦心工部詩評似，生面將軍筆下開。攜去故山示朋輩，始知斷獄有餘才。

環翠吟樵

夢中説夢，將無作有，萃成正氣長歌。鑄史鎔經，借題寄托綺羅。滿幅班香屈艷，吊不盡碧草青莎。感鴻濛曰空曰色，幾費吟哦。　羡他健筆凌雲，非寫夢寫幻，不寫癡魔。孤憤深情，都從個裏參他。一任神奸變態，難逃匿淵鑒汪波。論千秋一字褒譏，詎可消磨。

錦池釣者

公論千秋，看紙上妍媸如畫。參個裏心腸面目，誰真誰假？痛讀屈騷神鬼泣，重修遷史奸雄怕。振霜毫，精鋭走雷霆，聲叱咤。　談忠義，熱淚灑。論奸頑誅心，寫擊筑歌，大塊文章，喜笑怒罵。畫策蕭張增慷慨，謙恭操莽終貪詐。借題揮嘯傲，酒中杯，《漢書》下。

紉蘭山館主人

墨灑珠璣萬顆，舌粲蓮花一朵。説夢本癡人，不許癡人勘破。真個，真個，那管鶯嗔燕唾。

可惜桃花飄泊，又恨柳花輕薄。疑幻更疑真，指點《紅樓》四角。夢覺，夢覺，春静訟庭花落。

海壺道人

真個書成泣鬼神，知君明月是前身。大開眼孔推名士，直抉心源論美人。唐漢文章千古妙，春秋筆法一編新。夜來應有紅樓夢，笑看群花拜下塵。

亮甫居士

兒女家常瑣褻詞，誰掄秦鏡辯妍媸。一經卓識窮探討，美惡貞淫判若斯。
人人膾炙説《紅樓》，意義都從象罔求。誰識此中多法戒，紫陽《綱目》、《魯春秋》。
八十條刊妙義生，更番比例備詳明。是非不作模棱語，斷獄從來貴得平。
稗官立説豈無因，假語何妨認作真。曼倩詼諧董狐筆，解頤人是會心人。

紅樓夢紀略

青山山農輯

《紅樓夢》何以作？爲賈寶玉、林黛玉二人作也。寶玉含玉而生，爲祖母史太君、母王夫人所鍾愛，父賈政訓之嚴而重，慈護之特甚。政長子珠早亡，婦李氏舉遺腹子蘭。政妾趙氏生幼子環，劣而不慧。故賈政期望於寶玉不淺。政有同母兄赦，與政之同祖侄珍，襲封寧國公者同居。赦之子璉，娶政之妻侄女王熙鳳爲室，政乃招其夫婦來授以家計。赦襲榮國公爵，政則從事農部。政不能家人事，自得璉與熙鳳，以家委之。熙鳳善事賈母、王夫人。適當李氏寡而寶玉幼，駸駸乎擅榮府而有之矣。寶玉者，幼即心淫漁色，而賈母又以美婢晴雯、襲人等侍之。晴雯雖貞，襲人則早導以淫。熙鳳竅之深，亦與宣淫，以順其意，并勾引珍子蓉妻秦可卿，及可卿之弟秦鍾，與相往來，欲寶玉荒於色而愚昧，則榮府皆已有也。惟賈母、王夫人不悟耳。賈有愛女敏，適林運司如海。敏亡，遺甥女黛玉。黛玉者，國色也。賈母迎之來，愛之甚，使同寶玉伴己。始則兩小無猜，繼則形影從而心神許，顧能相持以禮，不及於亂，此可嘉焉。黛玉機警而辯，熙鳳竊畏之，慮遇寶玉，必反家政。適王夫人姊薛姨攜其女寶釵來，亦殊有色，又柔訥而下人，熙鳳心喜，以爲王夫人之姊女也，是可惑寶玉而逐黛玉，惟我計耳。乃浸潤抑揚於史太君、王夫人前，二人漸以惑而寶玉不渝也。於是林如海死矣，黛玉愁怨深，病時作。史之侄孫女湘雲，政妾之女探春，政兄赦女迎春，敬女惜春并李氏及寶釵，皆憐之，寶玉益憂之甚。政長女元春爲貴妃，亦愛寶玉。歸省時，隱爲擇偶，以黛玉賦詩最工，意深許。間有言其病者，乃屬寶釵，貽以麝串，於是黛玉益恚矣。寶玉既不得志，遂狎婢并伶人蔣琪，政知欲置之死，得賈母救，乃免。於是襲人在王夫人前譖晴雯及似晴雯之五兒，并及黛玉，王夫人怒，立遣晴雯。晴雯遂死，而王夫人之惡黛玉亦深。既而元春薨，榮府中落，熙鳳恃勢漁利，通外官營利債，恣所欲爲，而心益忌黛玉。黛玉痛念無家，又隱爲熙鳳排擠不已，求速死，病日劇。寶玉傷之深，亦病。熙風乃以寶釵愛繫金鎖，謂與寶玉有天緣，恐寶玉不從也，計僞爲娶黛玉者，賈母及政夫婦皆從之。時黛玉方病亟，欲令其婢紫鵑來，使扶寶釵以愚寶玉。紫鵑哭守黛玉，不行，乃喚其舊奴雪雁去。黛玉即於是夕嘔血死。寶釵之嫂甄香菱者，向以父士隱棄家入道，自傷無親，謂與黛玉相似，故從之學詩，及黛玉死，亦大痛。彌留時，獨李氏與探春、紫鵑送其死。賈母輩皆忙寶玉姻事，不之顧也。寶玉迷惘就婚，醒而知其情，痛不欲生，而已無如之何，自此遂有出世意。時賈政以糧儲道被議回部，賈赦、賈珍以下，仍不自斂，加以熙鳳所爲益横，忽御史臺露章參劾，錦衣衛飛騎查抄，兩府頃刻毁敗，衆口騰謗，熙鳳乃俯仰無以爲人。賈母見背，雖以先世功勛復爵還産，凋弊之餘，治喪俱難也。初，賈母愛奉佛，既迎女冠妙玉於園中櫳翠庵，又使寶玉事張道士。或傳妙玉固得道者，因盜劫以術幻去，遂有僧道與寶玉往來。寶玉屢欲遁迹，輒爲家人阻留。至是賈政扶櫬歸里，寶玉攜賈蘭赴秋試。寶玉既出闈，遂遁去，識者知其爲黛玉故也。榜發，叔侄皆中式。王夫人悲喜交集，而已無從爲計。自是寶釵寡，襲人嫁。金玉之良緣，謀之於人，反不如羅巾之預兆，定之於天。此一部《紅樓夢》之大略也。

嘗考榮府事，以王夫人爲主，乃夫人意中，則以寶釵爲淑女，襲人爲良婢也。然寶釵有先奸後娶之譏，襲人首導寶玉以淫，是淑者不淑，而良者不良。譬諸人臣，所謂忠者不忠，賢者不賢也。王夫人意中疑黛玉與寶玉有私，又以晴雯妖媚惑主，乃黛玉臨終有『我身乾净』之言，晴雯臨終有『悔不當初』之語，是私固無私，惑亦無惑。譬諸人臣，所謂忠而見疑，信而獲謗也。屈原廢而懷王卒以亡國，黛玉死而寶玉因以出家。古今信讒之禍，家與國如出一轍。美人香草，作《離騷》者其有憂患乎！吾於是書，亦安能無感慨係之哉！

紅樓夢廣義卷上

青山山農撰

寶玉淫行，書中并未明寫，獨於秦氏房中托之於夢，而以襲人雲雨實之，是時玉纔十三歲耳，而可卿其狎婢亂倫，無所不至。可卿如是，則凡同於可卿者可知；襲人如此，而凡類於襲人者可推。可卿其天風之姤乎！襲人其天山之遯乎！馴至繡鴛鴦，眠芍藥，撲蛺蝶，解石榴。櫳翠聽琴，魔迷本性；怡紅開宴，玉失通靈。其山風之蠱，山地之剥乎！君子是以嘉黛玉而善晴雯也。

黛玉聰明機警，爲群釵冠。使偶寶玉，必能反鳳姐所爲而大興榮府。惟是性忌而情癡，氣高而量褊，眼淚之淌，適以自促其天年，此則可議焉。然而屈原被放，托山鬼以抒愁；賈傅不容，吊汨羅而見志。千古忠臣義士，皆血淚中人也，黛玉又何間然！

襲人善事寶玉，寶釵善結襲人，同惡相濟，以售其奸。始則攜刷揮蠅，願學水鴛之戲；繼則移花接木，甘受雪雁之扶。王莽謙恭，以移漢祚；寶釵謙恭，以奪林婚。梟雄伎倆，如出一轍。寶玉厭之矣，出闈之遁，有以也夫！

湘雲英氣勃勃，純乎豪者也。裀藥酣眠，何其豪邁！燒鹿大嚼，何其豪爽！拖青絲於枕畔，擱白臂於床沿，又何其豪放！寶玉鬚眉而巾幗，湘雲巾幗而鬚眉。儻令易男子裝，黃崇嘏不得獨擅千古矣。至於與襲人詆寶玉論經濟，尤覺豪之又豪，不可以壓倒群釵歟？

探春聰明不及黛玉，温文不及寶釵，豪爽不及湘雲，獨能化三美之長，而自成其美。建社吟詩，何其風雅！釣魚占相，何其雍容！賞花知妖，何其穎悟！停棋判事，何其精明！寶玉温柔如女子態，探春英斷有丈夫風。生女莫生男，殆探春之謂歟？要其大過人處，尤在斥熙鳳、摯王善保家一節，理直氣壯，足寒小人之膽而爲群艷干城。張良椎，陳琳檄，兼而有之。吾愛其人，吾畏其風。

元春才德兼備，足爲仕女班頭。惟是仙源之詩，知賞黛玉；香麝之串，獨貽寶釵。後此之以薛易林，皆元春先啓其端也。世無寶玉，其誰爲顰兒真知己哉？

迎春以鳩拙之資，嫁狼跋之婿，遇人不淑，飲恨以終，令人有實命不猶之感。然貴如元春，竟傷早逝；慧如惜春，終落空門；賈氏閨秀，大抵皆薄命司也，於中山狼又何責焉！

惜春奇僻似妙玉，而操守過之，故其修行在妙玉之後，而悟道則在妙玉之前。語曰：『青出於藍而勝於藍，冰生於水而寒於水。』觀於惜春，可以知後來之居上焉。

寶琴豐度飄飄，無人間煙火氣。譬諸詩家，寶釵爲能品，寶琴爲神品，小喬身份，固遠勝大喬也。且以金玉之良緣，成諸人謀，孰若梅雪之佳偶，出諸天然。天下惟天然者爲難能而可貴耳。美哉寶琴，夫何修而到此！

李綺、李紋無所表見，惟有一二詩可傳，殆亦一時之選也。吾聞女無美惡，入宫見妬；士無賢不肖，入門見嫉。千古才人，遭嫉妬而磨滅不彰者，何可勝道！彼二女者，寄身大觀園，因得以詩流傳，抑何其幸也！

邢岫煙之依姑母，猶寶釵之依姨母也。乃寶釵如此赫赫，岫煙如此寂寂，俗態炎凉，人情冷暖，直有與人難堪之勢。煙也處之泰然，喜怒不形，忮求胥泯，譬諸飛鳥依人，人自憐之，可以久處約，即可以長處樂矣。得嫁佳婿，宜哉！

妙玉外似孤高，内實塵俗。花下聽琴，自詡知音，反忘來路。情魔一起，而蒲團之趺坐，盡棄前功，内賊熾斯外賊乘之耳。物必先腐也而後蟲生之，人必自亂也而後盜劫之。慢藏誨盜，冶容誨淫，古訓有明徵矣。若妙玉者，其亦自貽伊戚也夫！

李紈優於德而短於才，有盧懷慎伴食之風。然以熙鳳之恃才，適以召禍，孰如紈之積德，有以致福？賈蘭英發，大振家門，晝荻之功，同於歐母，可以慰賈珠於地下矣。

王熙鳳智足以謀天，力足以制人，駸駸乎擅兩府，而惟其其所欲爲矣。乃身死未寒，愛女莫保，平日之肆惡於人者，適以貽禍其子，不有平兒之忠，劉姥姥之俠，恐欲爲田家婦而不能也。操移漢祚，髦、奂不終；懿奪魏禪，懷、愍被害。千古奸雄，能竊神器於生前，不能保子孫於身後，皆鳳姐之類也。鳳姐其猶幸焉耳！

巧姐一見賈芸，即大哭不止，少時聰明，一斑可見。觀其對王仁數語，不厚母而薄父，尤爲落落大方。異日嫁爲田家婦，椎髻荆裳，相我夫子，必有林下風者。一部《紅樓》，以寶玉之出家作結，所謂色即是空，佛家之法旨也；以巧姐之許婚作收，所謂博而反約，儒家之實理也。巧哉巧姐，得其所哉！

秦可卿本死於縊，而書則言其病，必當時深諱其事而以疾告於人者。觀其經理喪殯，賈珍如此哀痛，如此慎重，而賈蓉反漠不相關，父子之間，嫌隙久生。向使可卿不早自圖，老賊萬段之禍，未必不再見於阿翁也。嗚呼！可卿其死晚矣。

鴛鴦服事賈母，能得歡心，爲人子者所當愛之敬之，以姊妹行相待。奈何虎視眈眈，圖一己之歡娱，不思慈闈之勞苦，則於賈母爲不孝，於鴛鴦爲不順，律以人臣無將之義，當受上刑之誅矣。然鴛鴦固心在寶玉者也。心在寶玉，既不可嫁賈赦，又不能嫁寶玉，惟有一死以絶賈赦而謝寶玉。他時赦老歸來，當爲之歌曰：『莫打鴨，打鴨驚鴛鴦。鴛鴦新向池中浴，不比孤洲老鴰鶬。鴰鶬尚欲遠飛去，何況鴛鴦羽翼荒！』

香菱，香國之陳涉也。劉、項未興，陳涉先起；釵、黛未出，英蓮先生。陳涉爲劉、項發難端，香菱爲釵、黛開幻境。且僧道求捨，早伏寶玉出家之基；馮、薛争人，又伏釵、黛易婚之兆；馮死而薛逃，并爲玉、釵聚首之由，一部中之大關鍵也。故是書以英蓮起，以英蓮結焉。

平兒不矜才，不使氣，不恃寵，不市恩，不辭勞怨，有古名臣事君之風。要其本領在積之以誠，而行之以禮。誠至而物無不動，禮至而人莫能陵。故以鳳姐之猜疑，始尚忌之，繼則安之，終且忘之，終其身油油與共，絶無纖芥之嫌，得是道以立朝，韓、彭葅醢之禍可無作也。至於見義必爲，不避艱險，卒能脱巧姐於難，人謂其知不可及，吾謂其愚尤不可及。

紫鵑，黛玉之張承業也。承業忠於唐，而不能禁李存勖之僭位；紫鵑忠於林，而不能禁薛寶釵之奪婚。一片熱腸，爲知己愁，不能爲知己助。迨至黛玉死，寶玉亡，長齋繡佛，終身不事二主，非具大氣節而能若是乎？嗚呼！可以愧王、魏之流矣。

晴雯立品與黛玉同，其全節較黛玉難。地處密邇則涇渭易於相淆，身屬卑微而薰蕕難以自異。雯也，具不降不辱之志，表獨清獨醒之風，可親可愛而不可玩，可敬可畏而不可欺，殆所謂出水芙蓉，一塵不染者。生爲貞女，歿作花神，不亦宜乎？

襲人，賈府之秦檜也。秦檜通於兀朮，而以無罪貶趙鼎，殺武穆；襲人通於寶玉，而以無罪譖黛玉，死晴雯。其奸同，其惡同也。然檜之奸惡，舉朝皆能知之；至襲人則賈母不之知，賈政不之知，王夫人不之知，賈府上下并不之知。不有晴雯，誰能發其奸而數其惡哉？然而晴雯死矣！

金釧鍾情寶玉，已非一日。金簪之對，直是情不自禁，王夫人逐之宜矣。獨是慈闈何地？奸淫何事？是可忍孰不可忍？則平日之眠花卧柳，夫亦何所不至哉！王夫人知罪金釧，而不知罪寶玉，是猶隨波逐流而欲源之清也。君子是以知其闇也。

晴雯以不附襲人而死，秋紋、麝月以黨於襲人而存，似晴雯之固執不如秋、麝之圓通，乃晴雯卒爲貞女，秋、麝不免流爲小人。黄泉易逝，青史難誣，失足一朝，誅心千載。有志者當效晴雯之死，而不可以秋、麝爲法。

雪雁，丁公之流也。項羽未亡，丁公早貳；黛玉未死，雪雁先行。棄垂危之主而事新人，宜其功高開國，寵擅專房，與家國同休矣。乃漢高卒斬丁公，寶釵先嫁雪雁，反顔事仇，適爲人棄。世之爲雪雁者可以愧矣，世之如雪雁者正可以鑒矣。

小紅結想最奢，居心最巧，目中惟知有寶玉，并不知有晴、麝諸人，故晴、麝等待之獨刻，防之亦甚嚴。遞茶之役，偶爾垂青，即遭搶白，紅其能鬱鬱久居此乎！蜂橋傳心，切切私語，寶釵不發其奸，而反爲之掩覆，從此飛上高枝，日圖報復，怡紅院幾成敵國。古人謂蜂蠆有毒，信哉！

五兒容貌酷似晴雯，而性情柔順過之，故晴雯死而五兒獨存。深宵伴睡，未會仙真，徒聞獃話，天殆留此人以醒紅樓之夢乎！蓋自是移花接木之計行，而卧榻之旁不容他人鼾睡矣。回想當年，得毋曰風景不殊，舉目有河山之感。

侍書，詞令之妙品也。當夫夤夜大搜，變生不測，凡諸侍女避過不遑，其敢侃侃而陳者，惟有晴雯與侍書。然晴雯言激而鋒利，故取禍；侍書味腴而韻辣，故無罪。士君子居下位，處末流，值不得盡言之時，而又逼於不得不言之勢，以侍書爲法焉可。

繡橘之激迎春，猶郤正之教後主也。郤正能教後主以哭，而不能教後主之淌淚。繡橘能激迎春以言，而不能激迎春之發怒。誠如尊命，即孔明亦莫如之何，況郤正乎！何必如此，即探春亦莫如之何，況繡橘乎！此中山狼所以得肆其猖狂也。

司棋與潘又安爲中表親，如黛玉之於寶玉也。黛玉發乎情而惟恐莫遂其情，故情深而成病；司棋溺於情而必思得遂其情，故情急而成奸。黛玉得其正，司棋得其偏，要皆不失爲真情也。迨至獲贓敗露，聲色不形，視死如歸，後先相繼，雖非從容就義，亦足愧世之隱忍偷生者矣。

入畫私相授受，情有可原，且熙鳳、尤氏均信其無他，似可無容議棄，而惜春顧爲此已甚者，蓋有傷於賈珍之不友也。奴婢尚有手足之情，而生長華門反無骨肉之誼，長舌厲階，藐躬安寄，人之無良，奈何我以爲兄乎？且賈珍有銀賞其奴，并不聞有恩及其妹。奴何厚而妹何薄，言之尤覺心惻。故去入畫以絶尤氏，即借入畫以絶寧府，蓋其修行之志已決於去入畫時矣。

鶯兒憨態癡情，酷似香菱。始觀玉文而提及金鎖，繼打玉絡而配用金綫，金玉良緣成諸鳳姐，實肇諸鶯兒。且黛玉綫穗既已剪斷，寶釵綫絡從此結成，而絳芸兆夢鴛鴦作繡，皆此日有以撮合也。茶水之事，首薦鶯兒，襲人其有深意乎？鶯兒誠造化哉！

翠縷究論陰陽，前後之大關鍵也。天地消長之機，家國盛衰之理，不外陰陽。賈府先世以寒微而建大功，一陽初生，地雷之復也。寧、榮賜府，赦、珍襲封，其地天之泰乎？鳳藻選才，元妃歸省，其純乾之象乎？而聽曲悟禪，製謎悲讖，姤已伏於此矣。推之馬婆行魔，花婢進讒，則天地之否也。園内搜奸，祠中聞鬼，則風地之觀也。元妃薨逝，兩府查抄，則山地之剥也。馴至芸、環聚黨，平、巧出亡，則群陰用事而成純坤之象。作者特借翠縷究出陰陽二字，以見持盈保泰，道在扶陽而抑陰。賈府諸人夢夢不知，卒致禍敗，直翠縷之不如耳。

賈母之信王熙鳳，猶漢武之用桑宏羊也。漢武因耗財而思生財，故宏羊得以售其詐；賈母因耗財而思節財，故熙鳳得以濟其奸。兩府查抄，先業蕩盡，對天之禱，孰若罪己之詔，猶如補過於事後乎？至於以薛易林，一舉而害三人，尤與漢武之誅太子殺皇后者同。爲耄老而昏有國家者所當引以爲戒。

賈政優柔寡斷，迂腐鮮通，日在倫常上用功，其於倫常大道理全未窺見。居官不持大體，徒務小廉，致奴僕輩得以朋比爲奸，是謂不忠。事親不積誠心，只聽亂命，致子侄等得以恃符妄作，是謂不孝。兄剛而愎，未聞有所箴規，致以貪財獲戾，是謂不弟。子頑而淫，未聞時加教訓，致以好色亡身，是謂不慈。家計瞶瞶，毫無覺察，竟以千鈞重擔付之孽侄，背手跺脚，後悔奚追，腐儒誠不足與言國家大計也。

王夫人怒金釧，逐晴雯、芳官，似屬家法應爾。然以家法論，寶玉也不置之書房而置之花園，法乎否耶？不付之阿保而付之丫鬟，法乎否耶？不游之師友而游之姊妹，法乎否耶？即謂一誤，不堪再誤。而用襲人，則非其人；逐晴雯，則非其罪。徒使僉壬幸進，方正流亡，顛顛倒倒，畫出千古庸流之禍。作書者有危心焉，貶之不亦宜乎！

趙姨娘以齷齪之心，行陰毒之事，狗彘將不食其餘，死於鬼禍宜矣。獨怪政老不親女色，反於此婦愛之有餘慕者。愛其德乎？愛其才乎？愛其色乎？抑豈大丈夫之愛細君，別有肺腸，精粗美惡固所不暇計乎？則且爲古諺易一解曰：人莫知其妾之惡。

賈環不可教訓，不知話言，固賈府之檮杌也。較之寶玉，又不啻天淵矣。乃賈政於寶玉訓之尚嚴，於賈環反愛之特甚，是豈愛憐少子，趙左師之心法固相傳未替乎？抑豈子以母寵，衛州吁之好兵固在所弗禁乎？吾於寶玉知賈政齊家之疏，吾於賈環知賈政居心之偏。

彩雲失身賈環，至甘爲之作賊，甘爲之認過，色界中之最下乘也。然士爲知己者死，女爲悦己者容，甘心事桀之人，較之朝秦暮楚之人，自有天淵之别。《五代史》所由以全節予王彦章也，而何譏夫彩雲？

小鵲身事趙姨娘，而心在寶玉，故凡有關於寶玉者，必以告寶玉，殆怡紅院之報信鳥也。乃以杯弓蛇影，頓起疑心，遂令鶴唳風聲，皆成危境。自是而呼賊，自是而裝病，自是而查賭，自是而抄園，皆小鵲報信不實有以致之也。古人謂鵲噪非吉，而人家之子弟必以喜鵲爲戒，其意深哉。

賈蘭，中流之砥柱也。兩府查抄，賈政被議，先世遺烈，蕩矣無存。加以璉之荒，玉之淫，環之頑劣，賈氏至此，奄奄無生氣矣。蘭也少成若性，人秉慈訓，出受師傳，生富貴之家，不染膏粱之習，卒能學就名成，回狂瀾於既倒。然則人特患不能立志耳，誰謂習俗可以移人哉！

薛姨媽謹慎持身，和平處衆，故賈府上下皆愛之，特其許婚一節，殊不可解。賈府何時？寶玉何人？高明之家，鬼瞰其室，有識者早戒與往來矣。况黛玉病，寶玉瘋，有生生死死之勢，薛姨媽即不爲黛玉計，獨不爲寶玉計乎？不爲寶玉計，豈并不爲寶釵計乎？而乃勢利薰心，聽移花接木之謀，爲掩耳盜鈴之舉，迨至黛玉死，寶玉亡，寶釵亦傷乎早寡，是誰之過歟？

薛蟠之懼内，與賈璉之懼内相似而實不同。賈璉之所懼者智婦。智婦之悍，悍在太刻而積威有漸。薛蟠之所懼者愚婦。愚婦之悍，悍在不明而撒賴難當。説又不好，勸又不好，打又不好，央告又不好，即英雄如霸王，恐亦無用武之地也。况降格而爲獃，則假之中又有假焉，其懼也固宜。

賈赦剛愎而多欲，邢夫人柔邪而多猜，是天生一對夫妻。其欲娶鴛鴦也，雖爲好色，而此實爲貪財。而生是時，賈母已死，所有私財盡歸鴛鴦掌管，寶玉美而幼，賈母鍾愛之甚，他日成人受室，必爲寶玉有也。璉、鳳向外，各自爲謀，邢夫人又不合親，心惟鴛鴦，於賈母言聽計從，收之房中，既可因鴛鴦而聯絡賈母之心，即可借鴛鴦而覬覦賈母之財，此東窗下夫婦之秘計也。天良斫喪，禽獸幾希，抄封問罪，不亦宜乎！

賈璉力不足以制鳳姐，而不肯誠服鳳姐，故鳳姐待之甚刻，防之亦甚嚴，幾幾乎軍中聞將軍令，不聞天子詔矣。拔劍之擊，其殆太阿獨持，轉弱爲强之機乎？乃卒之拔其幟，而樹娘子幟，甘爲下風之拜，從此大權盡落，跋扈更不可制。然而，璉且曰：『吾豈若是小丈夫然哉？』吾有所受之也。

尤二姐容貌可觀，性亦柔順，置之大觀園中，亦可附驥尾而成名，而顧不列於群芳者，以其失身也。嗟夫，士有百行，以孝爲先；女有四德，以貞爲貴。若尤二姐者，失身於珍，失身於蓉，而又委身事蓮，有靦面目，恬不爲非。我思古人，其五代之長樂老歟！

傻大姐所拾之繡春囊，即潘又安所贈之香袋也。園中之大，無奇不有，一繡春囊，亦何足定爲奸淫鐵案？乃邢夫人挾鴛鴦之隙，借劍殺人。王夫人信襲人之讒，乘風生浪。王熙鳳又思尋出寶、黛破綻，得遂其以薛易林之謀。而春花秋月之場，忽變爲苦雨凄風之象。然則傻大姐，人妖也；繡春囊，物妖也。人無釁焉，妖不自作。異時兩府查抄，即於大觀園之搜檢預示其兆也，探春知之矣。

王善保家之搜大觀園，即趙堂官之先聲也。趙堂官遇事生風，而兩府半遭其荼毒。王善保家從此，平日可知，人前如此，背地可知。蓉大爺才是他侄兒，周瑞家其有微詞乎？然而可卿救我，阿叔一寫出，而蓉之蕩，鳳之淫，均可不言而喻。至於欲借故斬，臨去又回，兩下深情，依依不捨，一時如

賈蓉衣裳楚楚，殆《詩》所謂蜉蝣之羽者也。作書者借劉老老目中，將其眉眼身材、衣服冠帶一

子若婦，致令門内宣淫，釀成聚麀之禍。爲稽其罪，蓋浮於珍焉。氏之曰尤，美之乎，抑尤之也？

婦，未有不交相儆戒以成其德者。尤氏年已半老，上之不能正其身，次之不能匡其夫，下之不能訓其

尤氏無違夫子，似屬婦道應爾。然《詩》歌偕老，儀著委佗；《易》筮家人，象儆嘻嗃。古來賢夫

然歟？

妹。穢德彰聞，醜聲遠播，石獅子之喻，浪子且羞與爲伍矣。賈敬修道，惜春爲尼，其殆有所激而

亂自内作。始則如梁朱温之於張、王，疏其子而嬖其婦；繼則如唐明皇之於秦、虢，納其姐而通其

賈珍襲祖父之餘蔭，生而富貴，苟持家有道，即聲伎滿前，亦不失爲風流子弟。而乃人面獸心，

者，史不絶書矣。仙乎，仙乎，亦又奚求！

溺章句者，儒之賊，害必貽於家國；惑丹汞者，仙之蠹，禍且中於身心。伊古以來，萬乘之主，罹此禍

賈敬之學爲仙，與賈政之學爲儒同。賈政學爲儒，而章句之是溺；賈敬學爲仙，而丹汞之是惑。

獲，欲蓋無從，尋人之醜者，反以自獻其醜。天眼恢恢，良可畏也。

婦則借端洩忿，直欲以列屋之阿嬌，作一網之打盡，不有蕉下客，孰能制伏此老魅哉！迨夫司棋被

旁扇火，而群釵均受其摧殘。狐假虎威，令人不勝恨恨。然趙堂官執法不阿，猶屬君命應爾。至此

固不癡也。嗚呼，噫嘻！

林黛玉藕斷絲連，尤三姐斬釘截鐵。似三姐之忘情，不如黛玉之多情。然天下惟情之至者，可以多情，亦可以忘情。黛玉遇寶玉而兩心相印，故多情；三姐遇湘蓮而一心獨向，故忘情。其忘情者，正其多情之甚也。黛玉、三姐易地則皆然耳。

柳湘蓮，一浪子耳，而三姐許以終身，且爲之死，豈膏粱文繡之中均非佳耦，而牝牡驪黄之外别有知音乎？然蓮有志之士也。志士必自潔其身，故猷霸王之戲拒之甚嚴。志士必不亂其倫，故石獅子之喻言之甚切。迨至鴛劍倏分，美人不作，屠刀立放，塵世皆空，然後知成仙成佛，皆從立志來也。三姐誠知人哉！

芳官一身凡三變：始爲戲子，何其飄逸；繼作丫頭，何其刁鑽；終作尼姑，何其静穆。惜春以閨秀而修行，芳官以女伶而悟道，皆有放下屠刀，立地成佛之妙。佛門廣大，何所不容。惟言清而行濁，如妙玉者，則我佛如來，當付諸萬劫之中。

藕官以戲爲真，深得戲中三昧。天下事，何往非真？何往非戲？嬉笑怒駡，皆成文章，此戲中之真也；富貴功名，終歸夢幻，此真中之戲也。悟其戲則到處可以見真，守其真則逢場可以作戲。大荒山、大觀園、太虚幻境，皆戲也，即皆真也。杏陰燒紙，以假鳳泣虚凰，藕官其善戲乎，可與率真矣。

齡官思遠憂深，直是鞶兒高弟子：架下畫薔，不殊陂後葬花也；雀兒串戲，奚異鸚哥唱詩也。

所未達一間者，只少眼淚一副耳。獨怪寶玉得色界真傳，於吾言無所不悦，而不能邀齡官顧盼之榮。人生情緣，各有定分，閲世之言，即見道之語也。然而色魔自此愈深矣。

蕊官、荳官、葵官，以類聚者也。以類聚者，多以類爭。賢如寶釵思危黛玉，不肖如襲人謀逐晴雯，爭妍鬥巧，伺隙行讒，同類相殘，而花團錦簇之場，忽變爲雲散風流之會，君子是以傷其忍也。蕊官等本同患之情，爲一時之憤，義氣激發，奮不顧身，直使老魅降伏，不敢以吾輩爲可欺。昔蘇子美讀漢文至博浪一椎，擊節叫快，浮一大白，吾於是書亦然。

賈代儒以儒爲名，必其自命爲真儒也者。顧儒亦不同：居仁由義，孔孟之儒；箋經注禮，馬鄭之儒；主敬存誠，程朱之儒；明心見性，陸王之儒。若沾沾然以八股爲事，其自命居何等也？無以名之，名之爲賈代儒而已。

賈瑞不度德不量力，竟以傲象之心，作毛遂之薦，昏暮乞人，遽遭糞溺，可爲躁進自媒者戒。獨是糞可耕田，溺堪作藥，糞溺雖穢，終非毒物。殘酷若鳳姐，曾糞溺之不如。風月之鑒現形骷髏，明明可睹，惜賈瑞不之悟耳。

焦大有大功於賈，即祔賈廟而隆其血食，誰曰不宜？乃至奴隸儕之，牛馬驅之，甚且溺糞污之。一片牢騷，無可發洩，宜其借杯酒以澆塊壘也。然吾聞紀信代王，未蒙上賞；韓、彭百戰，卒受顯誅。狡兔盡，走狗烹，千古功臣，有同嘆矣。若焦大者，得老牖下以終其身，其猶不幸之幸也夫？

包勇，焦大之替身也。焦大以老成而被棄，包勇以新進而見疏，賈府用人概可知矣。但士不窮不見節義，世不亂不識忠臣。大盗之劫，天殆生此變故，以顯忠良也。賈政諸人能無愧煞？

焙茗與襲人固表裏爲奸者也。襲人事内，而獨得歡心；焙茗事外，而能如人意。少女少男，憧憧往來，宜其感不以道矣。大抵寶玉所欲爲之事，或不爲襲人告，斷未有不爲焙茗告，故襲人猶僞托於正，焙茗則直出以諧。美女廟中偏遇見瘟神像，其亦好色之當頭棒乎！惜癡人不悟耳。

劉姥姥閱歷人情，揣摩世故，出其餘技，以取人財帛，如外府然，殆儀、秦之流歟？及一旦禍變猝乘，親者生心，疏者却步，乃能不動聲色，不避嫌疑，脱弱息於難，而成嬰、杵之功，又何其忠而俠也。嗚呼，姥姥吾莫測其所至矣！

北静王豐姿美秀，德性謙和，殆古之賢王好善而忘勢者也。送喪之役，一見寶玉，即深情無已。香串之贈，王其有龍陽之好乎？宜黛玉以臭男人目之也。

秦鍾美而不壽，其狀貌殆如婦人女子，不特寶玉愛之，鳳姐亦喜之矣。饅頭庵之宿，得趣智能，作書者其有微詞乎？獨是秦鍾者，情鍾也。情之所鍾，豈真獨在我輩？其鍾情寶玉也，謂之後門進狼；其鍾情智能也，謂之前門進虎。一人之身，前後交攻，其情溺，其性伐矣。鍾而有知，當爲之咏曰，無情何必生斯世。

蔣玉函與柳湘蓮同一美男子耳。乃湘蓮可以成仙，而玉函終於作戲。蓮奇而函俗，蓮潔而函污也。仙凡之隔，祇判幾微，清濁之區，遂分霄壤。襲人之娶，所以著下流之歸，絶之非幸之也。

賈雨村一介寒儒，驟膺顯職，即遭斥革，自應痛改前非，以作桑榆之補，乃再起再厲，終以貪敗。

膏以光自煎，象以齒自焚，好色貪財，敗亡一轍，急流津，覺迷渡，爲好色者指一寶筏，即爲貪財者造一慈航也。三十年宰相，獨不記鈐山堂十二年讀書時乎？凡百君子，三復斯言。

詹光、單聘仁、程日興，賈府之門下客也。馮驩彈鋏，薛券是焚；毛遂見錐，趙縱可合。即鷄鳴狗盜之流，亦能脱孟嘗於難。食人食者事人事，所由緩急可恃而休戚相關也。詹光等寄食賈府，上之不聞决疑定計，贊襄於未事；次之不聞圖艱思危，規陳於將事；下之又不聞救弊補偏，匡扶於既事。依阿取容，優游養望，坐視其子侄奴僕輩作奸作蠹而嘿然不出一言，博長厚之名，而忘主賓之誼，此等清客，當麾諸門墻之外，毋令鷄鳴狗盜輩笑人也。

邢大舅、王仁，賈府至親也。薛蝌則親外親也。兩府查抄，凡兹親戚，懼禍不前，而出力探事者，乃出於薛蝌一人。人情之尖薄，概可知矣。及乘賈璉之省親，則又以照家爲名，勾結賈環，聚焦醜類，以洩其小忿之心，掩耳盜鈴，鳳姐以之危黛玉者，二人即借以謀巧姐。雖曰天道好還，人心亦安可問哉？天下之爲薛蝌者恒少，而爲邢大舅、王仁者常多。居家者當知親君子，遠小人，無徒曰悦親戚之情話也。

賈芹、賈薔、賈芸，皆賈府無賴子弟也。游手好閒，不事生業，即絶與往來，亦不爲過，抑或推念同氣，給之衣食，以贍其身，斷不宜假以事權。乃芹也派管女尼，薔也派司戲子，芸也派栽園内花木，以飛揚浮動之人，而使之歷聲色貨利之場，非惟無益，適以厚其疢而益其毒耳。厥後賈芹被攆，而芸、薔猶托其管家，卒致巧姐之變。賈璉夫婦用人如此，瞶瞶安得不敗？

賴大世爲賈奴，居然求田問舍，納粟捐官。賴之肥也賈之瘠，其由來自不可問。然使以不義取之，以義報之，臨雪送炭，猶不失爲飲水知源。乃借者不奢，而與者甚吝，告假贖身，直寫出世家破落，奴輩負恩，不堪回首之象。富貴子弟慎勿揮金如土，反爲此輩所侮慢也。

王道士療妬之方，雖屬胡謅，却是實情。婦人之病，莫過淫妬。然犯淫者，什之一；犯妬者，什之九。一罹此疾，如入膏肓，牢不可破，以倉庚醫之不效也，以鴆酒治之不懼也，惟有明洪武之羹湯，爲古今第一良方。否則，當仿王一貼之法，潤其肺腸，平其心性，勿使相火衝生，厥疾庶有瘳歟？

趙國材似親非親，即今所謂舅爺也。就私情而論，則趙姨娘爲妹，國材爲兄，於賈環儼有甥舅之誼。就大義而言，則趙姨娘爲妾，國材爲奴，於賈環實有主僕之分。情不可却，而義不可逾，計維給之衣食，贍其身家，勿與往來，庶於情義兼盡。賈政憒憒，留之在家，又使之服侍賈環，干名犯義，莫此爲甚。幸而國材早死，趙姨娘亦遭鬼禍，否則狼狽爲奸，必爲賈門之患。近日此風盛行，何賈存周衣鉢之多也。

馬婆行魘，而鳳姐、寶玉即同時抱病，可見邪法亦自有靈，不得謂古來之巫蠱盡屬子虚也。然使賈府上下和睦，内外整肅，人無釁焉，妖不自作，馬婆雖奸，亦何所施其技？乃引妖入室，拜之爲乾親，奉之爲菩薩，因鈔經而啓釁，因啓釁而招邪，是行魘者馬婆，而使之行魘者乃賈母也。獨怪黛玉聰明絶世，而情不自禁，忽然念佛一聲，宜其爲寶釵所竊笑歟？

周端家、來旺婦，不過賈府一陪房耳，給茶水，抱衾裯，是其專職，房闥之外，彼固不得與聞焉。

乃一則兒子犯法，而熙鳳不敢驅除；一則兒子霸親，而賈璉不能禁止。僕婦弄權，至於此極。異時何三之盜，妙玉之劫，皆此輩爲之作綫也。古人謂：三姑六婆，實淫盜之媒。居家者均當書諸座右。

夏金桂有熙鳳之妬，而遜其精明；有熙鳳之淫，而無其機變。故熙鳳尚令人愛，金桂直令人憎。譬諸東漢，熙鳳如曹操，金桂如董卓。曹操之奸猶足以欺世，董卓之惡必至於殺身。擯之於大觀園之外，不與群芳伍，蓋所以深絶之也。

警幻仙姑，非仙也，其人也。秦氏房中何得有仙姑？仙姑何至教人以淫？且所言之事，與所教之事，判若兩途。太虚雖幻，不應如此之妄誕不經。夫賈府中日以正言規寶玉者，伊何人？襲人也。日以淫行導寶玉者，伊何人？襲人也。鍾、郝其言，吕、武其行，異趣者構之使離，同志者撮之使合。而若寶釵之刺繡，平兒之理妝，香菱之解裙，鶯兒之打絡，皆此婢爲之勾引，要皆自秦氏房中始也。觀於入房之際，一則曰甜香襲人，再則曰芳氣襲人，而且可卿之呼，襲人獨聞之，褲襠之濕，襲人獨知之，雲雨之秘，襲人獨演之。襲人其司人間之風情月債乎？彼以警幻爲仙姑者，奚啻夢中説夢！

智能，鳳姐之身外身也。鳳姐自見秦鍾，即深情無已。平兒送禮，嫌其太薄，嗣是請之同讀，邀之同行。寶玉之意，皆鳳姐之謀也。饅頭庵之宿，會逢其適，其殆如秦氏之房中托之於警幻乎？然而雨雲易散，只圖頃刻之歡；水月終虚，難望異時之合。情愈鍾則緣愈短，雖有智能，亦何所施其技哉！世之好色者，盍不以此鑒。

甄寶玉與寶玉，二而一，一而二者也。寶玉好色，甄寶玉亦好色；寶玉登科，甄寶玉亦登科：乃假者如此，真者如彼，則熱中誤之也。天下有浪子之神仙，斷無熱中之神仙。君子觀於甄、賈，而知寶玉之所以分；觀於寶玉，而知甄、賈之所以合。

紅樓夢廣義卷下

青山山農撰

問：淫如寶玉，而終能超凡悟道，其毋乃作書者之寓言乎？曰：寶玉實心人也，亦至性人也。使受父母責，無一怨心，見其孝；與姐妹游，無一閒言，見其弟；待奴僕婢女，無一暴厲聲，見其慈。使能迪之以詩書，匡之以師友，希聖希賢未可量也。乃以美秀之姿，置諸温柔之地，始也無知而犯，誤入巫山；繼也有托而逃，難收逝水。玉之玷也，竊玉者之過，要亦有此玉者之不善雕琢耳。觀其於黛玉、晴雯，則愛之敬之，而不敢犯，有柳下惠抱懷之風。於貴兒媳婦，則拒之絶之，而不肯犯，有魯男子閉門之概。誰謂玉真淫哉？《紅樓夢》於第六回大書曰『賈寶玉初試雲雨情』，譏失教也。於一百十九回復書曰『中鄉魁寶玉却塵緣』，嘉悔過也。

問：黛玉忌刻褊急，不能容人，即偶寶玉，亦未必能成家業，子何獨許之深也？曰：賈府之患，患在相忍，尤患在相欺。黛玉性直而情真。直則遇事敢言，可以挽尤氏容隱之風；真則存心無僞，可以矯鳳姐欺瞞之弊。且黛玉一身爲寶玉成敗所由關，寶玉一身又爲賈府盛衰所由繫。使其早結良緣，永諧伉儷，必能匡於正道，而格其非心。寶玉之志定，即寶玉之學成，而賈府之勳業可以不墜。誰生厲階，而令死者死，亡者亡，終古莫補此離恨之天也。君子是以罪王熙鳳也。

問：寶釵渾渾大度，以鳳姐之黠，黛玉之慧，湘雲之豪邁，襲人之柔奸，皆在所容，殆非學養兼到者不能，子何相詆之甚也？曰：寶釵作僞人也。知賈母之開豁，則僞爲大方；知王夫人之詳慎，則僞爲小心。所心忌者黛玉，偏僞爲憐愛之情；所心慕者寶玉，偏僞作疏遠之意。無往非僞，實無往非奸。則金鎖之字，安知非如宋仲子之僞托於手文，以爲異日奪婚之地乎？絳雲軒之夢，寶玉早窺其心矣，奈王夫人之不悟，何哉？

問：賢如史湘雲，而不免與襲人交好，其毋乃與寶釵同一作用乎？曰：寶釵深心人，湘雲豪氣人也。寶釵明知襲人之奸而深與結納，適成其爲小人；湘雲不知襲人之奸而偶與周旋，不害其爲君子。歐陽公之交王安石，與呂惠卿之附王安石，固不可同年而語也。故湘雲可恕而寶釵不可寬。

問：以探春之賢，而不認趙姨娘其母，乃爲盛德之累乎？曰：此正探春之所以爲賢也。趙氏之嚚，過於瞽妻；賈環之惡，同於傲弟。向使探春黨於所生，則以狠毒之人，加以英明之輔，如虎生翼，所傷必多。探春以大義爲重，自不得稍顧私恩，卒之王夫人因愛探春而不生其隙，趙姨娘亦因憚探春而莫肆其毒。委曲成全，恩義交盡，賈府中賴有此佳女子也。賢哉探春，吾無間然矣！

問：元春福德兼全，而獨歉於壽，豈賈氏閨秀，大抵皆薄命司乎？曰：此正元春之厚福也。日不常午，家不常盛。賈府敗亡，兆端已見，使天假之年，親見母家不祥之事，其不幸孰甚焉？天不欲其見之也，折其壽，正所以全其福也。

問：迎春議親之始，賈政曾向赦老言之，言之而不能阻之，豈婚姻之故，亦有天命存乎？曰：此賈赦之遺孽也。剛而無禮，愎而自用，陵人多矣。其子與女，能無受陵於人乎？婦爲河東獅，婿爲中山狼，天之報賈赦也亦巧矣。

問：惜春生長侯門而祝發爲尼，其毋乃賢者矯情之過乎？曰：此惜春之不得已也。兄淫而暴，嫂昏而庸，蓉等碌碌，尤而效之，罪又甚焉。東府中幾無完人矣。不有獅子介石之貞，其能免乎？煢煢弱女，進不得言，退無得依，唯有抱此貞心，托空門以避世，其亦武攸緒棄官入山之意乎！而賈敬於是有女矣。

問：寶琴視寶釵何如？曰：寶釵徇人，寶琴修己。寶釵只知作僞而移花接木，不免自作之愆；寶琴純任自然而冒雪尋梅，適成天作之合。美寶琴，即所以刺寶釵也。

問：李綺、李紋、邢岫煙三人何如？曰：此孟子所謂無獻子之家者也。綺、紋才華擅而豐韻勝，得於天分者多；岫煙涵養深而氣度佳，得於學力者多。然皆出水芙蓉，一塵不染，較之蘅蕪君，自有雅俗之分。進三人，亦所以外寶釵也。

問：妙玉與惜春奇癖相同，清修亦相似，何以結局大相懸殊？曰：從來邪正之分，分於心術。由心術而人品分，由人品而事爲分。華歆拾金，幼安割席，良以一念之差，異日之佐魏篡漢，皆由此基之也。妙玉修行，業已有年，硜硜自守，幾有富貴不淫，貧賤不移，威武不屈之概。乃檻外傳箋，已昧瓜田之戒；花前聽操，忽萌桑濮之心。邪魔内熾，斯盜賊外乘，妙玉之被劫也久矣。何三之徒，特會逢其適耳。

問：李紈身爲冢婦，置家事於不問，一任鳳姐之層層剥削，德則優矣，其如才之不足何？曰：此正李紈之賢也。愚婦爲後嗣争家財，賢婦爲後嗣綿福澤。積産千金，適以速敗；孰若讀書萬卷，足以立身。觀於李紈，可以知式穀之方焉。

問：鳳姐之才，似屬有爲，而卒以速敗，何也？曰：鳳姐治世之能臣，亂世之奸雄也。曹操若生於漢高之世，安知不爲佐命之元勳？鳳姐若生於代善之時，安知不爲持家之良婦？乃以賈政昏庸，有如漢獻。王夫人、李紈等柔懦無能，半皆術、紹之輩。奸雄之窺伺，亦時勢使然也。然而有才無行，終爲禍本。有國家者，毋輕言使貪使詐也。

問：巧姐侯門閨秀，而許嫁田家，其毋乃門户不相當乎？曰：此賈府還淳返樸之機也。世禄之家，鮮克由禮，怙侈滅義，將由惡終，而其原，皆由於不知稼穡之艱難。賈府窮奢極欲，馴致敗亡，幾有不可收拾之勢，所幸先世有未湮之澤，人心有可轉之機，故男有賈蘭，女有巧姐，猶得以耕讀兩途，作桑榆之補。此亦絢爛之極，歸於平淡也。而凡生長富貴者，慎毋忘田家滋味矣。

問：可卿多情而淫，何能超出情海，歸入情天？曰：此明情之爲害也。喜怒哀樂，未發爲性，已發爲情。情中節，則爲和；情過節，則爲淫。賈府之禍，始於秦而實起於情。情種既生，情孽適凑，而柳怒花嗔，鶯讒燕妬，莫非情之所沉溺也。天長地久，山高水遥，莫非情之所固結也。未死而情不忘，既死而情仍不能斷，自非太虛之幻境，安能淡此情哉？故於鴛鴦之死，可卿獨見，所以誅首禍，即所以警鍾情也。

問：鴛鴦之死，似節非節，其毋乃愚甚？曰：此十二釵之結局也。鴛鴦爲比翼之鳥，故昔人以喻夫婦。賈府十二釵，死者死，亡者亡，去者去，寡者寡，紅顔命薄，石莫補天，碧水路遥，衛難填海。蓋自海棠冬開，而大觀園之内只有斷腸花，并無比翼鳥矣，鴛鴦安得而不死？

問：平兒與鳳姐處，獨無纖芥之嫌，鳳姐之忘平兒歟？抑平兒之能使鳳姐忘歟？曰：平兒之所積者，誠也。誠至而鬼神可感，誠至而豚魚可孚。故以唐代宗之猜疑，不能不傾心於郭汾陽；明太祖之殘刻，不能不盡禮於中山王，誠之感人遠矣。孟子曰：至誠未有不動者，不誠未有能動者。觀於平兒，可以識事君之道焉。

問：香菱憨態直造，無眼耳鼻舌，心意法界，何所遇之慘歟？曰：香菱之所遇者人也，所見者天也。任天而動，而天下無不可意之境，無不可意之事，無不可意之人，故詩可以吟，草可以鬥，裙可以借，即棒亦可以受，嬉嬉然無知無識，天也，其無懷氏之民歟？其葛天氏之民歟？《紅樓夢》以英蓮冠全書，其意深哉。

問：紫鵑於黛玉，分雖主僕，非有從一以終之誼，長齋繡佛，以身報之，何其愚也？曰：忠臣之事君也，不以存亡易節；烈女之事人也，不以生死改轍。宋亡矣，而文山報宋之心不亡；林死矣，而紫鵑報林之心不死。忠臣烈女，一點丹心，直可光昭千古。緇衣對佛，其亦黄冠歸里之思乎？危素老臣能無愧煞？

問：晴雯有過人之節，而不能以自藏，似非士君子全身之道？曰：邪正不并域而居，忠佞不同朝而立。岳武穆何嘗與秦檜爲仇，而秦檜必欲置之死；于少保何嘗與徐有貞有隙，而有貞必欲殺其身。且如楊、左諸君，當日即不揭魏閹之罪，亦難保無東林之禍。所貴乎士君子者，以全節爲貴，非以全身爲貴。若必唯阿取容，置名節於不問，古今尚有完人哉？有志者毋輕議晴雯也。

問：五兒容貌酷似晴雯，何以入園之後，寂寂無稱？曰：此束晳補亡之詩也。晴雯潔比白華，貴同華黍，其豐韻在有聲無辭之間。五兒何人，乃竟以陋晋之盲音，補成周之雅樂？其貌雖似，其神則非，深宵之伴，得炙末光，亦云幸矣。

問：蕙香同生爲夫婦之言，本屬小兒胡謅，而因此獲罪，不亦冤乎？曰：秦檜之殺岳武穆也，以『莫須有』三字定獄；徐有貞之殺于少保也，以『意欲』二字成讞。小人之陷君子，先後若出一轍，而君子并不之辨者，非絀於理，絀於勢也。大觀園之獄成矣，辨亦出，不辨亦出，徒戀戀此鷄肋，胡爲乎？蕙香真彊項也。

問：琥珀與鴛鴦同事賈母，其材略當亦相同，而一則籍籍，一則庸庸，何也？曰：人之所以匡時者，才爲之也。人之得以見才者，遇爲之也。遇不奇，則才不彰；遇不窮，而才亦不顯。琥珀有可見之才，而無可見之遇。抱此宏猷，寂寂終老。然則，鴛鴦之不幸，乃其幸；琥珀之幸，乃其不幸也夫。

問：金釧金簪落井之對，似有至理，而王夫人必置之死地，何也？曰：此殺機之萌也。泰極則否，聚久必散，天道物情，互相消長。大觀園之樂極矣，大觀園之禍亟矣。自是而死晴雯，自是而死司棋，自是而出芳官等於家，履霜堅冰，讀《易》者其有憂患乎？吾於是書亦然。

問：玉釧身事王夫人，而心仇寶玉，其毋乃非爲下，不倍之道乎？曰：徐庶感於母之故，終其身不爲操謀；玉釧感於姐之故，終其身不與玉近。其勢雖異，其心則同，徒以主僕之誼，敢怒而不敢言，然眉睫間宿憾未平也。胡頡顔公子，又欲賣癡態作文夫人之蠱哉！則使心機費盡，强博一笑於紅顔，而詞色不親，終帶三分乎白眼，於義有足多焉。

問：翠縷究論陰陽，愈詰愈亂，愈出愈奇，何其通而不通也？曰：陰中有陽，陽中有陰，理之相爲對待也。孤陰不生，孤陽不長，氣之不可偏勝也。大觀園之内，以群陰困一陽，其象爲剥，剥者盡也。碩果僅存，三日不食，天殆留此幾希以待一陽之復乎？惜翠縷不之問耳。

問：侍書之詞令，視黛玉、湘雲等何如？曰：《紅樓夢》中以詞令見長者，除鳳姐俚俗外，如黛玉之新穎、湘雲之豪爽、探春之壯麗、平兒之端詳，類皆一時之選，然總不若侍書之對王保善家數語，尤爲珠圓玉潤，味腴韻辣，使人受不得，辭不得。竊謂黛玉近於《騷》，湘雲近於《策》，探春、平兒近於《史》，若侍書者，其寢食於盲左乎？可與康成婢抗衡矣。

問：繡橘之激迎春，可謂至矣，而不能使之出一言，何也？曰：己無智而能用人之智，不失其爲智也；己無才而能用人之才，不失其爲才也。唯不能自用，而又不能用人，斯真無用耳。繡橘才智，以相探春則不足，以輔迎春則有餘，莫謂秦無人也。乃教歌者，不能教喉嚨；教哭者，不能教眼淚。此却正所以窮於安樂公也。木從繩則正，其如朽者何！

問：鶯兒之服侍寶玉，出於襲人所薦，爲其憨易制歟？抑或酬其功歟？曰：鶯兒，寶釵之紅娘也。崔、張未會，紅娘首與傳箋；金玉未聯，鶯兒先爲打絡。紅娘黠而刁，故鶯鶯受其惑；鶯兒癡而憨，故寶釵念其忠。茶水之伺，殆所以酬作合之功也。然而鄭靈之鼎，已無異味矣，雖欲染指，何可得哉？

問：雪雁棄黛玉而事寶玉，非其本心，亦逼於勢之不得不然耳？曰：成仁取義者，烈士之壯懷；棄舊迎新者，人臣之大戒。三代以上，此風甚卓，後世不知此義，而文章之士多護李陵，智計之家或私譙叟。此説一行，則國無守臣，人無植節，反顔事仇，行若狗彘，何怪乎五代之長樂老序平生以爲榮，滅廉耻而不顧哉！

問：襲人聰明材力不逮中人，何以能欺賈府上下？曰：襲人奸之近人情者也。王安石誤宋，正人君子猶能辨其奸，不近人情也；王莽篡漢，賢士大夫并莫悟其奸，近人情也。統計襲人生平，害晴雯，死黛玉，出芳官、蕙香，間秋紋、麝月。以近人情者制人，人忘其制；以近人情者讒人，人忘其讒。即英明如賈母，黠詐如熙鳳，且至死而不之知，况餘子乎？昔蘇老泉之辨奸也，曰：凡事之不近人情者，鮮不爲大奸慝。吾爲之進一解，曰：凡事之太近人情者，亦鮮不爲大奸慝。

問：秋紋、麝月，附於襲人，宜其休戚與共矣，而其後亦不復信用，何也？曰：小人不樂人爲君子，懼其燭己之奸也，故有異於己者，則必排之使去。小人尤不樂人爲小人，懼其分己之寵也，故有同於己者，亦必構之使離。始以小人攻君子，而小人之勢盛；繼以小人攻小人，而小人之權尊。伊古以來，親小人而反爲小人所棄者，豈鮮也哉？彼秋、麝者，亦墜其術中而不之覺耳。歐陽公曰：小人無朋。誠通論也。

問：小紅服事寶玉多年，鬱鬱難合，一見鳳姐，即樂效馳驅，其亦良臣擇主之道乎？曰：此商鞅入秦之故智也。鞅挾梁王不用之嫌，知天下惟秦可以制梁，故入秦以殘宗國。紅挾寶玉莫親之憾，知賈府惟鳳可以制玉，故事鳳以譖舊人。則異日晴雯之死，蕙香之逐，芳官之出，皆此輩爲之媒孽，以快其報復之心也。善夫，公叔痤之言曰：能用則用之，不能用則殺之。誠千古待小人之良法。

問：小鵲身事趙姨娘，而以言告寶玉，其爲寶玉謀，則忠矣，其如趙姨娘何？曰：鵲能報喜，亦能誤人。張儀通秦以伐楚，非楚之一小鵲乎？張松導劉以滅蜀，非蜀之一小鵲乎？秦檜私金以禍宋，非宋之一小鵲乎？逞其機心，幾等鴟鴞之毀室；肆其靈舌，實同燕雀之處堂。豈知周郎一炬，而繞樹三匝，終無枝之可依，則其喜也，不適成其爲愚哉！是以君子當嚴鷹鸇之逐，毋聽鸜鵒之言。

問：彩雲之事賈環，可謂忠矣，而反爲環所疑，豈其忠有未至歟？曰：此非獨彩雲爲然也。揚雄事莽，幾至投閣而亡；荀彧事曹，不免飲鴆而死。古今來陷身於賊，而卒爲賊所疑者，可勝道哉！君子是以知小人之必無知己也。

問：入畫兄妹授受，似亦情理之常，而惜春必欲逐之，何其刻也？曰：小題大做，在作文則見才思，在科罪則爲深文。入畫之事，若以之命題，則『私下傳送』四字可以大發議論，包孕全史；若以科罪，直不應輕律薄責之而已，而何遽逐之也？然而前車可鑒，與其爲迎春之後悔無及，毋寧爲惜春之先發制人。

問：傻大姐一蠢物耳，而大觀園之中落因之，其人歟？其妖歟？曰：人不慧曰傻，傻自天生者也；物反常曰妖，妖由人興者也。大觀園之藏妖久矣。據其城穴，媚勝於狐，肆其斐萋，毒深似蠆。蓋自花婢進讒以後，列屋阿嬌，荼毒殆盡，何待海棠冬開，通靈玉失，而始知妖之爲害哉！然而衣鉢真傳，琵琶别抱，害人者適以自作之孽，則其妖也，何莫非其傻也。人歟？妖歟？吾不得而知之，則以爲傻大姐而已。

問：賈母一生，得力全在『心實吃虧』四字，何以晚年如此之顛倒？曰：此非賈母之過，政等之過也。人之閲歷，老則愈深；人之材智，老則漸絀。賈母相夫教子，備嘗艱苦，桑榆晚景，正是含飴弄孫之時，使有佳兒佳婦，必能坐守成法，而無墜家聲。無如賈政夫婦，碌碌無能，加以赦之剛愎，璉之昏淫，鳳之殘刻，層層剥削，無非骫法而戕家，則非賈母之累後人，實後人之累賈母也。觀其分給銀兩，安頓眷口，裁減奴僕，井井有條，足見其少年理家，寬嚴得體，出入有經，較之鳳姐苛刻作威，奚啻天壤，賈母亦何可議哉！

問：賈政生長世家，而能以讀書爲本，似亦濁世之佳公子，何以居家居官，無一善狀？曰：帝世安民，必本知人；大學理財，必先用人。捨此而言治，即堯、舜不能奏平章之化；捨此而言學，雖孔、曾不能致平治之功。賈政之患，患在知人不明，用人不當，而又信人太深。故居家則受子侄之愚，而家政不修；居官則受奴僕之欺，而官方不謹。此等迂儒，雖讀書萬卷，亦何濟於事哉！

問：王夫人居心仁厚，何以屈殺無辜，反開殘忍之風？曰：人不可以有才，有才而自恃其才，則殺人必多，王熙鳳是也；人不可以無才，無才而妄用其才，則殺人愈多，王夫人是也。夫人以多疑之心，加以偏信之弊，好惡混淆，賢奸顛倒，拂人之性，以任己之性，如此者，在國必亂，在家必亡，其不至於亂亡者，蓋亦幸矣。

問：趙姨娘之遭鬼禍，其信然乎？抑豈作書者垂戒之意乎？曰：聖人以刑賞示斯民，故有禮樂，即有王法；佛氏以因果警斯民，故有鬼神，即有冥律。冥律者，所以輔王法之所不及也。曹操奸惡，永錮獄中；秦檜凶殘，長跪階下。雖或出於好事者所爲，然人心之所必誅，即王法之所必誅，而亦冥律之所必誅也，而何疑於趙姨娘？

問：賈環敗德殄行，實爲賈府之蝥賊，乃賈政教之，獨寬於寶玉，豈明於知玉而暗於知環乎？曰：此古今之通病也。《春秋》二百四十年争立之禍，何國蔑有？半皆由於庶孽之爲患。《左傳》第一篇，先經起義，特明仲子之歸，桓公之生，所以志亂源也。自是衛有州吁之亂，鄭有子突之争，申生佩玦，晋嘆集枯，孺子牽牛，齊譏折齒。情溺床笫之私，禍延宗社之大，讀史者蓋不勝掩卷而太息矣。賈環純秉母氣，蜂目豺聲，蓋亦《春秋》楚商臣之類，而賈政嘿然不置一言，則當日之子以母寵，其由來非一朝夕。幸有太君駕馭於上，探春維持於下，狼子野心，尚不敢肆其毒，否則聚黨承家之禍，何待見於末年哉！

問：賈蘭習於寶玉而不溺其志，習於賈環而不亂其行，其性之本然乎？曰：芝草無根，醴泉無源，人貴自立。流水不腐，户樞不蠹，民生在勤。蘭也，身生富貴，心凛艱難，故能出污泥之中而奮雲霄之上。然窗下和熊，燈前畫荻，賢母之苦心，與賢子之勵志，固息息相關也。抑吾聞之，鄭燕姞之夢得蘭也，曰以蘭有國香，人服媚之。如是，蘭之爲蘭，固無俗殊臭味也，其不爲習俗所移也宜哉。

問：賈赦之買古扇，似亦風雅之事，而卒以賈禍，何也？曰：玩人喪德，玩物喪志，《書》戒之矣，況其恃勢以强索乎！丈夫不受人憐，惟知抱璞；君子不奪人好，胡竟逞威？彼虞公求劍，身且喪於其池；即囊瓦止裘，兵亦連於雲夢。不思以古爲鑒，乃至有挾而求，匹夫不可狃，人言尤可畏也。御史彈章，軍臺贖罪，猶其幸焉耳。

問：邢夫人欲娶鴛鴦，似亦人情之常，而卒以取辱，何也？曰：此趙師擇獻妾之故智反而用之也。師擇有求於韓侂胄，不惜獻妾以爲進身之階；邢氏有利於賈太君，故思納婢以爲援手之地。豈知齊大非耦，難成比翼之交；身死如歸，早矢斷頭之志。權力足以制一家，而不能制一女子，誰云巾幗間無奇人哉！

問：賈璉之懼内，與薛蟠之懼内，有以異乎，無以異乎？曰：薛蟠，春秋之宋國也；賈璉，春秋之鄭國也。宋之事晋也唯謹，無歲不聘，無役不從，譬諸草木，吾臭味也，而何敢差池。鄭則首鼠兩端，能事晋，亦能叛晋，每間霸主有事，則侵伐小國以自益，竊食盆盎，常恐人覺，然亦因此得崛强於諸侯間，臧武仲所謂晝伏夜動，畏人之鼠也。賈璉其亦畏人之鼠乎！蓉、薔何人，何竟實逼處此，以與鄭國争此土也！

問：賈敬之學仙可謂誠矣，而卒以亡身，豈神仙自有真種子乎？曰：使天下果無神仙，則赤松、黄石之徒何以叠見異史？使天下果有神仙，則秦皇、漢武之輩當已早列清班。夫仙者，山人之稱也。有出世之神仙，有居家之神仙。但使父慈、子孝、兄友、弟恭、夫和、妻柔，豫順之氣聚於一堂，傀儡場中何莫非洞天福地。不此之求，而燒丹燒汞，導引胎息，直自討苦吃耳。仙乎，仙乎，將焉用之？

問：賈珍、賈蓉父子之間，漠不相關，其故何也？曰：此以見齊家之不可不修身也。梁冀夫妻各立黨援，蔡京父子各分門户，古來權奸之徒，有勢傾朝野而不能行之家庭者，况其作不順而施不恕乎！賈珍襲祖宗之餘陰，不能正己以率下，惟知縱欲以敗倫，烝報姘通，幾備一身，行同蔡景，惡過朱温，其不遭老賊萬段之禍者，蓋亦幸矣。賈蓉效尤，實爲克肖，亦何足深責。獨怪賈敬修行悟道，而有子如此，置之不問，豈天上神仙，本無父子情乎？吾不知其所修者果何道哉！

問：尤氏以尤爲氏，美之歟，抑尤之歟？曰：從來人之美者，曰尤。然不曰美人，而曰尤物，其爲不祥可知。尤氏才遜於熙鳳，而淫等於熙鳳。熙鳳有才而淫，猶能馭人以術；尤氏無才而淫，不免導夫於昏。譬諸唐代，熙鳳如武曌，尤氏如韋后。武曌亂唐，亦能代唐，天下尚畏其威。韋氏之淫亂，適以速亡而已，則謂之罪同於鳳也可。

問：賈蓉之作媒，爲賈璉計乎，爲尤二姐計乎，抑爲王熙鳳計乎？曰：此晉獻公滅虞、虢之故智也。賈蓉流連熙鳳，窺伺尤二姐，已非一日。不假二姐以離賈璉，則熙鳳既無由聚；不假賈璉以離二姐，即二姐亦無由通。將欲取之，必先與之；將欲并之，必先分之。美人可借，聊爲外府之藏；暗地生奸，輒作更番之代。鳳姐誆約，用蓉、薔是以毒攻毒法；賈蓉誆局，用二姐是以毒引毒法。可謂善學熙鳳，而知所變通矣，宜熙鳳終愛之歟。

問：薛姨媽之許婚，礙於情乎，抑舍曰欲之而故爲之辭乎？曰：此春秋宋武公之故智也。宋武公以魯爲望國，故托手文以爲求婚之地。薛姨媽以賈爲世家，故假鎖文以爲結親之緣。移花接木之計，鳳姐行之，蓋亦薛姨媽欲之也。豈知金玉緣慳，空繫同心之結；鴛鴦被冷，難成比翼之歡。月下老人，其奈此峰前頑石何哉！

問：薛蟠稱爲霸王，而不免受制於金桂，豈大丈夫之懼内，即霸者亦無如之何乎？曰：此正蟠之所以成爲霸也。項羽力可拔山，氣可蓋世，咄嗟叱咤，直使風雲變色，而《虞兮》一曲，千古銷魂，則平日之百煉鋼，未必不化爲繞指柔也。薛蟠外强中乾，不免唐突西楚，唯於閫令森嚴，却能守鴻溝之界而不越分毫，晉其爵曰王，假之威曰霸，美之謚曰獃。譏之乎，抑予之也？

問：淫如尤二姐，而得列於大觀園之内，何其幸也？曰：人有附名而流芳千古者，亦有附名而貽臭萬年者。功臣圖像，徐世勣曾厠其間；學士登瀛，許敬宗亦與其選。然千載而下，忠佞攸分，賢奸不爽，君子愈顯其爲君子，小人適成其爲小人。有志者好自爲，毋輕言附驥名彰也。

問：尤三姐之死，死於不知己也，不知己而胡以死？曰：忠臣義士之所以許人者心也。道無論用不用，身無論容不容，一朝許之，即終古矢之，故屈原之死楚，叠山之死宋，皆不必有國士之知，而必盡夫國士之報。覺士爲知己者死，女爲悦己者容，尚非通論，而豫讓衆人國士之言，尤爲得罪名教。

問：柳湘蓮一浪子耳，何以轉念之間，即能修行悟道？曰：聖狂之分，只争片念；仙凡之隔，只判寸衷。周孝侯卒爲善士，第因父老一言；吕純陽得列清班，實感雲房一夢。即五百羅漢，大半皆從緑林中來也。苦海茫茫，回頭是岸，特人病不求耳。

問：賈瑞無媒自薦，而甘受污辱，何其無耻之尤乎？曰：昏暮乞憐，驕人白晝，此等惡習，猶是秦漢以上人物，况而愈下，而糞亦可嘗，溺亦可飲，且有甘之如飴者，有靦面目，恬不爲怪，安得向跛道人借風月鑒爲此輩一反照也。

問：賈雨村之判斷，始念亦甚精明，何以轉念如此胡亂？曰：此治獄之通病也。太宰問囚，上下其手；范宣坐獄，左右其言；自古已然，於今爲甚。曾亦思獄者天下之大命，法者天下之至公乎？網漏於堂前，冤含於地下，即絶請托而憑臆斷，五聽已頗，况受獄貨而府辜功，庶尤必報。雨村初登仕版，而徇情枉法，視民命如草菅，一端如此，他端可知，其再罷官，不亦宜乎？

問：秦鍾少年美秀，而竟鍾情以死，然則情固不可鍾乎？曰：『情之所鍾，獨在我輩』，此名士欺人之語，非有道之言也。夫人生美少年，已爲大不幸事，況復出以鍾情？爲鍾情於人之人，即不得不爲人所鍾情之人。其鍾情於人也，莫爲之前，雖美不彰；其爲人所鍾情也，莫爲之後，雖盛弗傳。顧前不顧後，其象爲夭，故不永所壽云。

問：潘又安、司棋之死，非節也，而胡以稱？曰：觀過知仁，爲賢人君子言，未始不爲愚夫愚婦言也。王彦章以一莽男子而甘事朱温，不免行同桀犬，而見危受命，大節昭昭，亦足植綱常於千古。《五代史》獨以全節予之者，謂夫事梁也其過，死梁也其仁，有仁而過可原，有仁而過亦可掩。又安、司棋始雖苟合，終能同歸。律以聖賢之禮，君子應譏；原其兒女之情，才人或憫。蓋棺論定，有識者無貶辭焉。恕二人，即所以罪襲人也。

問：芳官之出家與惜春之出家，同乎異乎？曰：惜春之出家，武攸緒之入嵩山也；芳官之出家，李愿之歸盤谷也。芳官容貌似寶玉，豪爽似湘雲，高傲似晴雯，穎異似黛玉，而其一往直前，悍然不顧之概，則又似鴛鴦，似尤三姐，萃美而成人，即絶人而爲美，不有鷹鸇之王夫人，其墜落亦未可究竟。夫人之狂暴，夫人之慈悲也，特不識我佛如來其毋能容否？

問：齡官與賈薔情深意洽，似亦色界中人，而獨不理寶玉，何也？曰：齡官與尤三姐，蓋深得白圭人棄我取之法也。寶玉人之所欲，而亦二人之所欲，顧一寶玉而公之於人，不免味同鷄肋，孰若得一非寶玉而私之於己，猶可利據龍登。三姐見其大，無情而實有情；齡官見其微，有情而似無情。要其深知有湘蓮、賈薔者，正其深知有寶玉也。人生情緣，各有分定，雖屬見道之言，尚非知心之論。

問：藕官杏陰燒紙，鳳哭虛凰，不且以假爲真乎？曰：此《紅樓夢》之所由作也。《紅樓夢》一書，以游戲作文章，即以文章寓游戲，其大旨不外『真假』二字。王摩詰『詩中有畫，畫中有詩』；《紅樓夢》真中有假，假中有真。明乎此，而異日之祭金釧，誄晴雯，哭黛玉，皆可作藕官觀也。藕官尤其假中之假焉耳。

問：蕊官、荳官、葵官之擊趙姨娘，雖屬義舉，未免以卑犯尊？曰：此明五人之遺風也。顔佩韋等激於天下之大義而手挫凶鋒，直使權璫氣沮；蕊官等激於一時之公憤而力摧毒焰，直使老魅心降。而東廠自是不敢逮人，趙氏從此不敢肆惡，皆一擊之力也。禮失而求在夷，典亡而求諸野，蕊官諸人顧可少乎哉！

問：焦大雖有大功，而謾駡無禮，似亦取辱之端？曰：衣莫如新，人莫如舊。帝如光武，猶思同學之賢；霸若晋文，尚索從亡之佐；况其爲先世之老成乎！焦大歷事三世，而又以身捍患，即使有罪，猶在議功議故之條，乃馬糞之填，遽憎老物，辱其奴，欺其祖矣，非禮也，何以能久？

問：劉姥姥之依賈府，貪其利也，而卒能救巧姐於難，何相報之速歟？曰：劉姥姥游俠之徒也。視人之財皆己之財，視人之難皆己之難。故於鳳姐也可取則取之，而不傷廉；於巧姐也，當救則救之，而不傷義。唯能取之以廉，斯能救之以義。非具真肝膽、真氣節、真性情，而能若是乎！嗚呼，姥姥可以對朱家、郭解等無愧色矣。

問：板兒三進大觀園，備歷花叢，而茫若無睹，何其蠢歟？曰：此《孟子》所謂赤子之心也。內不牽於情感，外不誘於物交，泯知見忘人我。淳淳悶悶無忮求心，落落漠漠無歆羨心，空空洞洞無繫戀心，坦坦蕩蕩無計較心，當境而心不亂，境過而心不留，舉所謂富貴之場、聲華之地，直視之若無睹焉。古大人所以全天德、順天理，而不爲情欲所雜者，唯在克葆此天真也。觀於板兒，可以知赤子之心，可以知大人之心，可以知大人不失其赤子之心。

問：賴大世爲賈奴，身致富厚，主恩可謂重矣，乃於政之借銀，竟置不答，何奴輩負恩之多也？曰：此孟獻子所謂盜臣也。顧盜亦有辨。大者盜名器，次者盜事權，其下者盜財賄。賴大以家奴而富敵榮、寧，則盜財賄；勢傾上下，則盜事權；納粟捐官，儼膺民社，則盜名器。合衆盜而爲盜，律以《春秋》之法，當與陽貨共服上刑矣。尚望其深明大義，顧念主恩，是何異向緑林中責報施哉！或者曰：盜亦有道，彼何人斯，豈盡無良？然人而盜尚有感德之時，臣而盜斷無報恩之日，特不識孟獻子視之當復何如也。

問：焙茗之事外，視襲人之事內，何如？曰：從來女子小人，禍人家國，未有不互相鈎結以成其煬竈之勢者。蓋女子非得小人，無以援之於外；小人非得女子，無以應之於內。內外之交成而天下之禍亟矣。焙茗之奸，同於襲人。一奸而柔，一奸而猾。奸而柔，故予人以莫測；奸而猾，故予人以易從。門以內襲人主之，門以外焙茗主之，其致禍不必同，其表裏爲奸則一也。設使當日以焙茗配襲人，則五雀六燕，銖兩悉均，必有一篇大文章。惜月下老人不將赤繩繫羅巾，辜負此一段好姻緣耳。

問：蔣玉函一男子耳，而寶玉直趨之如鶩，豈男色之移人，亦同於女色乎？曰：頑童之比，《商書》戒之矣；少艾之慕，《孟子》言之矣。後世此風盛行，啖桃恃寵，瑕矯君車，斷袖留情，賢奸帝位，甚有沉溺歌童，以天子之尊而喪身於優伶之手者，美男之禍，不較女戎爲更烈哉！寶玉戀戀玉函，已非一日，甘受家庭之責，莫割情欲之私，羅巾之贈，天奪之魄矣。特不識紫檀堡上，其亦嘗瞻前顧後而自慚形穢否耶？

問：張友士之論病，可謂對症下藥，而卒不見效，然則醫果有緣乎？曰：古之醫者，望聞問切，缺一不可；今之醫者，望聞問切，無一能精。掉三寸舌，拾古人方。喜攻表者，以仲景爲言；好滋補者，以景岳爲法。至問以寒暑之分，有茫然而不知所解者，無怪近世之人鮮上壽也。友士撇去常談，獨探精藴，不特知病，并能知心，不特知病之所從來，并知病之所終極，藥雖不效，學自可嘉，良醫也，可以對和緩等無愧色矣。

問：王道士療妬之方，不能治病，不適以加病乎？曰：從來治病之法，實者攻之，虚者潤之。攻者勢猛而藥峻，功大而過亦大；潤者勢慈而藥輕，功小而過亦小。妬之爲病，已入膏肓，攻之不克，惟有潤之一法，或可平其心性而不至大肆咆哮。此亦醫家避重就輕之良法也，然而妬之病自是愈深矣。

問：馬婆行魘，而鳳姐、寶玉即同時抱病，然則邪法亦自有靈歟？曰：此非邪法之有靈，賈母自取之也。鬼不侵於有道，妖不作於守常。故少皞之亂，家有巫史；宋襄之霸，鬼有淫昏。唯其召之而至，是以降而爲殃。賈母耄老而昏，不思積善以致祥，唯知媚神以邀福，妄念偶萌，邪謀遂起，乾娘之拜，安敵其圖利之心。魘之行也，謂非賈母自貽之戚哉？抑吾聞之，在《周易》，女惑男風落山，謂之蠱，蠱者淫溺惑亂之所生也。鳳姐之蠱惑寶玉久矣，巫蠱之禍亦第適逢其會耳。

問：金哥之自縊，雖屬貞烈，其毋乃非在家從父之道乎？曰：此《柏舟》所以居變風之首也。共姜未嫁，而以死自誓，父母不能易其心；金哥改婚，而以死自明，父母不得奪其志。蓋禮義廉耻之風，搢紳昧之，閨閣猶能守之，變仍不失其正也。自是以後，鴬之掐花，菱之鬥草，其採蘭贈芍之風乎？萬之偷茗，潘之私棋，其桑間草田之俗乎？璉之娶尤，蓉之捉瑞，其《株林》、《月出》之詩乎？迨至芙蓉作誄，黛玉焚詩，則《匪風》、《下泉》之思也。而終以賈蘭之登科，巧姐之許嫁，亂極思治，其亦猶詩之歌《豳風》乎。讀《詩》者可以觀，讀《紅樓夢》者不亦可以觀哉！

問：僧、道兩人，全書之綫索也，而忽分忽合，忽去忽來，令人莫測，其仙歟？其佛歟？曰：道家以清净爲宗，佛家以慈悲爲本，雖從入不同，然必謝絶萬緣，乃能堅持一念，此僧、道來從何來，去從何去，行蹤詭秘，疑鬼疑神。且一寶玉也，既帶之臨凡，復邀之出家，忽而竊玉，忽而還玉，忽而醫人，忽而度人，忽而現風月之鑒，忽而示金鎖之文，偏於紅塵中作此奇幻，非所謂天下本無事，庸人自擾之乎？昔有夫妻争吵，一和尚趨前相勸，被傷成訟，官爲之判曰：『夫妻争吵是常事，和尚勸架是多事，誰管汝的閒事！』善哉判辭，請以質之癩和尚、跛道人。

問：㛴嫿將軍千古奇女子也。寶玉挽之，其殆借題以泄塊壘乎？曰：此晴雯之陪襯也。四娘之死，爲義而死，死實重於太山；晴雯之死，爲情而死，死幾輕於鴻毛。然而堅貞之志，激烈之懷，古今人不相師，古今人未始不相及。使其易地以處，則抱病補裘之神勇，安知不爲捐軀殺賊之將軍？姽嫿之挽，是懷古，故節短而音長；芙蓉之誄，是思今，故情真而語摯。皆千古之大文章也，可爲奇女子生色矣。

問：甄士隱廟中之火，其真火乎？抑豈仙家之幻術乎？曰：此甄士隱爲雨村現身説法也。火能焚身，財亦能焚身。人第知火之焚身，而不知財之焚身視火爲較烈。雨村再起爲官，不思痛改前愆，竟至復萌故態，官爵愈大，貪心愈熾，如火之燎於原，不可向邇，其猶可撲滅，勢不至於自焚不止。士隱無欲火，雖焚而猶得全身；雨村多欲火，未焚而已成危境。覺迷渡口，匆匆而反，不免辜負良友一片苦衷耳。

問：真人設壇作醮，而賈府上下旋即平安，然則大觀園之中果有鬼乎？曰：天地間何處無人，亦何處無鬼？人居無鬼之地，鬼居無人之境，鬼不與人相侵陵，鬼實因人爲禍福。是故發憤之氣近陽，天之所興，厲疫之所不能灾也；昏耗之氣近陰，天之所廢，佛老之所不能度也。賈府窮奢極欲，正是陽消陰長之時，高明之家，鬼瞰其室久矣。加以黠婢工讒，人甘如鬼，遂令名園無主，鬼幾逼人，水樓花榭，華燭蘭釭，轉瞬即爲燐火，真人雖有法力，其奈此昏耗之氣何哉！是以君子事人而不事鬼。

問：甄寶玉之與賈寶玉其一歟，其兩歟？曰：『真』、『假』二字，全書之大關鍵也。真即是假，假即是真，真中有假，假中有真，真不是真，假不是假。明此數義，可以知賈，可以知甄，可以知甄、賈之所以異，可以知甄、賈之所以同，可以知甄、賈之異而同，可以知甄、賈之同而異。

問：警幻，仙也。仙則胡爲教人以淫？曰：巫山神女，暮雨朝雲，本名士之寓言，遂爲後人之口實。至曹子建《洛神》一賦，以擯黜之餘生，寫忠愛之至意，情詞曲折，當與《湘君》、《湘夫人》作一例讀。若因語涉相思，指爲感甄之作，非特有玷洛神，而且深冤才子。仙姑示夢，雖屬荒唐不經，然境曰太虛，則實處皆虛，人曰警幻，則真處皆幻。作者本屬空中樓閣，觀者當悟水面文章。必辯其事之有無，則鑿矣。

問：李嬤嬤雖爲寶玉乳母，而潦倒龍鍾，語無倫次，似當在叩脛之列？曰：此以見居家之必用老成人也。賈府家人僕婦，不下百餘人，求其端方自矢，不染時趨者，唯有焦大與李嬤嬤。焦大數珍之惡言，人所不敢言，有禰正平罵操之風；李嬤嬤斥襲人之奸言，人所不能言，有駱賓王討曌之概。皆此輩中之錚錚也。乃一以馬糞相加，一因牛奶見棄，坐令忠良結舌，讒諂蔽明，上下相蒙，不可挽救。噫，可慨也夫！

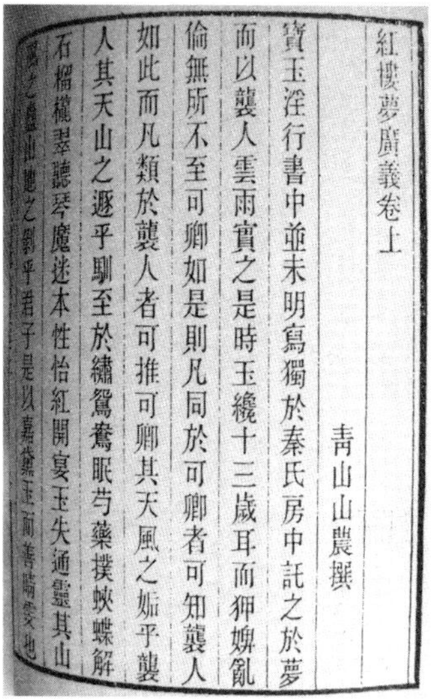
紅樓夢廣義卷上
青山山農撰
寶玉淫行書中並未明寫獨於秦氏房中託之於夢
而以襲人雲雨實之是時玉纔十三歲耳而狎媟亂
倫無所不至可卿如是則凡同於可卿者可知襲人
如此而凡類於襲人者可推可卿其天風之姤乎襲
人其天山之遯乎馴至於繡鴛鴦眠芍藥撲蛺蝶解
石榴纖翠聽琴魔迷本性怡紅開宴玉失通靈其山
風之蠱山地之剝乎君子是以嘉黛玉而善晴雯也

讀紅樓劄記

野鶴　撰

朱作霖編印《紅樓雜著》收録，共六十五則。作者野鶴，不詳。此文可注意者首推對《紅樓》批評的批評，指責護花主人評本、大某山人評本、梨雲館評本、虞山嘵嘵子評本『都無是處』，認爲《紅樓夢》一書深妙難測，猶周介存稱夢窗詞曰：『天光雲影，摇蕩緑波，撫玩無斁，追尋已遠。』他還説：《紅樓》一書，乃『鏡花水月，本當付之達觀，一經穿鑿，便墜魔道，不但其説不立，并且玷污名書』。這些都與索隱、自傳之説針鋒相對。他也反對『意淫』、『尤物禍水』、『釵黛優劣』等流行的觀點，説：『讀《紅樓夢》，第一不可有意辨釵、黛二人優劣』；『不可專揣意淫二字，作琅琊情死之心；尤不可見盛衰無常，興尤物禍水之歎』；『言人不可專注十二釵，言地不可專注大觀園』；『尤萬萬不可爲識神所役』。所謂『識神』，是指批評家主觀的認識與感情。他引歸文休言：『凡看詩文，初入眼時，清鑒炯然，美惡無纖毫能遁。至閲數篇後，與作者之意稍合，便生護惜，稍離便生厭棄，爲識神所役故也。』他强調批評的客觀性、直觀性，值得重視。他論人物説『《紅樓夢》無形中一重要人物手造許多風流豔話』的是元妃；『吾讀《紅樓夢》，第一愛看鳳姐兒』；『諸丫環中第一是晴雯』，『天性照人，自然磊落，瀟湘反有小家氣』等，自有見地。文章最後一則論《紅樓》著作權的問題，也有别見：『人亦有言《石頭記》八十回爲雪芹主筆，其下四十回則另有人續之者。或謂爲七十回。僕意自六十回後，筆墨便不純粹，穿插之痕迹亦不少，然佳者蘊藉風流，依然本色。此當是俗手增損。唯三十一回目「因麒麟伏白首雙星」，後半絶不照應，此却是大大疑竇。歷來批家未嘗摘出，不知何故？』

《紅樓夢》又名《石頭記》，又名《金陵十二釵》，又名《風月寶鑒》，又名《情僧録》，又名《情界真詮》，都未盡善。蓋此書千門萬户，千頭萬緒，挈領提綱，自非易事。

《紅樓夢》評本至夥，僕所見者，爲護花主人評本，爲大某山民評本，爲梨雲館評本，爲虞山嘵嘵子評本，都無是處。蓋《石頭記》在稗官中爲第一深妙之書，比之於禪，則曹洞宗，比之於詩，則西江派。周介存稱夢窗之詞曰：『天光雲影，摇蕩緑波，撫玩無斁，追尋已遠。』吾於此書亦云。

近日此書注解極多，大半爲水繪園立説，某公更組織附會，影入博學鴻詞等等。鏡花水月，本當付之達觀，一經穿鑿，便墜魔道，不但其説不立，并且玷污名書。此等人，野鶴最不歡喜。

歸文休曰：『凡看詩文，初入眼時，清鑒炯然，美惡無纖毫能遁。至閲數篇後，與作者之意稍合，便生護惜，稍離便生厭棄，爲識神所役故也。』野鶴嘗推此爲知言。讀《紅樓夢》，尤萬萬不可爲識神所役。

讀《紅樓夢》，不可專揣意淫二字，作琅琊情死之心；尤不可見盛衰無常，興尤物禍水之嘆。須知《紅樓夢》者，乃第一具大智識、具大閲歷之書，非經過萬里路、散過百萬金，斷斷不能有此。

坊間評本卷首又有讀法數則，不知何人所撰，語語庸惡，字字可笑。此等人自家不會讀，偏要撰什麽讀法來，真是老大冤苦。

讀法曰：『凡歇落處多用吃飯，人或以爲笑柄，不知大道存焉。寶玉乃演人心，《大學》正心必先誠意。意，脾土也；吃飯，實脾土也；實脾土，誠意也。問世人解得吃飯否？』試問此笑柄非笑柄？

讀《紅樓夢》，第一不可有意辨釵、黛二人優劣。或曰：『黛玉憨媚有姿，雅謔不過結習，若寶釵則處處作僞，雖曰渾厚，便非至情，於以知黛高而釵下。』或曰：『黛小有才，未聞君子之大道，一味捻酸潑醋，更是蓬門小家行徑，若寶釵則步履端詳，審情入世，言色言才，均不在黛玉之下，於以知釵高而黛下。』野鶴曰：都是笑話。作是説者，便非能真讀《紅樓夢》。

讀《紅樓夢》，言人不可專注十二釵，言地不可專注大觀園，否則便是坐井觀天。

《紅樓夢》無形中一重要人物手造許多風流艷話。或問爲誰？曰元妃。

吾讀《紅樓夢》，第一愛看鳳姐兒。人畏其險，我賞其辣；人畏其蕩，我賞其騷。讀之開拓無限心胸，增長無數閲歷。至若蘆雪聯句，居然提攜風雅，固知賢者多能，信不可測。

諸丫鬟中第一是晴雯。一開手貼絳芸軒一節，便覺眼界一新，不同餘子。讀者第賞其言詞辨給，如一把昆吾刀又爽又利，猶是皮相之譚。蓋其胸襟高忼，實在萬夫以上，不第窈窕風流，雄視諸婢已也。

人亦有言晴姑娘是瀟湘影子，我則謂晴姑娘天性照人，自然磊落，瀟湘反有小家氣。

人亦有以晴姑娘與襲人較量高下者，野鶴曰：都是混蛋話。村棲翙鶩那比上天下鸞鳳來？

王夫人攆逐晴姑娘，爲《石頭記》中第一不平事。某氏之言曰：『《石頭》只可言情，不可言法。即以法論，寶玉不置之書房而置之花園，法乎否耶？不付之阿保而付之丫環，法乎否耶？不游之師友而游之姊妹，法乎否耶？所謂一誤不堪再誤，而用襲人則非其人，逐晴雯則非其罪，徒使僉人幸進，方正流亡。』旨哉斯言！真能先獲我心者。

梨雲館云：『寶玉乃第一至情人，謂爲淫人，便是皮相。』野鶴曰：此人有極精細處，有極醇厚處，有極刁滑處。最有作用，最宜細看。

平兒之語麝月曰：『晴雯那蹄子是塊爆炭。』我謂晴姑娘不是爆炭，竟是冰雪。

賈赦一生混蛋，冷子興偏説是『平静中和』。觀其夕陽大好已近黄昏，而尚垂涎鴛鴦，硬施威力，其後卒以八百兩得一嫣紅，可見一腔欲火，滿身俗骨。

石獃子一貧如洗，只有二十柄舊扇，竟至象齒焚身，璉二爺還賠着一頓打。赦老於此極不堪中還帶半分風雅，特不知又如薛大哥錯認庚黄否？

薛蟠行令，與劉老老牙牌令也算後先輝映。

蘆雪聯吟爲詩社人才最盛時代，起首插入鳳姐，自是新妙，然後半太嫌雜亂，毫無精彩。當日菊花聯吟，五人共得十二首，焉有躋躋一堂，反以一首排律了事？且黛玉聯句中既有『斜風仍故故』，又有『無風仍脈脈』，斷無此複叠之法。雪芹於此似欠檢點。或曰：『既非排律，勢必仍是人各一首，豈不與白秋海棠及菊花詩犯複叠之病！』斯言也，我亦信之。聯吟之後，復有岫煙、寶琴等紅梅三首，此蓋作者補筆。寶琴等既負才華，排律數聯太無生色，故借此渲染也。然却與咏菊之後再咏螃蟹，亦犯重複之病。

明齋主人曰：『賈赦色中之厲鬼。』我謂赦老尚是色中獃鬼，當不起厲字。其要鴛鴦，第一誤在時間太晚，第二誤在邢夫人手段不高，不然，襲人獨非賈母房中丫鬟乎？

鴛鴦和平兒、襲人商量，平兒説：『只説已經給了璉二爺了。』襲人説：『只説已給許了寶二爺了。』讀者試思之，此如何境界？

襲人與寶玉苟且之事大書特書，與璉二爺多姑娘一節略似，真是史筆。作者之不與襲人也，至矣。

人亦有言警幻仙子即可卿，故後來視疾如萬箭攢心。野鶴曰：此却是全書關鍵，不可隨意穿鑿，存而不論爲是。

政老食古不化，迂腐萬分，此等人若在鄉村便是老學究，天地間第一件討厭的東西。我每讀到此老，但有作惡。

焦大醉駡，分明是自恃功勳，雖曰越禮，然語語的確，并無一字虛設。馬糞之賞，似乎太豐了些。

探春的是可兒，王善保家的一掌如雷貫耳。

《紅樓夢》有一件妙文，其一爲環哥兒之謎語『大哥有角只八個』是也，其一爲榮國府之没名揭帖『西貝草斤年紀輕』是也。其他如芸哥兒『父親大人萬福金安』之書，劉老老之牙牌令，尚是下駟。

黛玉歌行，如《葬花詞》、《秋窗風雨夕》、《桃花行》，都無甚是處。

翠縷説陰陽，獃的妙。

馬道婆奸惡深謀，唯利是視，然邪法一作，居然應驗，猶愈於今日之能言而不能行者。

惜春作畫，真所謂『五日一水，十日一石』。

劉老老醉入怡紅院，與賈寶玉夢見甄寶玉俱是化工之筆。

晴雯病根爲嚇麝月而起，則麝月是晴雯第一罪人。

香菱學詩一題三做，是極寫一個誠字。

薛文起挨打，人謂快事，我則以爲可憐。

鮑二家的既死，作者便隨手將多渾蟲死了，然後一對無耻男女雙雙凑合。特不知鮑二合巹時，一般曾試卧綿風味者作何感想？

賈敬敝屣富貴，修道元真觀，功候未至，遽吞丹砂，人謂其愚，我則以爲猶賢於政老。

平、襲、鴛、紫，書中并稱，而竟不及晴姑娘，亦一憾事。朱竹垞之詠史詩曰：『海内文章有定評，南來庾信北徐陵。如何著作修文殿，物論翻歸祖孝徵？』

平兒老成，襲人狡詐，鴛鴦恰到好處，紫鵑具體而微。

寶玉生辰，群芳夜宴，文情十分煊爛，然探姑娘方在整頓之秋，似終不宜有此。作者雖處處回護，終覺牽强。

妙玉之檻外人妙，寶玉之檻内人更妙。『縱有千年鐵門檻，終須一個土饅頭』，善哉善哉！

書中寫寶琴、妙玉，均另有一番筆墨。

寶玉未嘗有好詩文，《姽嫿行》中『繡鞍有淚春愁重，鐵甲無聲夜氣凉』，大致不謬。大某山民曰：『寶玉《姽嫿行》獨壓生平之作，蓋社中不欲諸女一人下第，深情體貼，故藏才焉。』此論亦是，唯慣淘氣哥兒本不宜有好筆墨。

嬌杏掐花留意，居然又是一紅拂。

環哥製謎作字都不成樣，後來《姽嫿將軍詩》居然典雅，何進益之速也？我斯之未能信。

寶玉《芙蓉誄》，亦是一篇淘氣文章。

寶王《夏夜即景詩》：『窗明麝月開宫鏡，室靄檀雲品御香。』《芙蓉誄》曰：『鏡分鸞影，愁開麝月之奩；梳化龍飛，哀折檀雲之齒。』麝月、檀雲，一對再對，我不解其何意。

卷六十五尤三姐搶白賈璉以及二姐宴妹妹一段，爲讀者所喜，然細按之，却非原著筆墨，罅漏及不合處極多。以《紅樓夢》本白描人物，此段便有火氣。如尤三姐天生脾氣及『有了一個淫字，憑他什麽好處也不算』云云，一下斷語，便覺傖氣滿身。此蓋補者筆力不逮，不能曲曲寫出，故不能不乞靈於斷語也。

藕官杏陰焚紙，黯然啜泣，情愛可謂摯極。其果假鳳耶？其果虚凰耶？恐有不堪爲外人道者。

《紅樓夢》好在入情入性，若尤三姐、柳湘蓮一段，我便不敢贊許。蓋湘蓮年少游俠，意氣當前，於女兒貞節上面似不宜十分注意。觀其與寶玉應對數語，狐疑萬狀，竟是鄉曲學究一般人，豈復有丈夫一言九鼎氣象？此等處先與湘蓮身分不合。且湘蓮既能通盤籌算，諒非鹵莽之流，何至一時三刻遽訪賈璉索還聘禮，既能自爲地，獨不爲尤三姐地乎？揆情揆理，均有不合，此必後人增損爲之。後來不得下場，竟以遁入空門爲了，亂煞風景，可恨可恨。

尤三姐或謂天生尤物，虞山曉曉子則謂足與妙玉、寶琴鼎足三分，僕均未敢遽信。蓋三姐人物，作者并未寫得透徹，我烏敢下斷語！且三姐既爲重要人物，遽於兩三回中匆匆了事，其先亦不聞尤氏提起，殊屬草率。我敢决其有與原本不合處。

藕官焚紙，見窘於婆子，則寶玉爲之回護；五兒茯苓霜，見窘於林之孝家的，又寶玉爲之回護。寶二爺真可謂不憚煩矣。

薔薇硝、茉莉粉、玫瑰露、茯苓霜同時出現，可謂字字旖艷。

薛文起回家，攜虎邱山泥捏小像，可見其無處不使孩子脾氣，妙極。

興兒説『氣兒大，吹倒了林姑娘』，甚妙。若『氣兒暖，吹化了薛姑娘』，則我不謂然。

鳳姐抄檢大觀園，探春『秉燭開門而待』，此六字妙極，大有武鄉侯行師氣象。

晴雯攆後，寶玉説起兆頭海棠花死了半邊，襲人説『該來先比我，還輪不到他』，惡哉花襲人！其不安晴雯也非一日矣。

賈太君禱天消禍，字字至誠，字字血淚，然而容縱之罪已不可逭，讀者於此亟宜猛省。

故老恒言，李自成孩提時好玩泥人，恒去其元。夏金桂日殺鷄鴨，以肉賞人，自食焦骨頭。賊子淫婦，行徑頗復相近。

怡紅夜宴，其結果爲『大家黑甜一覺，不知所之』，十字字字深刻，入木三分。

寶蟾淫蕩不在夏桂之下，有此主偏有此婢，真能同聲相應者。

金桂行徑頗似熙鳳，然刻露無餘，終是小器。若仿張爲《主客圖》例，王當是主，夏則副之。

賈林參禪，頗有妙詣，而其下竟接『老鴉呱呱的叫了幾聲，便向東南上去了』二語，讀之神悚。

人亦有言《石頭記》八十回爲雪芹主筆，其下四十回則另有人續之者。或謂爲七十回。僕意自六十回後，筆墨便不純粹，穿插之痕亦不少，然佳者蘊藉風流，依然本色。此當是有俗手增損。唯三十一回目『因麒麟伏白首雙星』，後半絶不照應，此却是大大疑竇。歷來批家未嘗摘出，不知何故。

（抄本《紅樓雜著》）

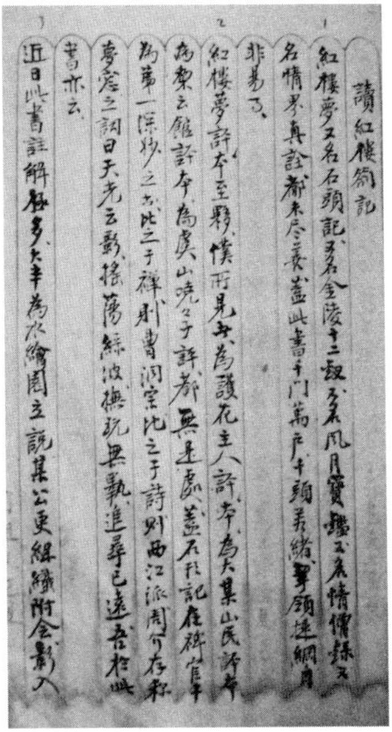
讀紅樓劄記

紅樓夢又名石頭記，又名金陵十二釵，又名風月寶鑑，又名情僧錄，又名情界真詮，都未盡善。蓋此書千門萬戶，千頭萬緒，

非易也。